Hexenmilch

## Das Buch

Kari Köster-Lösche erzählt das tragische Schicksal einer Frau, die als Hexe denunziert und verurteilt wird: In einem Dorf im Nordfriesland des 16. Jahrhunderts lebt Mutter Griebsch, eine Hebamme, die auch der Herstellung von Heilsalben kundig ist. Ihre Fähigkeiten machen sie jedoch schon bald zum Opfer ihrer Zeit.

Die Dorfbewohner betrachten sie zunächst mit Argwohn, sie sprechen Mutter Griebsch magische Fähigkeiten zu, erklären sie dann aber zur Buhlerin des Teufels und fordern ihren Tod.

Neben der beeindruckenden Tragik des Einzelschicksals einer heilkundigen Frau zeichnet der Roman ein lebendiges Bild des Alltagslebens dieser düsteren Zeit mit ihren unverrückbaren Hierarchien und menschlichen Verstrickungen.

## Die Autorin

Kari Köster-Lösche, geboren 1946 in Lübeck, aufgewachsen teils in Schweden, teils in Frankfurt am Main, hat Veterinärmedizin studiert. Nach ihrer Tätigkeit als Tierärztin in der wissenschaftlichen Forschung lebt und arbeitet sie heute als freie Schriftstellerin in ihrer Wahlheimat Nordfriesland.

In unserem Hause sind von Kari Köster-Lösche außerdem erschienen:

*Das Deichopfer*
*Die Heilerin von Alexandria*
*Die Hexe von Tondern*
*Die Raubritterin*
*Tod allen Reichen*

Kari Köster-Lösche

# Hexenmilch

Roman

List Taschenbuch

List Taschenbücher erscheinen im Ullstein Taschenbuchverlag, einem Unternehmen der Econ Ullstein List Verlag GmbH & Co. KG, München

2. Auflage 2001



Titel der Originalausgabe: Mutter Griebsch

Umschlagkonzept: HildenDesign, München – Stefan Hilden
Umschlaggestaltung: Init GmbH, Bielefeld
Titelabbildung: AKG, Berlin
Druck und Bindearbeiten: Ebner Ulm
Printed in Germany
ISBN 3-548-60116-2

# 1

„Oh, dieser Ruß", murmelte Mutter Griebsch verdrossen, kam gebückt aus dem Herdhaus heraus und rieb sich die Augen.

Es war dort gerade kein angenehmer Aufenthaltsort: rußig und stickig, selbst wenn der Rauch sofort nach oben abzog. Wenn aber draußen der Nebel den Rauch nach unten drückte, dann blieb der Qualm obendrein noch dort, wo die unglückliche Köchin stand. Es sollte schon Küchen geben, in denen es ganz sauber zuging, hatte sie gehört... Wenn sie wenigstens ein Mal eine davon zu Gesicht bekäme! Aber die allermeisten Familien, in denen sie zu tun hatte, waren so reich nicht, denn im Nordfriesland des Jahres 1567 waren die Menschen arm.

Mutter Griebsch rieb noch in ihrem Gesicht herum, als sie die Tür gehen hörte.

„Aha, Kundschaft", dachte sie erfreut. Je mehr Kinder, desto besser. Was bei anderen Leuten Sorgen verursachen mochte, brachte ihr Nahrung, Feuerung oder – in selteneren Fällen – sogar Bargeld. „Viele Kinder wünsche ich euch" war deshalb immer ihr Glückwunsch für ein Brautpaar, und so aufrichtig es gesagt war, war es doch nicht ohne Eigennutz gemeint.

„Mutter Griebsch", rief eine leise, helle Stimme.

„Komm nur, mein Sohn", forderte ihn die Hebamme auf und kam ihm freundlich in der Diele entgegen.

„Meine Mutter", stammelte der kleine Junge, der auf dem Kopfsteinpflaster der Diele stehen geblieben war, grub mit dem nackten Zeh zwischen den Steinen und wußte dann nicht weiter. Als er Mutter Griebsch bemerkte, wurde er blaß, soweit man dies gegen das helle Licht der oben offenen Doppeltür erkennen konnte. Er drückte das Hinterteil ängstlich gegen die untere Türhälfte und preßte die Lippen zusammen.

„Was ist?" fragte Lena Botilla Sörensen, die Hebamme, ungeduldig.

Der Junge schwieg beharrlich und blieb mit gesenktem Kopf stehen. Nur seine Augen lunkerten verstohlen unter dem blonden Haarschopf hervor und gingen zwischen der Hebamme und ihrer Nichte Antje, die neugierig herbeigekommen war, hin und her.

„Nun sag schon!" Mutter Griebsch wurde ungeduldig. Sie faßte den Jungen energisch an seinem offenen Hemd, dessen Kragen über das wollene Gewand geschlagen war, und drehte ihn zum Licht, so daß sie sein Gesicht gut sehen konnte. Er zitterte.

„Soll ich kommen? Ist es soweit?" fragte Mutter Griebsch mit gefurchter Stirn. Bei Nis' Mutter konnte es eigentlich nicht soweit sein, im Gegenteil, es war viel zu früh.

Nun schüttelte Nis wenigstens den Kopf. Die Hebamme war ratlos und hatte schon keine Lust mehr, sich mit dem widerspenstigen Bengel abzugeben. Sie zuckte die Schultern, ließ ihn los und wollte wieder ins Herdhaus zurück. Da schwang der untere Türflügel auf, daß die Angeln ächzten, und der Junge sprang nach draußen, als sei er eben noch mal freigekommen. Vor der Tür drehte er sich um, schrie laut und befreit:

„Du sollst trotzdem kommen, alte Hexe", und rannte um sein Leben von der Warft, auf der das Haus von Mutter Griebsch ganz allein lag. Auf halbem Wege stolperte er und kullerte den langen Pfad bis zum Fuß der Warft hinunter, wo er eine Weile regungslos liegenblieb, bis er aufstand und forthinkte.

Die Hebamme kümmerte das nicht weiter, sie war über den Jungen verärgert, und zu Recht, wie sie meinte. Noch nie hatte jemand sie Hexe genannt! Ungezogener Bengel! Den Holzschuh, der wie eine weggeworfene Nußschale im Flur liegengeblieben war, schleuderte sie hinter dem Jungen her. „Recht so!" dachte sie mit verkniffenem Mund, als der Schuh den Jungen am Rücken traf, und machte sich dann an ihre Vorbereitungen. Einige Kräuter brauchte sie, mehr war nicht nötig, denn ihre Hände waren das wichtigste Handwerkszeug.

Auch Antje, ihre junge Schülerin und Gehilfin, war schnell fertig. Dann zog Mutter Griebsch beide Türhälften hinter sich zu, die obere zum Zeichen, daß sie nicht im Haus war oder nicht gestört werden wollte, die untere wegen der Marder, die immer hinter den Hühnern her waren.

Ohne Eile, jedoch zügig, wanderten Mutter Griebsch und ihre Nichte Antje die steinige, hartgefrorene, aber doch trockene Straße von Aventoft nach Neukirchen. Die Straße schlängelte sich an der Wiedau entlang, mal näher, mal ferner, aber immer konnten sie über den Sommerdeich hinweg die schmale Rinne mit dem offenen, träge fließenden Wasser sehen. An den Rändern des Flusses türmten sich die

Eisschollen; sie hatten sich stellenweise bis zum Kamm der Sommerdeiche hochgeschoben und tiefe Löcher in das Erdreich gegraben. Zuweilen führte der Weg vom Sandrücken – auf dem auch das Dorf lag – hinunter auf das Flußniveau, das etwa einen halben Meter tiefer lag, und dort war er vereist, denn das Wasser verschaffte sich überall Zugang: Richtig absperren konnte man es nirgends. Es überschwemmte auch die flußnahen Weiden, soweit man blicken konnte.

Es war überhaupt nur dem langen Barfrost zu danken, daß sie jetzt hier noch durchkamen. Gleichmütig überquerte Mutter Griebsch die Eisflächen; solange der Boden gefroren war, war es nicht schlimm. Wirklich unpassierbar würde es erst werden, wenn überall das Eis taute und die Wiedau Hochwasser führte. Und wenn das Wasser dann endlich bei Ruttebüll seinen Weg in die freie Nordsee gefunden hatte, würde eine dicke Schlammschicht auf den Straßen noch lange jeden Verkehr behindern oder gar unmöglich machen.

„Ich jedenfalls werde es nicht sein!“ murmelte Mutter Griebsch in Gedanken versunken vor sich hin, aber Antje hörte es.

„Was wirst du nicht sein?“

„Die den Kindern von Ruttebüll oder Fischerhäuser oder Neukirchen als erste auf das Hinterteil klopft. Gott gnade den Kindern, sie müssen sich selber helfen, ans Tageslicht zu kommen. Wir jedenfalls werden hier nicht mehr durchkommen, wenn das Eis geschmolzen ist, und so lange das Wasser so reißend ist, auch nicht auf dem Boot!“

„Die Arbeiten an der Schleuse werden ja bald wieder aufgenommen“, sagte Antje begütigend.

„Wenn die nur endlich fertig wäre!“ antwortete die Hebamme inbrünstig.

Antje nickte nur.

„Was macht denn Nis da vorne?“ fragte Mutter Griebsch nach einer Weile. Ihr gutmütiges Gesicht furchte sich sorgenvoll.

Vor ihnen tauchte der Junge auf, verschwand hinter einer Bodenwelle, um an ganz anderer Stelle wieder zu erscheinen.

„Er beobachtet uns“, stellte Antje ganz richtig fest.

Mutter Griebsch reckte den Hals und konnte nicht aufhören, nach dem Jungen auszuspähen.

„Ach laß ihn doch“, sagte Antje leichthin, der die gespannte Aufmerksamkeit ihrer Tante auf die Nerven ging. „Er ist ein dummer Junge. Wahrscheinlich hat er nur keine Lust, nach Hause zu gehen.“

Danach war er spurlos verschwunden, und sie marschierten schweigend weiter. Der zügige Marsch aber machte sie nicht warm, es war so bitterkalt, daß der Hebamme die Hände und Füße froren.

„Brr“, sagte sie und schlug die Arme einige Male um ihren Körper.

Verstohlen betrachtete sie von der Seite ihre Nichte. Antje schien die Kälte nichts auszumachen, sie stapfte fröhlich auf ihren modernen Lederschuhen mit den untergebundenen Holzsohlen über das Eis. Ach ja, dachte Mutter Griebsch, und blickte unwillkürlich auf ihre eigene Fußbekleidung: Diese war schrecklich altertümlich, sie wußte es, aber sie konnte sich von den Schnabelschuhen nicht trennen, obwohl Antje sie manchmal drängte. Dabei war sie wahrhaftig noch nicht alt, nicht mehr als vierzig Jahre, oder doch nur wenig mehr. Aber man fühlt sich in dem wohl, was man seit langem kennt, und mit dem neumodischen Kram hatte Mutter Griebsch nichts im Sinn.

Schweigsam marschierten sie weiter, und die Gedanken der Hebamme wurden immer düsterer. Warum drang die Sonne nicht durch den Nebel? Wann hätte man je schon von einem Jahr gehört, in dem nicht im März das Eis geschmolzen und der Schnee getaut, die Gänse im Keil Aventoft überflogen und vereinzelte frühe Blumen geblüht hätten? Mutter Griebsch preßte die Lippen zusammen und blieb dann zitternd stehen.

„Ein Hengst“, sagte sie angstvoll. „Auch das noch! Wenn ich gewußt hätte, daß die frei laufen, wäre ich nicht allein gegangen.“

In einiger Entfernung von den Frauen stand tatsächlich einer der wilden Hengste, die bis zum Petritag im Februar frei umherlaufen durften. Gefährlich waren die Biester: Sie bissen und schlugen aus, wenn jemand sich ihnen näherte.

„Du bist nicht allein“, widersprach Antje empört, „ich bin doch bei dir.“

„Nein, ich meine den Vater von Nis. Schickt der den Jungen allein durch die Gegend und läßt uns ohne Schutz holen!“

Antje winkte mit einer leichten Handbewegung ab. Sie fand den Vorwurf etwas überspitzt.

„Er ist vielleicht besonders gefährlich", fuhr Mutter Griebsch eigensinnig fort. „Sonst hätte man ihn eingefangen! Schließlich haben wir Gesetze!"

„Ach, komm, Mutter Lena, er wird uns schon nichts tun", sagte Antje ungeduldig und ging ein Stück voraus.

Der Hengst blickte tatsächlich nur kurz zu den beiden Frauen hin und verschwand dann in Richtung auf Foggebüll.

Mehr als eine Stunde waren sie unterwegs, bis sie die ersten Häuser von Fischerhäuser erkennen konnten. In weiter Ferne, am anderen Ufer, war die Baustelle zu sehen, die Schleuse, die zwischen Ruttebüll und Fischerhäuser entstand.

„Gott sei Dank", atmete Mutter Griebsch auf, als ob sie in Gefahr gewesen wären.

Antje warf ihr einen verwunderten Blick zu. Was war denn heute bloß los?

„Lange kann es nicht mehr dauern, sieh mal, wie weit sie schon gekommen sind", nahm die Hebamme das Gespräch von vorhin wieder auf und zeigte befriedigt zum Bauwerk. Die dummen Gedanken schüttelte sie endlich ab.

Noch aber war es nicht soweit mit den Zukunftsträumen. Noch konnten sie nicht zu Fuß hinüber nach Brunsodde, wo die Fischerhäuser lagen, denn das Land war weithin überflutet.

„Oh, nein", jammerte Mutter Griebsch, als sie die breite Wasserfläche sah, und hatte ihre guten Vorsätze von eben bereits wieder vergessen. „Ausgerechnet heute ist hier besonders viel Wasser."

„Warum hast du denn heute vor allem und jedem Angst?" fragte Antje verständnislos.

In der Tat, es stimmte, und Mutter Griebsch mußte es vor sich selbst zugeben, aber sie hätte den Grund nicht zu sagen gewußt. Sie zuckte mit den Schultern und schüttelte leise den Kopf.

Zu ihrem und Sabbe Brodersens Glück aber schickte sich am Ufer einer der Fischerhäuser Fischer gerade an, abzulegen. Als er Antje bemerkte, die heftig winkte, wartete er geduldig auf die herbeieilenden Frauen, während die Hebamme vor Eile ins Pusten kam.

Mutter Griebsch klammerte sich mit verkrampften Händen an die oberste Seitenplanke des kleinen Segelbootes und hielt die Augen fest geschlossen, solange, bis sie in die Sicherheit des ruhigen Wassers der von Eis freigehackten Rinne kamen. Gleich darauf legten sie an.

Dankbar kletterte Mutter Griebsch aus dem schwankenden, eiskalten und nassen Boot und war froh, daß sie nicht ein Mann war, dessen Lebensunterhalt das Fischen war. Freiwillig begab sie sich nie auf das Wasser, und jedesmal stand sie fürchterliche Angst aus. Antje aber, die in Fischerhäuser geboren war, war als Kind oft auf dem See gewesen und liebte ihn. Ihr machte das Wasser nichts aus, aber sie versuchte schon lange nicht mehr, ihre Tante zu bekehren. Mutter Griebsch war einfach für das Wasser nicht geboren.

„Bin ich vielleicht ein Aal?“ pflegte sie verächtlich zu sagen, „daß ich auf Land und im Wasser leben kann?“ und damit war für sie die Sache entschieden.

Mit Leidenschaft dagegen war sie als Hebamme tätig, und kein Weg war ihr zu weit und keine Mühe zu groß, wenn eine Frau nach ihr rief. Und hier, bei Sabbe und Broder, durfte sie auch erwarten, daß das Kind willkommen war, was in Notzeiten nicht überall der Fall war. Broders einzige Sehnsucht war ein weiterer Sohn.

„Wenn nur nichts passiert ist“, dachte Mutter Griebsch, für einen Moment aufs neue zaghaft, und folgte dann dem kleinen Pfad auf die Warft hoch, die leichtfüßige Antje hinter sich.

## 2

Mutter Griebsch schüttelte endgültig die trüben Gedanken von sich ab wie ein Hund die Wassertropfen und stieg beschwingt die Warft Ochsholm hoch. Etwas dicklich war sie ja schon, aber die Steigung schaffte sie noch gut.

Da sie vom Kanal kamen, der am Garten endete, befanden sie sich gewissermaßen hinter dem Haus. Wie vor dem Haus war auch hier alles aufgeräumt und gut im Stand; man konnte gleich sehen, daß der Bauer begütert war und auf sein Anwesen hielt. Überhaupt hatten die Fischerhäuser Fischer und Bauern mehr von der aufblühenden Wirtschaft abbekommen als die Aventofter, wie jedem bekannt und besonders den Aventoftern ein ewiges Ärgernis war. Deswegen konnte man von einem Fischerhäuser, der die Hebamme holen ließ, auch erwarten, daß er für ihren sicheren Weg Sorge trug, fuhr es Mutter Griebsch flüchtig durch den Kopf, aber der Ärger hielt nicht lange vor. Eine Aufgabe wartete auf sie.

Mutter Griebsch und Antje traten ein und standen im Wirtschaftsteil des Hauses, der sie mit der Stallwärme widerkäuender Ochsen empfing. Zu ihrem Erstaunen war das Haus voll von Menschen. Sie drängten sich energisch durch eine Gruppe von Männern durch, die sie unwillig und mit steiler Stirnfalte musterten und der Hebamme nur gezwungenermaßen Platz machten.

„Was ist los, Leute?“ fragte Mutter Griebsch freundlich, aber keiner antwortete ihr.

Unversehens stand der Junge, der sie geholt hatte, vor Mutter Griebsch. Ohne sich lange zu besinnen, griff sie nach ihm, zog unbarmherzig sein Ohrläppchen lang und fragte erzürnt: „Warum hast du nicht auf mich gewartet? Du hättest meine Sachen tragen sollen. Das hätte ich wohl von dir erwartet, wenn schon dein Vater keinen Knecht wegen der Hengste schickt.“ Den letzten Satz betonte sie besonders und warf einen Seitenblick auf den Hausherrn, aber dieser ließ nicht erkennen, daß er ihn überhaupt gehört hatte.

Auch Nis, mürrisch wie er nun mal war, gab sich nicht die Mühe zu antworten. Mit verkniffenen Lippen zog er mit einem Ruck sein Ohrläppchen aus der Hand der Hebamme und tauchte dann mit hochrotem Gesicht zwischen den Männern unter.

„Komm her, Nis“, befahl Broder Brodersen barsch und legte seine Hand schützend um den Nacken seines Sohnes.

Mutter Griebsch verstand, daß der rauhe Ton des Hausherrn sich nicht gegen seinen Sohn, sondern gegen sie, die Hebamme, richtete. Sie aber war mit Nis noch nicht fertig. „Und überhaupt“, fuhr sie fort, „warum beobachtest du uns? Du hast uns doch beobachtet?“

Nis lugte hämisch aus der Armbeuge seines Vater hervor. Dann zuckte er die Schultern. „Warum sollte ich dich denn beobachten? Tust du etwas, das man beobachten müßte?“

Beifällig sah der stolze Vater auf seinen klugen Sohn und half ihm: „Ja, vielleicht müßte man dich im Auge behalten.“

Mutter Griebsch war zu erstaunt, um zu protestieren. „Ich weiß nicht, was du willst, Broder“, sagte sie schließlich und blickte ihn lange an. Er gab den Blick zurück, anfänglich noch widerborstig, aber schließlich verlor er den stillen Kampf. Zusammen mit seinem

Sohn verschwand er zwischen den beunruhigt in ihren Ständen tretenden Tieren.

Im Garten angekommen, ließ Broder sich von seinem Sohn noch einmal ausführlich berichten, wie Mutter Griebsch Nis mit Blicken auf der Erde festgenagelt hatte, so daß er nicht hatte fortkönnen.

„Und als ich unten auf der Erde lag, gab sie mir noch einen tüchtigen Knuff in den Rücken", berichtete Nis, glücklich, daß der Vater ihm so viel Aufmerksamkeit erwies.

„Und wo war da Mutter Griebsch?" fragte Broder.

„Na, oben, im Hauseingang."

„Sie war also nicht bei dir?" vergewisserte sein Vater sich zum zweiten Mal.

Nis schüttelte heftig den Kopf.

Broder seufzte und schickte den Jungen, das Pferd zu füttern. „Das geht nicht mit rechten Dingen zu", murmelte er verwirrt.

„Weshalb habt ihr nach mir gerufen?" kam Mutter Griebsch im Haus zur Sache.

Immer noch sagte niemand etwas, aber weil das Geschwätz nach und nach verstummte, konnte Mutter Griebsch nun hören, daß leises Schluchzen aus dem Alkovenbett ertönte.

„Was ist, Sabbe?" fragte sie und schob sich durch die zurückweichenden Frauen des Dorfes, die aufgeregt oder ratlos versucht hatten, Sabbe beizustehen.

Sabbe aber weinte unaufhaltsam, und obwohl Mutter Griebsch sich auf die Bettkante setzte und ihr sanft über den Kopf strich, konnte sie nicht damit aufhören. Auch die anderen Frauen wollten oder konnten keine Auskunft geben. Schließlich stand die Hebamme auf, breitete – vor den Männern angekommen, die im Hintergrund standen – die Arme aus und scheuchte die Männer wie eine Herde von Gänsen resolut auf die Diele; manche von ihnen zogen sich sogar bis in den Stall zurück. Mutter Griebsch schüttelte ernst den Kopf.

„Dies ist Frauensache", sagte sie, „schert euch raus."

Und langsam folgten ihr die Männer, sei es, weil sie keine passenden Widerworte fanden, sei es, daß sie allmählich die ihnen angeborene Neugier gestillt hatten.

Als Sabbe nach langer Zeit endlich den Kopf hob und ihre Tränen trocknen konnte, erkannte Mutter Griebsch überrascht, wie verhärmt und alt sie wirkte. Diese junge Frau war seit dem letzten Besuch der Hebamme vor wenigen Wochen gezeichnet worden – es war nicht der Schrecken eines Augenblicks, der sie so zugerichtet hatte, sondern hier waren Kräfte am Werk gewesen, mit denen Mutter Griebsch es nicht würde aufnehmen können, das wußte sie sofort. Leise Furcht beschlich sie, zu spät gekommen zu sein, zu spät für das Kind und für die Mutter.

Die Männer hatten sich nun wenigstens alle getrollt, aber die Frauen waren nicht bereit, die Stube zu verlassen, im Gegenteil, sie rückten so dicht an den Alkoven, wie es ihnen nur möglich war. Mutter Griebsch seufzte. Sie wußte, daß keine Macht der Welt diese Frauen hinaustreiben konnte, denn sie hatten gewissermaßen das Recht zu erfahren, was los war.

„Nun sprich“, forderte sie deshalb Sabbe auf, und diese war auch endlich bereit zu reden.

„Ich hätte es nicht tun sollen!“ rief Sabbe reumütig und vergrub ihr Gesicht in den Händen.

„Was denn?“ fragte die Hebamme geduldig.

„Ich konnte es nicht lassen, ich mußte hineinsehen!“ Die junge Frau verstummte, und Mutter Griebsch blickte die Nachbarinnen fragend an.

„Sie hat sich versehen“, erklärte die Nächststehende. „Sie hat in eine Feuersbrunst geblickt.“

Nun verstand Mutter Griebsch, und ihre Augenbrauen hoben sich erstaunt. Die Frau fuhr mit ihrer Erklärung fort.

„Vor drei Wochen hat es auf Hof Dötgebüll hier neben Ochsholm gebrannt, und Sabbe war dabei.“

Sie zuckte die Achseln, etwas verständnislos, wie es schien, und die anderen Frauen pflichteten ihr durch Kopfnicken bei. Mutter Griebsch blickte Sabbe streng an und schüttelte erzürnt den Kopf.

„Wie konntest du deinem Kind das nur antun?“ fragte sie vorwurfsvoll.

Sabbe wußte es wohl auch nicht, aber sie versuchte, sich zu verteidigen. „Es zog mich dorthin“, sagte sie heftig, „ich wollte es ja nicht, aber ich konnte einfach nicht hierbleiben. Es war mir, als ob mich jemand an der Hand hingeführt hätte. Soviel ich mich auch sträubte, ich kam nicht frei.“

Die Frauen, denen diese Erklärung auch neu war, erschraken und fingen an, erregt zu debattieren. Mutmaßungen wurden angestellt, wer den bösen Zauber auf Sabbe ausgeübt haben könnte.

„Das sind die Künste einer...", flüsterte eine Frau einer anderen ins Ohr. Die wußte schon, was gemeint war. Besser, man sprach es nicht laut aus. Unwillkürlich legte sie den Zeigefinger über den Mund.

Sabbe aber warf sich laut weinend auf das knisternde Bettzeug und wälzte sich, mittlerweile außer sich, wie ein ungezogenes Kind auf der Unterlage aus Stroh. Es kümmerte sie nicht, daß sie gestochen wurde. Mutter Griebsch verzog verärgert den Mund. Immer diese jungen Frauen, neugierig und gedankenlos, gefährdeten unbedacht ihre ungeborenen Kinder. Was war doch die Sabbe für eine dumme Gans! Die Hebamme schwieg, bis die junge Frau sich beruhigt hatte. „Deinem Kind ist sicher nichts passiert", beschwichtigte sie Sabbe endlich, die nun wieder in der Lage war zuzuhören. „Nicht immer greift der Böse gleich nach dem Ungeborenen."

Die Frauen blickten zweifelnd. Mutter Griebsch aber war im Innersten so wütend über die leichtsinnige Person, daß sie mehr Trost als diesen einfach nicht zu geben bereit war. Sollte Sabbe selbst mit ihren Gewissensbissen fertig werden.

Sabbe schluckte nervös. Die Hebamme runzelte die Stirn. Anscheinend war das nicht alles, was die junge Frau zu gestehen hatte. Wortlos wartete sie, während die Frauen, die über ihrem aufgeregten Geschwätz den Fortgang der Angelegenheit nicht beachtet hatten, weiterhin lärmten. Die Hebamme versuchte sich Gehör zu verschaffen und hob die Hand. Zwei, die sich zwischen die Fenster der kleinen Stube zurückgezogen hatten und nichts davon bemerkten, wurden in der Stille hörbar.

„Die Ellwine verlor ihres am neunten Tag", erklärte eine der Frauen mit lauter Stimme.

„Ja", stimmte die andere mit prophetischer Stimme zu, „der dritte und der neunte Tag danach sind die gefährlichen; hat man die erst überstanden, ist so gut wie sicher nichts passiert."

„Meinst du?" fragte ihre Gesprächspartnerin mißtrauisch. Das war ihr neu.

„Mein Wort darauf", bestätigte die andere ernst und rückte nachdrücklich ihre Haube zurecht. „Oh", rief sie überrascht aus, als sie die neugierige Stille bemerkte, die sich im Raum ausgebreitet hatte, und die ihr zugewandten Gesichter sah. „Stimmt es nicht, Mutter Griebsch?“ fragte sie verlegen.

Die Wehmutter gab es widerwillig zu.

„Dann kann ja gar nichts mehr passieren“, rief eine dicke alte Frau mehr verächtlich als erleichtert aus. „Der Brand ist doch schon Wochen her. Was jammerst du eigentlich, Sabbe?“ Und mit diesen Worten zog sie das schwarze Wolltuch dichter um ihre Schultern, spuckte den hochgeräusperten Schleim auf den sandbestreuten Lehmboden und ging.

Sabbe starrte ihr sprachlos nach und warf sich dann wieder mit erneut entfachtem Geheul auf ihr Bett. Mutter Griebsch verlor die Geduld und herrschte sie an.

„Laß endlich das Geheule, Sabbe! Was ist noch passiert?“ Energisch zog die Hebamme die junge Frau hoch und zwang sie, ihr ins Gesicht zu sehen.

Nun wagte Sabbe nicht mehr, Mutter Griebsch ihr zweites und schlimmeres Erlebnis vorzuenthalten. „Ich habe ja noch etwas gesehen“, flüsterte sie gequält, und alle Frauen drängten noch näher. „Broder hat gestern die alte Sau geschlachtet“, berichtete sie mit zitternden Lippen.

„Ja, ja doch, weiter“, forderten die Frauen sie mit vorgestreckten Köpfen und begierig wie Jagdhunde an der Leine auf. Das hatte jeder gesehen, was mochte daran wohl interessant sein?

In der Stille, die danach eintrat, konnte man den Torf im Kochhaus knistern hören.

„Warst du da etwa auch dabei?“ fragte die Hebamme mißtrauisch.

Sabbe schwieg.

„Los, sag es, hast du etwas gesehen“, forderte Mutter Griebsch die junge Frau nun mit scharfer Stimme auf, endlich die Wahrheit zu sagen.

Sabbe nickte, zutiefst verängstigt.

„Mädchen, warum denn nur?“ fragte Mutter Griebsch entsetzt. „War dir das Feuer denn nicht genug Warnung? Oh, oh, was hast du nur getan?“

Die Frauen im Raum waren bestürzt. Hatte man je schon von solch einer Dummheit gehört? Mit Sicherheit würde Sabbe nun das Kind verlieren. Ein Mal mochte Leichtsinn gutgehen, aber nicht ein zweites Mal. Nun ja, jede von ihnen hatte schon ein oder mehrere Kinder verloren, je mehr lebende Kinder, desto mehr tote Kinder, sagte man ja. Man mußte es eben nehmen, wie es kam.

Nur Sabbe wollte die aufkeimende Gleichgültigkeit der Frauen nicht hinnehmen. „Ich mußte es doch tun", bekannte sie. „Broder zwang mich dazu."

„Was?" entfuhr es der aufgebrachten Hebamme.

Sabbe nickte, und man hätte fast meinen können, in ihren Augen spiegele sich Triumph. Antje wunderte sich etwas. Mutter Griebsch aber sah es nicht, denn sie war aufgestanden und ging zwischen den Frauen umher, die ihr respektvoll Platz machten. Gedankenvoll wanderte ihr Blick von der Holzdecke zum Lehmboden, vom Bilegger zum Fenster. Noch nie hatte sie davon gehört, daß ein Mann seine eigene Ehefrau gezwungen hätte, beim Schlachten zuzusehen, solange sie schwanger war. Stets wurde sorgfältig darauf geachtete, daß Frauen in diesem Zustand kein Blut zu sehen bekamen, denn die mindeste Folge war, daß das Kind mißgebildet war, im allgemeinen aber starb es. Warum mochte Broder es getan haben?

„Aber Broder und Andreas waren doch allein auf dem Hof", warf Elsbe auf Dötgebüll, dem abgebrannten Hof, ein und versuchte aus ihren kurzsichtigen Augen zu sehen, was Sabbe dazu anzumerken hatte.

„Nein, das waren sie nicht." Sabbe war unwirsch, und die Frauen blickten sie erstaunt an. „Ich mußte hinter dem Fenster zusehen", verteidigte sie sich dann und kniff die Lippen zusammen.

„Warum bist du denn nicht weggegangen?" fragte eine andere Nachbarin schnippisch und freute sich, Sabbe eins auszuwischen. Sabbe gab als Antwort nur einen unverständlichen Laut von sich und hob verächtlich eine Schulter. Der Streit zwischen Sabbe und Margareta war nun altbekannt und wunderte niemanden, aber die Frage von Margareta war damit nicht beantwortet.

„Ja, warum nicht?" wollte auch Mutter Griebsch wissen.

Sabbe aber schwieg verbissen und antwortete nicht. „Muß ich mein Kind verlieren?" fragte sie statt dessen.

Mutter Griebsch nickte bedächtig. „Ja, Sabbe", sagte sie, „es ist möglich, sogar wahrscheinlich. Am besten machst du dich mit dem Gedanken vertraut, daß es in einigen Tagen soweit sein wird." Freundlich wollte sie der jungen Frau die Hand auf die Schulter legen, aber diese wehrte den Trost unwillig ab und warf sich dann wieder in ihren Alkoven, wo sie laut schluchzend liegenblieb.

Die Frauen im Raum hatten weit weniger Mitleid mit Sabbe als die Hebamme. Eine lachte sogar, und einige blickten skeptisch. Mutter Griebsch ging es flüchtig durch den Sinn, daß die Nachbarinnen nicht alle auf gutem Fuß mit Sabbe zu stehen schienen, aber der Gedanke wurde schnell von ihrer nächsten Sorge verdrängt.

„Soll ich mit Broder sprechen?" fragte sie.

Sabbe fuhr aufgeschreckt in die Höhe. „Weshalb?" wollte sie wissen, und der Hebamme blieb die Schärfe in ihrer Frage nicht verborgen.

„Ich will ihn darauf vorbereiten, daß du eine Fehlgeburt haben wirst", erklärte sie milde und hielt Sabbes unfreundliche Tonart ihrer Aufregung zugute.

„Ach so", Sabbe hatte nun begriffen, daß die Hebamme ihr lediglich helfen wollte, und sank aufatmend wieder auf das Stroh zurück. „Lieber wäre mir, daß du nicht mit ihm sprichst", erklärte sie nach kurzem Zögern. „Ich werde es selbst tun, ich weiß besser als du, wie man mit ihm umgeht, damit er sich nicht aufregt."

Mutter Griebsch verstand das und nickte zustimmend. Ein Kind zu verlieren war auch für einen Mann nicht leicht, und dieser Haushalt konnte gut noch einen Jungen gebrauchen. Eine der Frauen kicherte leise; gewiß hatte auch sie ihre Erfahrung darin, einen Mann um den Finger zu wickeln.

Sabbe schien zufrieden zu sein, als die Hebamme sich einverstanden erklärte, richtete sich auf und brachte ihre Kleidung wieder in Ordnung. Als sie ihre Haube vom Boden aufgehoben und aufgesetzt, die Tränen abgewischt und einige Strohhalme von ihrem Wollhemd abgepflückt hatte, schien es fast, als ob sie die Ängste der letzten halben Stunde spurlos abgeschüttelt hätte. Mutter Griebsch betrachtete Sabbe forschend. Hatte die junge Frau nicht auch blaue Flecken im Gesicht? Sie seufzte vernehmlich. Eine Schwangerschaft brachte manche Veränderungen mit sich, warum nicht auch diese?

Sabbe hatte ihren Auftritt gehabt und zeigte deutlich, daß sie die Sache satt hatte. Die Nachbarinnen verließen nach und nach das Haus. Ihre Neugier war befriedigt, und noch heute abend würden alle Fischerhäuser über das Feuer, das Schwein und die Bosheit von Broder Bescheid wissen.

„Sabbe“, sagte Mutter Griebsch traurig, als sie allein waren, „da helfen meine Kräuter wirklich nicht. Es tut mir so leid für euch beide.“

Sabbe nickte gefaßt und dachte ungeduldig: „Wenn du doch nur endlich gehen würdest!“

Mutter Griebsch machte sich fertig zu Gehen, nicht ohne Sabbe noch einige Ermahnungen zu geben. Antje verabschiedete sich ebenfalls, aber sie war so still und zurückhaltend, daß es Mutter Griebsch auffiel.

Die junge Hausfrau blickte den Hebammen nach, als sie die Warft langsam hinunterstiegen, vorsichtig, um nicht auf dem Eis auszurutschen, das hier und da auf dem Ostabhang noch liegengeblieben war. Mit einem tiefen Seufzer der Erleichterung warf sich Sabbe auf die Wandbank, die in der Stube unter der Katschur entlanglief, und dachte angestrengt nach. Dann nickte sie zufrieden. Eigentlich war alles gutgegangen.

Nach einer Weile stand sie jedoch ruhelos wieder auf, nun doch schon etwas behäbig, wie eben eine Schwangere im sechsten Monat, hob ihre Röcke und betrachtete ihre Beine. Ihre Oberschenkel hatten immer noch genau so blaue Flecke wie vor zwei Tagen, allerdings schimmerten diese jetzt schon gelb und grünlich. Und genauso würde auch ihr Bauch aussehen, wenn man ihn einer Betrachtung unterzog. Sabbe lächelte grimmig. Nie wäre ihr in den Sinn gekommen, daß der schwarze Zigeuner so brutal werden könnte. Sie hatte ihn verführerisch angelächelt, als er auf den Hof gekommen war; er war so gänzlich anders als die Friesen und Dänen hierzulande, und ganz plötzlich hatte sie eine vorher nie verspürte Lust empfunden. Ihm war es wohl so ähnlich ergangen, denn er hatte sie um ihre dicke Mitte gefaßt, ohne die Scheu, die ihr eigener Mann in den letzten zwei Monaten an den Tag legte, hatte sie zu den Kühen gedrängt, und dort war sie mehr oder minder ohne ihr Zutun auf das Stroh gesunken. Trotz seiner Rohheit hatte es ihr gefallen, aber am Abend war ihr aufgegangen, daß eine Fehlgeburt leicht die Folge solch unbekümmerter Liebesspiele sein konnte. Nun, dagegen hatte sie ihre Maßnahmen getroffen. Sollte es tatsächlich so weit kommen, konnte jetzt, nach dem Besuch von Mutter Griebsch, niemand mehr ihr eine Schuld nachweisen. Sie hatte das Menschenmögliche getan, um sich vor den Folgen eines Versehens zu schützen, das konnten alle Nachbarinnen bestätigen. Sie durfte in aller Ruhe abwarten. Und die Zigeuner waren ohnehin weitergezogen, wie es ihre Art war. Sie kamen eben irgendwoher und gingen irgendwohin. Wer fragte danach?

# 3

Gut eine Woche später war es dann bei Sabbe soweit. Sei seufzte in Erwartung der kommenden Schmerzen, im übrigen war sie nicht sehr betroffen; ihr Ideal war ohnehin nicht, Jahr um Jahr ein Kind zu erwarten. Der Kaufpreis war zwar nicht gering, aber dennoch konnte sie ihrem Broder vielleicht einige Schonung nach der Fehlgeburt abhandeln. Man hatte auch von Frauen gehört, die danach ganz unfruchtbar blieben. Und ein Junge und drei Mädchen reichten ja auch.

Mehr Zeit für solche absonderlichen Gedanken hatte sie nicht, denn die Wehen fingen ernsthaft an. Ihren Nis schickte sie zur Nachbarin, die würde alles weitere veranlassen.

Aber Sabbe hatte weit mehr zu kämpfen, als sie erwartet hatte. Erst nach Stunden sagte man ihr, daß das Kind ein schon recht strammer Junge gewesen sei. Ungeduldig hörte sie zu und schlief dann gleich vor Ermattung ein. Sie hatte die Sache mit sich abgemacht, sie war vorbei, und ihr Interesse war gering.

Während sich die hilfreichen Nachbarinnen bei einem Trunk Bier erholten, sah Broder kurz herein, um sich nach Sabbe zu erkundigen.

„Das mußt gerade du fragen?“ entgegnete Elsbe von Dötgebüll verächtlich. „Du hast sie doch da hineingetrieben.“

„Getrieben?“ fragte Broder ungläubig. „Das ist mein eheliches Recht, von ihr Kinder zu verlangen!“

„Warum tötest du sie dann?“ Elsbe war aufgeregt, und ihre schrille Stimme verriet es.

„Sabbe! Stirbt sie denn? Ich denke, es geht ihr gut?“

Nun war Elsbe verwirrt. Sie musterte Broder mit gefurchter Stirn und erklärte ihm langsam, wie einem unverständigen Kind: „Von Sabbe spreche ich nicht. Ihr geht es gut, überzeuge dich selbst. Dich frage ich, warum du willst, daß sie sich versieht, wenn du andererseits angeblich Kinder haben willst.“

„Das ist ja die Höhe!“ rief Broder böse aus. „Ich soll sie...? Wer das von mir behauptet, den schlage ich tot!“

Es hätte nicht viel gefehlt, und er wäre auf Elsbe losgegangen, die aufgesprungen war und ihm abwehrend die Hand an das Wams legte.

„Sabbe selbst hat es gesagt“, rief Elsbe voller Angst.

Broder blieb abrupt stehen und sah sie erschrocken mit offenem Mund an. „Was?“

Elsbe schluckte und nickte bekräftigend, und Margareta bestätigte es. „Es stimmt, Broder“, sagte sie ruhig. „Sabbe hat es gesagt, ich war auch dabei.“

Unterdessen war Sabbe, wohl durch die Aufregung und die lauten Stimmen neben ihrem Alkoven, aufgewacht. Mühsam zog sie sich am Seil, das von der Decke des Alkovens hing, etwas höher und lauschte, zunächst verständnislos, dann aber verhärteten sich ihre Gesichtszüge.

„Was soll Sabbe gesagt haben?“ fragte sie mit schwacher Stimme, und Broder wurde sogleich von Mitleid erfüllt. Zärtlich strich er ihr über das Haar, aber sie wehrte ihn unwillig ab.

„Ist gut, Sabbe“, beschwichtigte er sie, „rege dich nicht auf.“

„Was soll ich gesagt haben?“ Sabbe kümmerte sich nicht um sein Bemühen; er war ein außergewöhnlich liebevoller Mann, jede im Dorf hätte ihn wohl gerne haben mögen, er aber hatte nur Augen für Sabbe gehabt.

„Du hast behauptet, Broder hätte dich gezwungen, beim Schlachten zuzusehen“, warf Margareta ein. In ihren Augen funkelte Bosheit, und sie konnte ihre aufflackernde Wut nur mühsam bändigen. Merkte denn Broder gar nicht, wie Sabbe ihn ausnutzte?

„Ich?“ fragte Sabbe unschuldig. „Nein, nie, das mußt du falsch verstanden haben, das habe ich nie gesagt!“ Schutzsuchend schmiegte sie sich an ihren Mann, der sie liebevoll anlächelte, dankbar, Sabbe trotz des großen Schmerzes so entgegenkommend vorzufinden.

Margareta und Elsbe starrten sich gegenseitig sprachlos an, wußten sie doch noch genau, was Sabbe gesagt, und was sie nicht gesagt hatte. Sabbe lag hilflos im Arm ihres Mannes, verbarg geschickt den Triumph, den sie fühlte, und fing dann an, leise und jammervoll zu weinen.

„Tut es dir leid um unseren Sohn?" flüsterte Broder ihr zärtlich ins Ohr.

Sabbe nickte gequält. Fest drückte sie ihr Gesicht an Broders rauhes Wams und murmelte reuig: „Ach hätte ich sie doch nie gerufen!"

„Wen denn?" fragte Broder sanft.

„Die Töwersche."

„Wen meinst du?" fragte Broder beunruhigt.

„Mutter Griebsch, die alte Hexe".

Elsbe und Margareta kamen leise näher. Was wußte Sabbe, das sie nicht wußten? Elsbe legte ihren Kopf schief und spähte vorsichtig um Broders breiten Rücken in den dunklen Alkoven.

„Ihr wart dabei", weinte Sabbe, „ihr habt alle gehört, wie Mutter Griebsch voraussagte, daß mein Sohn sterben wird!"

Broder sah die Frauen fragend an, und Elsbe nickte zögernd. Es stimmte, Mutter Griebsch hatte es genau so gesagt, aber ... Sabbe forschte aus halb geschlossenen Augen im Gesicht ihres Mannes. Dieser sprang auf und begann unruhig durch das kleine Zimmer zu wandern.

„Mutter Griebsch also", fauchte er leise mit zusammengebissenen Zähnen. „Das wundert mich nicht. Die hat meinen Sohn auf dem Gewissen."

Erschöpft ließ die junge Frau sich wieder auf das dicke Kissen sinken. Als Elsbe sich über sie beugte, winkte sie die Nachbarin mit der Hand schwächlich fort. „Geht nach Hause", murmelte sie. „Mir geht es schon besser." Danach schlief Sabbe ein.

Die beiden Nachbarinnen waren noch nicht bereit, das Haus zu verlassen. Hier ging etwas Merkwürdiges vor, das spürten sie genau. Sie setzten sich in die Ecke und tuschelten. Den aufgeregten Broder wollten sie nicht stören.

„Die Griebsche hat es gesagt", flüsterte Margareta. „Da hat Sabbe ganz recht."

Elsbe nickte halbwegs zustimmend. „Sie hat es aber doch anders gemeint", protestierte sie dann.

„Und woher konnte sie das wohl wissen?" fuhr Margareta nachdenklich fort, ohne sich um Elsbes Einwand zu kümmern. Die andere hing an ihren Lippen. „Hast du gesehen, daß Nis Angst vor ihr hatte?"

Elsbes Augen funkelten erwartungsvoll, und sie nickte ohne Unterlaß, um Margarete zum Weiterreden zu veranlassen. Ihre Lippen bewegten sich, als ob sie selber mitsprechen müsse, was die andere sagte. Dabei kam ihr breitflächiges Gesicht dem von Margareta immer näher.

„Und Broder hatte mit den Männern gesprochen, an dem Morgen, als Mutter Griebsch kam, weißt du es noch? Erinnerst du dich, wie böse sie alle waren?"

Elsbe nickte immer noch auffordernd.

„Ich weiß ja nicht, über was sie sprachen – aber ich könnte mir denken: darüber!" flüsterte Margareta.

„Worüber?" fragte Elsbe verdutzt.

„Nun, eben über Nis und die Griebsche! Und warum er Angst hatte, nachdem er ihr eine Botschaft gebracht hatte. Vielleicht hat er dort etwas gesehen!" Zum Schluß hauchte sie ihrer Nachbarin ins Ohr, aber Broder hatte den gezischelten Namen seines Sohnes verstanden. Er fuhr herum.

„Was ist mit Nis?" fragte er erschrocken.

„Er hat vor ihr", sagte Margareta und wies mit dem Daumen in die Richtung, wo Aventoft liegen mußte, „Angst gehabt, bevor noch ein bißchen passiert war. Kinder und Idioten, die wissen Bescheid. Denen kann niemand etwas vormachen", erklärte sie und nickte bedächtig.

Broder sah sie forschend an und wandte sich dann wieder ab. Er äußerte sich nicht, aber er runzelte die Stirn. Sabbes Augenlider flatterten sachte, und sie drehte leise stöhnend den Kopf auf dem Kissen. Ihr Mann stürzte zu ihr hin und glättete das Bettuch. Dann wischte er vorsichtig ihr schweißnasses und rotgeflecktes Gesicht trocken. Die junge Frau schlug die Augen wieder auf, und ein Blick von ihr ließ Broder die beiden mißgünstigen Frauen vergessen.

Margareta hob unzufrieden die Augenbrauen, und ihr aufs neue verkniffener Mund zeigte deutlich, daß sie eifersüchtig war.

„Komm", befahl sie Elsbe, „wir werden hier nicht mehr gebraucht."

Mit diesen Worten standen die Nachbarinnen auf, verabschiedeten sich mit beleidigten Gesichtern von Broder, der sie in seiner Besorgnis um seine Frau kaum wahrnahm, und gingen leise aus der Stube.

Schweigend verließen sie das Haus, und erst auf halber Höhe der Warft nahm Margareta das Gespräch wieder auf, nachdem sie verbissen und umständlich den langen wollenen Rock in Falten gelegt hatte.

„Man hört so allerlei von Mutter Griebsch“, begann sie.

„Was denn?“ wollte Elsbe neugierig wissen.

„Ach, dieses und jenes“, druckste Margareta herum und wollte nicht mit der Sprache heraus. „Ich hab's ja nie geglaubt, aber es scheint etwas Wahres dran zu sein.“ Sie rümpfte die Nase. „Ich gehöre ja nicht zu den Geschwätzigen, aber Sachen könnte ich dir erzählen...“

Obwohl Elsbe sie durch einen freundschaftlichen Schubs mit dem Ellenbogen aufforderte weiterzureden, schüttelte Margareta energisch den Kopf und schniefte laut durch die Nase. Unterdessen waren sie am Fuß der Warft angekommen und blieben stehen. Elsbe faßte die Nachbarin drängend am Arm, um sie daran zu hindern, schon nach Hause zu gehen, und Margareta biß unentschlossen auf ihrer Unterlippe herum.

„Ja?“ fragte Elsbe hoffnungsvoll.

„Na, dir kann ich es vielleicht doch erzählen“, entschloß Margareta sich endlich gedankenvoll.

Elsbe nickte wortlos. Um keinen Preis wollte sie Margareta womöglich durch ein falsches Wort abschrecken.

„Sie wurde neulich auf dem Friedhof gesehen“, flüsterte Margareta der anderen ins Ohr. „Sie vergrub etwas... nachts.“ Die letzten Worte hauchte sie, deutete sie fast nur mit den Lippen an und sah sich dabei ängstlich um.

„Nein“, sagte Elsbe erschrocken und mit funkelnden Augen.

„Doch“, nickte Margareta ernst. „Ich kann dir nicht sagen, wer mein Gewährsmann ist, aber ich glaube ihm.“

Und da auch Margareta glaubwürdig war, wußte Elsbe, daß sie die reine, pure Wahrheit gesprochen hatte. „Warum hat Sabbe sie denn gerufen?“ fragte sie entsetzt.

„Das wußte sie nicht. Glaubst du, ich posaune das überall aus?“ fragte Margareta empört. „Ich sage dir doch, ich bin nicht so geschwätzig wie gewisse andere Frauen.“

Elsbe ging darauf nicht ein, obwohl Margareta sie gespannt anblickte, denn sie kaute an einem Problem, das ihr schwer zu schaffen machte. „Aber man muß andere Leute vor ihr warnen", entgegnete sie zögernd. „Wir können doch die Frauen nicht in ihr Unglück laufen lassen, oder?"

Margareta hob ungewiß eine Achsel hoch und schürzte die Lippen. „Es heißt aber auch, daß man selber in Gefahr gerät, wenn man einer Hexe ins Handwerk pfuscht. Ich mische mich nicht ein, mir ist das zu heikel", sagte sie, wie immer vernünftig.

„Da hast du auch recht. Besser man weiß von gar nichts", stimmte Elsbe hastig zu.

Ohne ein weiteres Wort trennten sich die Nachbarinnen. Elsbe benutzte den kleinen Fußsteig, der sich um Ochsholm zu ihrer eigenen größeren Warft schlängelte, auf der die Aufräumarbeiten nach dem Brand noch im Gang waren. Margareta dagegen stieg über den neuen Deich und nahm den Weg am Deichfuß entlang zu den übrigen Fischerhäusern.

# 4

Schnee und Eis waren Ende März immer noch nicht geschmolzen, der Winter hielt Nordfriesland nach wie vor in seiner eisernen Faust. Alles Leben ruhte, selbst die Zugvögel waren noch nicht gesichtet worden. Die alten Leute, die nur morgens die obere Halbtüre öffneten, zitternd hinaussahen, um festzustellen, daß die Erde und der Fluß so tot waren wie gestern, seufzten ergeben.

„Wann hätte man jemals ein solches Frühjahr gesehen?" fragten sie, ohne von irgend jemandem Antwort zu erhalten, nicht einmal von den Vögeln, denn auch die schwiegen. Dann drückten sie den schweren Holzflügel wieder zu, schlurften mühselig auf den alten steifen Füßen über das Kopfsteinpflaster zurück und versuchten, im Herdhaus das bißchen Wärme zu erhaschen, das vom offenen Feuer auf der Herdbank kam. Trotzdem fühlten sich die Alten bis in das Knochenmark ausgekühlt, und das Reißen in den Gliedern wollte gar nicht aufhören.

Mittlerweile fehlte in vielen Häusern das Heizmaterial, und auch Mutter Griebsch mußte mit dem wenigen Torf, der noch vorhanden war, haushalten. „Gut, daß du da bist", stellte sie fest und wehrte das bereitwillige Angebot ihrer Nichte, das Feuer zu schüren, ab. „Ein paar Ditten könntest du mir nämlich holen."

Besonnen und umsichtig feuerte sie dann mit den Dungfladen. Im Mai würden die nächsten Fladen hergestellt werden, aber bis dahin war ja noch so lange Zeit. Sie seufzte, und ihr wurde angst und bange, daß das Feuermaterial nicht reichen würde, bis die Brote fertig waren. Deshalb wollte sie es auch lieber allein machen; wenn sie nicht reichten, war sie selber schuld.

„Danke, es ist genug", sagte sie zu Antje.

„Sind sowieso keine mehr da", verkündete Antje vergnügt.

„Hm", brummte Mutter Griebsch erschrocken. Nun kam es tatsächlich allein auf ihre Erfahrung an. Sie legte nach.

Nach einer Weile war die halbrund gemauerte Höhlung heiß genug geworden, und sie schob die Glut beiseite und säuberte den Boden des Backofens. Sorgfältig und mit Andacht ritzte sie das Kreuzeszeichen auf die Brotlaibe. Manches durfte man vergessen, aber das nicht, denn sonst gerieten sie nicht oder wollten nicht schmecken. Die Hebamme bestrich die Laibe mit Gerstenmehl, in das sie Wasser eingerührt hatte. Dann endlich konnte sie die Brote einschieben. Prüfend verfolgte Mutter Griebsch, wie die Brote sich bräunten, und als sie zufrieden war, zog sie sie wieder heraus, säuberte nochmals penibel den ganzen Backofen und schob die Brote endgültig hinein. Eine Stunde blieben sie drin, dann waren sie fertig.

„Gott sei Dank", sagte sie zu Antje, die vom Duft der knusprigen Brote angelockt worden und herbeigekommen war.

Ihre Nichte schnupperte genießerisch. Endlich frisches Brot. Für drei Wochen würden sie reichen. Sie lächelte vergnügt und freute sich auf die nächsten Mahlzeiten, deren Eintönigkeit nun unterbrochen werden würde. Grütze mit Bier und Grütze mit Milch war keine sehr abwechslungsreiche Speisenfolge. Aber immerhin, sie hatten noch zu essen.

„Mutter Lena, warum bezahlen eigentlich die Leute nicht besser für deine Dienste? Warum kann beispielsweise Cornils Cornilsen, der am Petritag Stundung erbat, nicht mit Torf oder Holz bezahlen?"

„Ach, Kind, du sprichst, wie du's verstehst, der hat doch auch nichts zum Beißen und Verfeuern. Womit soll er denn bezahlen?"

„Wußtest du das vorher auch?" fragte Antje überrascht.

„Ja, sicher wußte ich das."

„Und du bist trotzdem hingegangen."

Mutter Griebsch mußte lachen. „Aber natürlich, Antje, ich kann doch nicht zu einer Frau in den Wehen sagen: ‚Womit willst du mich bezahlen?' und dann wieder gehen, wenn es mir nicht paßt. Nein, nein, Antje, das mußt du vorher wissen, bevor du Wehmutter wirst: Helfen mußt du in jedem Fall, selbst ohne das kleinste bißchen Entgelt."

Antje nickte nachdenklich und schaute ihre Tante liebevoll an.

In anderen Häusern von Aventoft sah es weniger gut aus.

„Sieben sind es schon", murmelten die Leute entmutigt und zählten laut mit, wieviele alte Frauen und Männer an der Kälte oder am Hunger gestorben waren.

„Na ja, einer brach sich nur das Bein", schränkte man dann ein. Wenn sich die Nachbarn trafen, wie das in Nordfriesland seit altersher üblich war, zum Spinnen und Schwatzen, zum Leeren einer Schale Milch oder Warmbier, standen die Todesfälle im Mittelpunkt der Reden, jetzt noch viel mehr als sonst. Entsetzt war man und fragte sich, wo das noch hinführen solle.

Auch im Hause von Peer Thomesen und seiner Frau Anne in Aventoft waren die Frauen in hitziger Debatte vertieft. Männer waren nicht dabei und auch nicht Mutter Griebsch, denn niemand hatte sie eingeladen zu kommen.

„Es müssen jetzt zweiundfünfzig oder dreiundfünfzig Jahre her sein, seit ich geboren wurde", sagte Frau Anne und war sich der Aufmerksamkeit der anderen Frauen gewiß, „und just ein Jahr davor war ein ebenso strenger Winter wie jetzt: trocken und eisigkalt bis nach Ostern, das in dem Jahr in den April fiel. Seitdem aber kann ich so etwas nicht erinnern."

„Ja", gaben ihr die anderen Frauen seufzend recht und traten heftig die Fußbretter ihrer Spinnräder. Wenigstens Licht hatte man nun im März ausreichend, zumal die letzten Tage endlich sonnig waren.

„Der arme Pastor Sicander...", klagte nach einer Weile schweigenden Arbeitens Inge Nielsen.

„Ja", stimmten die älteren Frauen zu und seufzten wieder.

„Erzähl noch ein Mal", bat ein sehr junges Mädchen, die von diesem Fall noch nicht so oft gehört hatte.

Die Augen der schwatzhaften Anne leuchteten auf. Nichts tat sie lieber, als alte Skandale aufzuwärmen – wenn es schon neue nicht gab. Sie stopfte eine Haarsträhne unter das weiße Kopftuch, das unter der Haube getragen wurde, jedenfalls von sittsamen, verheirateten Frauen ... „Das war so", fing sie an. „Der Pastor Sicander, der sieben Jahre unser Pastor war, wurde dabei erwischt, daß er Urkunden gefälscht hatte ..."

„Stimmte das denn?" unterbrach das neugierige junge Mädchen.

Anne zog betont langsam die Schultern hoch. „Tja", sagte sie ebenso gedehnt, „das wüßte heute noch mancher gern. Einige munkelten, er wäre der Obrigkeit ein Dorn im Auge gewesen, und ein Schreiber des Amtmanns hätte die Briefe untergeschoben, andere sagten, daß allein die Tatsache, daß ein Frodsen von Bombüll sein Komplize gewesen war, dafür sprach, daß es stimmte. Aber egal, auf jeden Fall hat die Obrigkeit ihn besonders scharf bestraft. Er wurde an den Galgen gebunden, dann wurden ihm beide Augen ausgestochen ..."

„Iih", ekelte sich das junge Mädchen.

„Das ist noch nicht alles", beeilte sich Anne, das Interesse und das Schaudern wachzuhalten. „Dann wurden ihm die zwei vordersten Finger der rechten Hand abgehackt, mit denen er falsch geschworen hatte, und schließlich wurde er aufs Rad gelegt."

„Dann muß er ja mehrmals gestorben sein!"

„Ja, und das sollte er wohl auch", meinte Anne befriedigt, „damit jeder, der es sah, abgeschreckt wurde."

Man hörte eine Weile wieder nur das Klappern des Webstuhls und das rhythmische Summen der Spinnräder.

„Jetzt, wo Mutter Griebsch nicht dabei ist", fing die Hausfrau Anne wieder an, „kann ich es ja sagen. Sabbe Brodersen auf Ochsholm liegt im Kindbett im Sterben."

Mehrere der Frauen hielten so unvermittelt ihre Füße still, daß der Faden sich auf der Spindel überschlug, und hoben überrascht die Köpfe.

„Sie ist doch noch jung", entgegnete eine Frau.

„Warst du nicht bei ihrer Hochzeit sogar Vorschaffer?" wollte die ältere Anne wissen, die sich aber genau an solche Dinge erinnerte.

„Weißt du das noch?" fragte lächelnd Kye, die aus Deezbüll in der Bökingharde stammte und nach Aventoft eingeheiratet hatte und deshalb das Jütische von Aventoft immer noch mit Akzent sprach.

Anne nickte geschmeichelt, wurde aber bald wieder ernst. „Und stellt euch vor, kein Mensch kann sich erklären, was sie hat", kam sie wieder auf Sabbe zu sprechen. „Das Kind war tot, zugegeben, aber Sabbe ist doch kräftig."

„Man sagt ja", begann eine alte Frau bedächtig, „daß Mutter Griebsch..." Danach verstummte sie und ließ die anderen raten, was die Hebamme wohl getan haben mochte.

„Ja, ja", fiel Anne schnell ein, die sich ihre Neuigkeiten nicht aus der Hand nehmen lassen wollte, „Gerüchte, pah." Sie winkte ab. „Ich habe es aus Broders eigenem Mund gehört, was sie sagte."

Energisch zupfte Anne Wolle aus dem großen Sack und kämmte eine Handvoll davon. Sie schwieg, und die Spannung stieg. Schließlich blickte Anne eine Frau nach der anderen geheimnistuerisch an, bevor sie endlich weitersprach.

„Sie hat vorher gedroht, daß sie das Kind im Mutterleib sterben lassen will!"

Man hörte nur das schwere Einatmen der erschrockenen Frauen, aber kein Wort fiel. Nachdem Anne die Sensation genug ausgekostet hatte, ergänzte sie: „Und es starb. Erst der Junge, und jetzt ist die Mutter an der Reihe. Nun frage ich euch, wer wohl daran schuld sein kann."

„Es kommt ja wohl nur eine einzige in Frage", antwortete schnippisch die junge Kye.

Die Frauen nickten, voll Entsetzen.

„Sprecht nicht darüber", mahnte Anne sie, „ich habe es selbst im Vertrauen erfahren. Es würde uns vielleicht auch nicht gut bekommen, wenn Mutter Griebsch wüßte, daß wir wissen..."

Sie verstummte, und alle waren einverstanden. Danach wandten sie sich wieder den Handarbeiten zu, aber Stimmung wollte nicht mehr aufkommen. Auch Lieder wurden nun nicht mehr gesungen. Verstohlen schüttelte die eine und andere von ihnen den Kopf, ohne sich zu äußern. Man sprach nicht gerne über Hexen, man wußte nie, wie sie es einem vergolten, aber nachdem nun klargestellt war, daß Mutter Griebsch es verstand, sich teuflische Kräfte zunutze zu machen, lag der Gedanke nahe, daß auch die merkwürdige Kälte und der lange Winter dieses Jahres nicht vom Herrgott stammten.

Zu allen anderen Übeln hatte nun auch noch die Angst in Aventoft Einzug gehalten.

# 5

Zwei Wochen danach schöpften die Leute Hoffnung. Der Frühling kam, endlich und lange erwartet. Die Erde verströmte erstmals seit langem ihren Duft, und die Vögel erwachten, zaghaft zuerst, dann aber mit ihrem sicheren Instinkt, daß die tote Jahreszeit endgültig vorüber war. Die Alten blähten die Nüstern, froh, dem Tod, der meist im Winter kam, noch einmal entronnen zu sein, und atmeten tief ein. Nun zogen auch die Gänse nach Norden, schnell, wie um die verlorene Zeit aufzuholen, und der Kuckuck flog endgültig in den Wald zurück. Krähen und Tauben schwärmten umher, auf der Suche nach Nistplätzen.

Die Leute in den Dörfern längs der Wiedau allerdings sahen dem Frühjahr mit gemischten Gefühlen entgegen und wünschten sich statt dessen den Sommer herbei. Der Fluß nämlich schwoll an. Täglich nahmen die Wassermassen, die an Aventoft und Ruttebüll vorbei in die Nordsee rauschten, zu. Auf den Weiden längs des Flusses schmolz das Eis, weil es aber in die gefrorene Erde nicht versickern konnte, füllten sich zuerst die Kuhlen und Senken mit Wasser, vereinigten sich dann und bildeten schließlich mit der Wiedau zusammen eine riesige unpassierbare Wasserfläche, unüberblickbar von einem Ende zum anderen. Die Aventofter wohnten nunmehr auf drei kleinen Inseln: Hungerburg im Osten, dann Nambüll und schließlich das Süderdorf.

Mutter Griebsch und Antje saßen, glücklich, daß die Sonne schien, am großen Tisch in der Stube. Die obere Hälfte der Eingangstür stand offen, und durch sie, ebenso wie durch die Fenster auf der Südseite, flutete das Sonnenlicht. Erstmals seit langem drang das Licht bis zur Ofenwand, und die ärmlichen Verhältnisse, unter denen die beiden Frauen lebten, traten deutlich zutage. Hier jedenfalls gab es keine sauber gefügten und mit Fugenleisten überdeckten Holzbohlen wie bei Großbauern, sondern die schmalen Planken saßen krumm bei krumm nebeneinander und ließen Kälte, Staub und Spinnen ungehindurt durch.

„Mutter Lena“, sagte Antje nachdenklich, während sie vorsichtig eine Beinwellwurzel sauber schabte.

„Ja, Kind“, antwortete Mutter Griebsch, ohne sich bei ihrer Arbeit stören zu lassen. Auch sie war damit befaßt, die Restbestände der Kräuter zu sichten und zum Gebrauch fertig zu machen. Sie atmete auf bei dem Gedanken, daß sie endlich das frische Grün würde sammeln können, endlich, denn über Winter war fast alles verbraucht worden, und außerdem nahm bekanntermaßen die Heilkraft im Laufe der langen Lagerung ab.

„Mutter Lena", wiederholte Antje nachdrücklich, und die Hebamme sah auf und ließ ihre Hände auf dem Tisch ruhen.

„Ja?" fragte Mutter Griebsch. „Welche Gedanken purzeln jetzt wieder in deinem Kopf herum?" Sie kannte doch ihre Antje. Immer mußte man bei ihr darauf gefaßt sein, allerlei Merkwürdiges von ihr zu hören. Sie dachte sich gerne Geschichten aus und erschreckte ihre Tante manchmal mit so viel Phantasie. Außerdem war sie nicht gerade fügsam und ging häufig ihre eigenen Wege. Aber Mutter Griebsch liebte die Tochter ihrer einzigen Schwester und sah ihr manches nach.

„Sabbe war nie sehr zuverlässig", fing Antje zögernd an.

Mutter Griebsch nickte ohne Überraschung.

„Manchmal war sie sogar ausgesprochen verlogen", fuhr das junge Mädchen fort.

„Worauf willst du hinaus, Mädchen?" fragte Mutter Griebsch.

„Broder aber galt als gutmütig", spann Antje ihren Faden weiter, ohne sich beirren zu lassen. „Nie war er brutal, und die Mädchen in Fischerhäuser hätten ihn alle gern genommen."

„Warst du damals nicht zu jung, um dich um solche Dinge zu kümmern?" wollte die Hebamme wissen.

Antje schüttelte den Kopf. „Nein, ich war zehn oder elf Jahre, als er anfing zu fenstern." Sie lachte hell auf und strich sich einige blonde Locken aus den Augen. „Ich weiß noch, wie meine Schwestern sich erbittert um ihn stritten. Silke wollte ihn der Gesine sogar gegen irgendein Vorrecht – ich weiß nicht mehr, welches es war – abtreten. Als ob er ein Ochse gewesen wäre, der zum Verkauf ausstand." Belustigt schüttelte sie den Kopf, um gleich wieder ernst zu werden. „Aber er wollte keine von ihnen, er hatte immer nur Sabbe im Sinn."

„Sie ihn denn auch?" fragte Mutter Griebsch, nun allmählich neugierig geworden.

Antje nickte heftig. „Oh ja. Sie hatte ja auch allen Grund dazu.

Sein Vater war der reichste Mann des Dorfes, und Broder sah gut aus."

„Und seine Eltern?"

„Die wehrten sich erbittert, aber was half's ihnen? Er stellte sie vor die Wahl: Entweder er verließ zusammen mit Sabbe den Hof und kehrte nie wieder nach Fischerhäuser zurück, oder sie stimmten der Heirat zu." Antjes Gedanken weilten bei dieser, damals das ganze Dorf aufregenden Angelegenheit. Nachdenklich biß sie sich auf die Unterlippe. „Und ich glaube, Broders Eltern waren die einzigen in ganz Fischerhäuser, die diese Drohung ernstnahmen."

„Wie meinst du das?" wollte die Hebamme wissen und runzelte die Stirn. Unbewußt zupfte sie an einem Blatt der so kostbaren Boragenblume herum, die erst vor kurzem nach Nordfriesland eingeführt worden war und die schleimlösend und harntreibend wirkte. „Oh, was mache ich bloß", erschrak sie und legte das Blatt vorsichtig zu den getrockneten Stengeln und Stielen zurück.

Antje sah ihr aufmerksam zu und erzählte erst weiter, als Mutter Griebsch wieder zuhören konnte.

„Sabbe hätte Fischerhäuser nie verlassen. Den Hof wollte sie besitzen, und Broder war eine schöne Beigabe."

„Warum lehnten die Eltern Sabbe als Schwiegertochter ab? War sie denn nicht auch eine gute Partie?"

„Doch, das wohl", nickte Antje, „aber es hieß, daß sie den Männern nachlaufe. Unter der Hand erzählten sich die Burschen, wann sie bei Sabbe nachts eingestiegen waren. Und alle paar Wochen war es ein anderer. Nein, einen guten Ruf hatte sie nie."

„Broder aber wußte das nicht, oder er wollte es nicht wissen", schloß Mutter Griebsch daraus, „stimmt's?"

„Ja, ganz genau so war es."

„Und was wolltest du mir nun mit all dem zu verstehen geben, Antje?" fragte die Hebamme, die sich bereits dachte, daß ihre Nichte die Vergangenheit nicht aus Geschwätzigkeit aus ihrem Gedächtnis hervorholte.

„Ich glaube Sabbe nicht", erklärte Antje klipp und klar. „Vor allem nicht, daß Broder sie gezwungen hat, bei der Schlachtung zuzusehen. Er hatte Kinder immer sehr gerne, und im Dorf heißt es, daß er sich schon lange sehnlichst einen zweiten Sohn wünschte."

„Ja“, stimmte Mutter Griebsch nachdenklich zu, „auch ich wunderte mich, aber später vergaß ich es wieder.“

„Sie war auch nicht annähernd so verzweifelt, wie sie tat“, sagte Antje grimmig. „Gut schauspielern konnte sie schon immer. Auch als junges Mädchen warf sie sich schreiend auf den Boden, wenn es nicht nach ihrem Willen lief. Und dann die blauen Flecken! Hast du die gesehen?“

„Ja, ja natürlich“, antwortete Mutter Griebsch, der erst jetzt ein Licht aufging. „Er soll sie doch wohl nicht mißhandelt haben?“

„Broder? Nein, der nie. Bei jedem anderen könnte man Zweifel haben, aber nicht bei Broder.“ Da war Antje sich ganz sicher.

„Du hast dir ja viele Gedanken darüber gemacht“, sinnierte die Hebamme. „Hast du einen besonderen Grund dafür?“

Antje hob vage die Hände. „Nein, ich fand es nur merkwürdig. Irgend etwas geht dort vor.“

„Meinst du?“

Antje nickte, die Hebamme aber blickte zweifelnd.

„Wenn man es recht bedenkt“, sagte Mutter Griebsch nüchtern, „ist nichts passiert, außer daß eine überspannte junge Frau – da magst du recht haben – uns bei Eiseskälte für nichts und wieder nichts hat rufen lassen. Vielleicht hat sie wirklich gedacht, ich könnte ihr noch helfen, nachdem sie sich zweimal versehen hat, obwohl dagegen nun wirklich kein Kraut gewachsen ist.“

„Möglich. Aber warum hat sie sich denn versehen?“ fragte Antje heftig. „Ob sie das Kind vielleicht nicht haben wollte?“

„Dann wäre sie doch wohl eher zu mir gekommen. Drei, vier Monate früher, und sie wäre das Kind in aller Stille losgeworden. Statt dessen liegt sie jetzt auf den Tod.“

„Was?“ Das junge Mädchen fuhr hoch. „Dann müssen wir doch wohl hin. Deine Kräuter ...“ Sie unterbrach sich erschrocken, als die Hebamme entschieden den Kopf schüttelte und „nein“ murmelte.

„Ist sie schon tot?“ fragte Antje fassungslos.

Die Hebamme blickte traurig auf ihre leeren Hände. „Ich möchte nicht kommen, hat er bestellen lassen. Ein Knecht kam extra deswegen den langen Weg. Broder hatte wohl Angst, ich wäre bereits unterwegs.“

„Du sollst nicht kommen?“ wiederholte Antje, ohne eine Antwort zu erwarten. „Und das findest du nicht merkwürdig?“

„Oh doch“, murmelte Mutter Griebsch unglücklich.

„Dabei hättest du sie vielleicht retten können. Außer dir kennt doch niemand die richtigen Kräuter.“

„Nein“, gab die Hebamme zu, „aber retten hätte ich sie wohl auch nicht mehr können... nein! Sabbe spielt mit ihrem Leben, wenn sie sich aus purem Leichtsinn dem Bösen in die Arme wirft. Vielleicht weiß sie es gar nicht.“ Mit einem Schlage schien der Hebamme das Zimmer nicht mehr sonnig und auch nicht warm. Im Gegenteil, ein Hauch von Frost strich über die Wangen von Mutter Griebsch, die ängstlich zusammenschrak.

„Was ist?“ fragte Antje, die nichts gespürt, aber ihre Tante nicht aus den Augen gelassen hatte.

„Ich weiß nicht“, murmelte Mutter Griebsch, „mir ist, als ob der Todesengel mich berührt hätte.“

„Das bildest du dir nur ein“, entgegnete Antje tapfer, um ihre Tante zu trösten, obwohl sie sich nicht dagegen wehren konnte, daß auch sie von jäher Angst befallen wurde.

Mutter Griebsch schwieg eine Weile, und Antje verfolgte mit großen Augen, wie ihre Tante sich wieder in den Griff bekam. Erleichtert nahm sie schließlich zur Kenntnis, daß die Hebamme mit ihren Gedanken wieder nach Aventoft zurückzukehren schien. Plötzlich sah sie Antje lächelnd an.

„Wir wollen nicht mehr davon sprechen“, meinte Mutter Griebsch, und so hielten sie es.

Bis zum Abend arbeiteten sie noch an ihren Kräutern, und Mutter Griebsch unterwies ihre Nichte in allem, was sie wissen mußte, um eine kundige Hebamme zu werden und darüber hinaus noch allerlei nützliche Kenntnisse zu besitzen. Antje war ein flinkes Mädchen, sie hatte keine Mühe, alles zu behalten. Über den vielen Dingen, die sie lernen mußte, vergaß sie bald ihre Sorgen wegen Sabbe.

An diesem warmen Tag verlangte keine Frau nach Mutter Griebsch und ihrer Gehilfin; es kam auch niemand, der sie etwa in einem der anderen Dinge um Rat fragte, die sie beherrschte; damit war bei Tage allerdings auch nicht zu rechnen. Wer Warzen und die Rose besprochen haben wollte, kam im Dunklen, und die jungen Mädchen, die Angst haben mußten, daß ihre Bekanntschaft mit einem jungen Burschen nur zu bald offensichtlich werden würde, kamen nachts und wankten im Morgengrauen nach Hause.

Ja, zu manchen Zeiten war Mutter Griebsch nachts rege tätig, und niemand überblickte genau, womit sie sich befaßte. Aber die meisten im Dorf und weit darüber hinaus waren in irgendeiner Not schon einmal bei Mutter Griebsch gewesen. Der Pastor und auch die Obrigkeit hatten die Frau vorsorglich ins Auge gefaßt, ihr aber nie etwas Ungesetzliches nachweisen können.

## 6

Sabbe wurde wieder gesund, was erstaunlich war, wenn man bedachte, wie schwer krank sie gewesen war. In ihren Fieberträumen, die der Fehlgeburt folgten, murmelte sie mehrmals: „Mutter Griebsch", und Broder, der erkannte, wie sehr seine Frau von der Hebamme beunruhigt wurde, schwor sich, es ihr heimzuzahlen. Später dann, als sie allmählich wieder zu sich kam, abgemagert und bleich, lächelte sie ihren Mann an und bat ihn, mit der Hebamme nachsichtig zu sein. Broder war so glücklich über Sabbes Gesundung, daß er alles versprach, was sie erbat.

Weniger glücklich als auf der Warft Ochsholm ging es in Aventoft zu. Das Dorf war nun ringum von Hochwasser eingeschlossen, von strömendem, wirbelndem Wasser, das nur einen mühevollen und gefährlichen Verkehr mit der Stadt Tondern und den Dörfern am Gotteskoogsee zuließ. Ähnlich wie dort war es in Ruttebüll und Fischerhäuser, und auch in Uberg war man wieder einmal dankbar, daß die Vorväter auf Warften gebaut hatten. Ein junger Mann war ertrunken, als er mehrere eingeschlossene Schafe retten wollte.

Die Fischer waren trotzdem, kaum daß das Eis aufgebrochen war, wieder in ihren Booten unterwegs, denn von was sollten sie sonst leben?

Broder, der nicht Fischer, sondern Bauer war, stand eines Morgens auf seiner Warft und blickte nach Osten über den See, um festzustellen, ob das Wasser bereits fiel. Die Holme aber, die die Seeoberfläche sonst zu überragen pflegten, lagen alle noch unter Wasser. Er schüttelte mißmutig den Kopf und wandte sich wieder seinem Haus zu; da bemerkte er aus den Augenwinkeln eines der Fischerboote, das entschieden seiner eigenen Warft zustrebte. Aus dem Boot winkte jemand, den Broder nicht erkennen konnte.

Der Fischer hatte es so eilig, daß er wohl vergaß, rechtzeitig die Schot zu fieren, jedenfalls rauschte er mit halbem Wind und großer Geschwindigkeit auf die kleine Landzunge unterhalb von Ochsholm zu, und selbst Broder, der nicht sehr gut mit Booten umgehen konnte, erkannte, daß er auf sie auflaufen würde. So geschah es denn auch, aber der Mann, der sich als Christian Peter Hemsen aus Ruttebüll erwies, sprang, ohne sich darum zu kümmern, aus seinem Boot, ließ das grobe Tuchsegel knatternd auswehen und rannte keuchend die Warft hoch.

„Der Tuul hebt sich, der Tuul hebt sich", schrie er, mit vor Entsetzen überschnappender Stimme.

Broder wurde bleich. Wenn im See plötzlich Land hochstieg, war jedermann in größter Gefahr. Kaum ein Vorzeichen konnte für die Menschen am Gotteskoogsee schlimmere Bedeutung haben als der Tuul.

„Wieviel?" fragte er, obwohl diese Frage ganz unsinnig war. Tuul war Tuul.

„Überall", antwortete der Fischer noch ganz atemlos und wies mit der Hand über den ganzen See. „Ich bin daran entlanggesegelt. An einer Stelle wäre ich beinahe nicht mehr entkommen." Plötzlich fror es ihn, und er schauderte zusammen. „Er kam hoch", flüsterte er, „einschließen wollte er mich, hinunterziehen in den See." Hemsen schlug die Hände vor das Gesicht, und Broder betrachtete ihn mitleidig.

Niemand wußte, was der Tuul war: nicht Tang, nicht Wasserpflanze, eher Land, aber doch kein richtiges Land, denn gehen konnte man auf ihm nicht. Die braune Masse sah so trügerisch fest aus, aber versuchte man, sie zu betreten, wich sie lautlos auseinander, trieb weg, und der Wagemutige versackte, ohne einen Ton von sich zu geben, mit großen, überraschten Augen. Wenn die Elemente des Wassers und der Erde auf diese Art durcheinandergeraten waren, konnte niemand mehr seines Lebens sicher sein.

„Komm mit", bot Broder dem Fischer an, „erhole dich erst einmal bei uns im Haus."

Hemsen nickte dankbar und schleppte sich zum Haus. Er war vollkommen erschöpft, wohl eher vom ausgestandenen Schrecken als vom Fischen, denn dazu war er nicht mehr gekommen.

Im Haus streckte Sabbe neugierig ihren Kopf aus dem Alkoven

und begrüßte freundlich den Fischer, war dieser doch ein stattliches Mannsbild und konnte ihr wohl gefallen.

„Willkommen, Christian Peter“, bot sie ihm den Willkommensgruß, strich kokett einige Haarsträhnen aus der Stirn und warf ihre Zöpfe nach hinten über die Schulter. Eigentlich hätten sie sittsam unter der Haube liegen sollen, aber Sabbe hielt sich nicht immer an das übliche und überging auch die sanften Vorwürfe ihres Mannes. Die Kopfbewegung machte den Fischer auf Sabbe aufmerksam.

„Liegst du immer noch?“ fragte er und wischte sich den Schweiß von der Stirn.

„Oh, ja“, antwortete sie leise, „man hat mir übel mitgespielt. Mein Kind habe ich verloren.“ Ein unauffälliges Schluchzen rief des Fischers Mitleid hervor, und er seufzte.

„Ja, das ist schlimm. Ein Sohn war es, hörte ich...“

„Ja, ein großer, kräftiger Bursche“, bestätigte Sabbe und bedauerte es endlich ein wenig, daß er tot war. Er war stämmig gewesen, und so hätte man mit ihm bei den Nachbarinnen auch Ehre einlegen können.

„Auch meine Frau...“, fuhr der Fischer fort.

Sabbe unterbrach ihn. Sie hatte das Gespräch keinesfalls auf seine Frau lenken wollen, die war ihr wahrhaftig völlig gleichgültig. „Was ist da draußen passiert?“ fragte sie schnell. „Ich hörte euch vom Tuul reden.“

Schlagartig wurde Hemsen wieder an sein ungeheures Erlebnis erinnert. Er durchquerte den Raum und setzte sich vertraulich zu Sabbe auf das Bett. Diese strich sich kokett über ihr Hemd, aber der Fischer bemerkte Sabbes Bemühungen, sich ins rechte Licht zu bringen, überhaupt nicht.

„Der Tuul.“ Christian Peters schwarze dichte Augenbrauen zogen sich nachdenklich zusammen. „Uns allen droht Gefahr“, sagte er geheimnistuerisch. „Ich weiß es, ich habe es schon einmal erlebt, das war, als...“

Sabbe duldete nicht, daß ein anderer als sie im Mittelpunkt stand, schon gar nicht in ihrem Hause. Sie streckte ihre Hand zu ihrem Mann aus und schrie gellend: „Der Tuul! Er wird uns Unglück bringen, ich fühle es hier.“

Broder eilte sofort herbei und nahm sie fest in seine Arme. Sie führte die Hand ihres Mannes zu ihrem Herzen, und er versuchte verlegen, sie zu beruhigen.

„Es wird dir nichts passieren“, murmelte er zärtlich, „ich passe auf dich auf.“

Sabbe aber fing an zu zittern; erst war es nur ein leichtes Beben, dennoch musterte Broder sie sofort aufgeschreckt und forschend. Die junge Frau aber konnte beim besten Willen das Zittern nicht unterdrücken, es wurde immer stärker und schüttelte sie schließlich.

„Merkst du“, jammerte sie weinerlich, „es ist schon wieder da, jeden Tag kommt es und zwingt mich.“

Broder nickte grimmig und hielt seine Frau solange fest, bis sie sich wieder beruhigt hatte. Dann ließ er sie auf ihr Lager sinken, wischte ihr mitleidig den Schweiß von der Stirn und bettete sie neu. Nachdem sie augenscheinlich ermattet eingeschlafen war, ging er dem Fischer nach, der den Raum inzwischen verlassen hatte. Broder traf ihn draußen vor dem Haus an.

„Du Ärmster“, sagte Hemsen und nickte mitleidig. „Ich weiß, was es bedeutet, wenn eine Frau solche Anfälle hat.“

„Anfälle?“ rief Broder empört. „Das sind keine Anfälle. Jeden Tag seit ihrem großen Verlust kommt der Böse und beutelt Sabbe und wirft sie hin und her. Er quält sie wohl eine halbe Stunde lang, dann verschwindet er wieder.“

Der Fischer staunte Broder offenen Mundes an, wagte sich aber nicht zu äußern.

Broder sprach mit gepreßter Stimme und ohne Hemsen anzublikken, weiter. Er hatte anscheinend das Bedürfnis, sich diese furchtbare Sache von der Seele zu reden. Denn wer hätte ihm helfen können? Wenn man es bei Licht betrachtete: niemand. Die Obrigkeit nicht, und auch der Pastor nicht. Er mußte allein damit fertig werden und noch dazu sich bemühen, Knechte und Mägde fernzuhalten. Er wußte, sie tuschelten schon. „Sabbe sieht ihn“, sagte er, „und er hat die Gestalt von jemandem angenommen, den wir kennen, aber sie sagt nicht, wer.“

„Ist sie besessen?“ wagte nun endlich der Fischer zu fragen.

„Nein“, wehrte Broder heftig ab, „zumindest widersteht sie. Durch ihr freundliches Wesen und ihre Frömmigkeit hat der Böse keine Macht über sie. Gott sei Dank. Nur versucht er es immer wieder aufs neue. Eine andere Frau als meine Sabbe wäre wohl längst verloren.

„Ja“, entgegnete der Fischer nachdenklich, „üble Dinge geschehen zur Zeit. Wer weiß, was noch passieren wird. Aber unsere Obrigkeit ist glücklicherweise wachsam, wir können froh sein, daß wir einen solchen Amtmann haben."

„Und eine solche Amtmännin, vor allem", ergänzte Broder.

„Hm", brummelte Christian Peter, der Fischer.

„Ich wüßte, wie man ihr helfen kann", fuhr Broder fort.

„Wem?"

„Na, der Obrigkeit", sagte Broder kurz angebunden. „Man müßte nur einmal mitteilen, was sich hier bei uns tut und wen man im Verdacht hat."

„Hast du denn einen Verdacht?" wollte der Fischer erstaunt wissen.

„Ja, selbstverständlich", stieß Broder hervor und gab ein kurzes Lachen von sich. „Hat sich das bei euch in Ruttebüll noch nicht herumgesprochen?"

Christian Peter wußte von nichts und blickte den Bauern gespannt an.

„Kennst du Mutter Griebsch, die Töwersche, aus Aventoft?" fragte Broder und blickte sinnend über den See.

Der Fischer nickte überrascht, sagte aber nichts.

„Da hast du des Übels Kern", sagte Broder. „Du kommst gerade von da", fuhr er fort und wies in Richtung auf die Tuulfelder, die in der Ferne als brauner Strich erkennbar waren, „nun weißt du auch, wer sie verursacht hat. Und ich bin sicher, daß der Teufel in Mutter Griebschs Gestalt meiner Sabbe erscheint. Wäre sie erst einmal entmachtet, wäre auch Sabbe diese Marter los."

Der Fischer pfiff tonlos. „Manches habe ich schon von ihr gehört, aber das noch nicht."

„Doch, und bei ihr kannst du dich bedanken, wenn du heute ohne Fische nach Hause kommst."

Das ging dem Fischer jetzt erst auf. Aber es war undenkbar, daß er sich noch einmal auf den See wagen würde, war er doch froh, glücklich entronnen zu sein. „Warum macht sie das?" fragte er, und in seinen Augen schimmerte der Zorn deutlicher, je mehr er sich darüber klar wurde, in welchem Ausmaß die Töwersche ihn persönlich traf.

„Ich weiß es nicht genau", bekannte Broder, „aber ich mache mir schon seit einiger Zeit so meine Gedanken darüber. Ich glaube, daß sie neidisch ist auf uns hier an der Westseite vom See. Wo wir doch sehr viel besser dastehen als die Leute in Aventoft." Zufrieden rieb er sich die Hände, vergessend, daß eigentlich gar kein Anlaß bestand, so überheblich zu sein.

„Meinst du?" Der Fischer sann über Broders Behauptung nach und konnte ihm dann nur zustimmen. Ihnen ging es wirklich besser; sie waren erfolgreicher und tüchtiger; selbst Herzog Johann zollte ihnen seinen Beifall und besuchte sie zuweilen. In Aventoft war er gewiß nie gewesen. Und das alles wollte eine Frauensperson aus Neid zunichte machen. Ihn überkam gewaltiger Zorn.

„Und außerdem", fuhr Broder fort, „braucht es für die Taten des Teufels keine Erklärung. Wenn er nur Verwirrung und Ärger schaffen kann, ist er schon zufrieden. Die Seelen kriegt er obendrauf. Und Mutter Griebsch ist seine Schülerin."

„Na warte", sagte der Fischer, der immer wütender wurde, mit gepreßter Stimme, „wenn ich dich in die Hände kriege."

„Nein, nein", beschwichtigte ihn Broder, „das müssen wir anders machen, nein, nicht du allein. Dich spuckt sie einmal an, dann liegst du schon im Staub! Ich weiß auch schon, wie wir es anfangen werden."

Darüber allerdings war er nicht bereit zu sprechen, aber das machte auch nichts weiter, denn er hatte Christian Peters vollstes Vertrauen. Der Fischer sah ihn voller Achtung an. Tatkräftig war der Bauer, das mußte man ihm lassen.

„Stimmt", gab er reuig zu, „daran hatte ich gar nicht gedacht."

„Siehst du", meinte Broder „verlaß du dich nur auf mich!"

Damit trennten sie sich. Broder sah dem wegsegelnden Fischer noch eine Weile nach, wie er vorsichtig, als ob er den See nicht wecken wolle, nach Norden fuhr, dabei fast jede Bucht und jede Landzunge aussegelnd, wiewohl er sonst quer über die freie Fläche gefahren wäre, aber er wollte wohl, so dicht es ging, am Land bleiben.

„Hoffentlich macht er keine Dummheiten", sagte sich Broder. Ganz traute er dem Fischer doch nicht. Und war die Töwersche erst aufmerksam geworden, daß man hinter ihr her war, wurde es gefährlich für Christenmenschen.

# 7

Wie bei den Kühen die Kälber, purzelten jetzt auch bei den Frauen die Säuglinge; Mutter Griebsch und Antje, die angehende Hebamme, hatten tüchtig zu tun. Wegen der schlechten Wegeverhältnisse waren sie meistens lange unterwegs, und ihre Reisen waren mühselig. Aber Mutter Griebsch war sich ihrer Verantwortung bewußt und hätte niemals aus so fadenscheinigen Gründen wie etwa, daß der Schlamm kein Durchkommen erlaube oder Ähnliches, zu kommen abgelehnt.

Eines Morgens kam ein atemloser junger Mann angestapft mit der Bitte, Mutter Griebsch möge nach Humptruphof kommen. Die Hebamme fuhr alarmiert in die Höhe, es sei doch noch viel zu früh. Boy Andresen hatte ihr vor einiger Zeit mitteilen lassen, sie möge dann und dann kommen. Nein, eigentlich nur zwei oder drei Wochen, meinte er, und sie solle sich nicht beunruhigen, die Frau habe rechtzeitig Bescheid gesagt, und es habe sicher noch gute Weile.

„Nein, darauf will ich mich nicht verlassen“, meinte Mutter Griebsch unwillig, „es ist besser, wir beeilen uns.“

Nach einem Moment des Kramens und Suchens blickte sie auf und sah Antje noch am gleichen Fleck stehen.

„...besser, wir beeilen uns“, wiederholte die Hebamme nachdrücklich.

Antje fuhr erschrocken hoch, errötete und begann in aller Eile, ihrer Tante zu helfen. Der junge Mann musterte sie wohlgefällig und ließ die Augen nicht von dem jungen Mädchen.

„Wer bist du eigentlich?“ fragte die Hebamme nebenher und war mit ihren Gedanken auch mehr bei den Vorbereitungen als bei der Antwort des jungen Bauern.

„Ich bin Carsten Hinrichsen“, antwortete dieser höflich, „der Bruder der jungen Frau.“

Antje hing an seinen Lippen; er lächelte sie an und kniff ein Auge zu. Verlegen ging das junge Mädchen wieder an die Arbeit.

Nach wenigen Minuten verließen sie das Haus, denn Zeit war nicht zu verlieren, niemand konnte voraussagen, ob sie überhaupt rechtzeitig eintreffen würden. Carsten führte die Frauen zu seinem Boot, das er am Aventofter See, dem tiefsten Teil des Gotteskoogsees, angebunden hatte. Hier lagen bei normalem Wasserstand die meisten Boote der Aventofter an Leinen, die zu den Pfählen der Spundwände führten. Jetzt aber waren die Planken überflutet und kaum mehr zu sehen, und auch die hölzernen Abteilungen, kleinen Boxen gleich, die sich manche der Fischer für ihren privaten Gebrauch gezimmert hatten, waren unter der Wasseroberfläche verschwunden. Mutter Griebsch wurde bereits blaß, als sie sah, wie Carsten vorsichtig über einige Planken hinweg balancierte und dann geschickt in sein Boot sprang. Er zog es an der Festmacheleine so nah ans Ufer, wie es ging, aber als der flache Bootsboden laut hörbar an der Spundwand, dem eigentlichen Uferbollwerk, schabte, mußte er aufhören. Er reichte der Hebamme hilfreich die Hand, grinste aufmunternd und wartete darauf, daß sie in das schwankende Boot überstieg. Mutter Griebsch zögerte.

„Nun komm", forderte Carsten sie auf. „Ich helfe dir."

Mutter Griebsch schüttelte wortlos den Kopf und zog sich wieder zurück.

„Doch, doch, es ist doch nicht so schwer", bekräftigte der junge Mann und blickte sie erstaunt an.

„Mutter Lena", sagte Antje, „du trittst erst hier hin und dann dort hin, es kann gar nichts passieren." Entschlossen schob sie die Hebamme ein Stück weiter.

„Meint ihr?" seufzte die Hebamme und faßte sich dann ein Herz.

Mit vereinten Kräften bekamen sie sie hinüber, und der junge Mann, auf den dabei die größte Last fiel, atmete erleichtert auf, als die Hebamme endlich im Boot saß, die Hände an die Bordwand klammerte und die Augen fest geschlossen hatte. Carsten grinste Antje an, und auch sie lachte hell auf. Mutter Griebsch öffnete vorsichtig ein Auge, merkte, daß sie selber Gegenstand der Heiterkeit war, und lachte gutmütig mit. Solange sie noch in der relativen Sicherheit am Ufer waren, konnte sie sich der Tatsache nicht verschließen, daß sie übervorsichtig und etwas lächerlich gewirkt haben mußte.

„Meine Schwester hat auf dem Wasser auch Angst", bemerkte Carsten und nickte ihr tröstend zu.

Mutter Griebsch war ihm dankbar; daß er sich solche Gedanken um sie machte, gehörte gewiß nicht zu seinem Auftrag. Er sollte sie holen, mehr sicher nicht; offensichtlich war er trotz seiner Jugend ein netter und fürsorglicher Junge, oder Mann, besser gesagt. Die Hebamme betrachtete ihn wohlgefällig. Wie alle Mannspersonen, die aus dem Kindesalter heraus waren, trug er zwei paar Hosen übereinander, die obere sehr weit und bis übers Knie aufgekrempelt. Sein Wams mit den kurzen Schößen war sauber und ordentlich geflickt. Anscheinend hielt jemand auf seine Kleidung. Unter dem hohen Filzhut lockten sich die blonden Haare, die an den Schläfen übergangslos in einen schmalen Kinnbart übergingen, der mehr rötlich als blond war.

Während Mutter Griebsch in ihre Betrachtung versunken war, hatte Antje schnell das kleine Boot bestiegen und es zum Schwanken gebracht. Die Hebamme atmete erschreckt ein.

„Keine Sorge, Mutter Griebsch, hier kann nichts passieren", beschwichtigte Carsten sie, und in seinen Augen lag ganz leichter Spott.

„Nein, aber draußen", entgegnete Mutter Griebsch und zitterte, ob aus Angst oder vor Kälte, wußte sie selber nicht.

Der junge Bauer runzelte die Stirn, schüttelte mühelos die Schlinge vom Pfahl, mit der er sein Boot festgemacht hatte, und legte ab.

Bei mäßigem Wind aus Südwest segelten sie quer über den Aventofter See, ließen dabei die Insel Revtoft an der rechten Seite liegen und machten gute Fahrt. Sie fuhren mit halbem Wind, und darüber hinaus fierte Carsten das Segel so weit aus, daß das Boot kaum krängte. Den geringen Fahrtverlust, der dadurch entstand, konnten sie gewiß verschmerzen. Carsten dachte sich, daß eine Hebamme, die mehr tot als lebendig ankam, seiner Schwester auch nicht viel nutzen konnte. Mutter Griebsch hätte ihm gewiß zugestimmt, aber darüber sprach er mit ihr nicht, denn sie lag wie ein Frachtstück im Bug, den Kopf unter dem Umhang, und wollte mit niemandem reden.

Es dauerte nicht lange, bis sie bei Grellsbüll am Ostufer des Sees anlegen konnten. Hier begann die Geest sanft anzusteigen, und hier war auch der Endpunkt des Deiches, der das Ost- und das Nordufer des Gotteskoogsees schützte. Als sie mit einem leichten Bums aufliefen, schrie die Hebamme vor Schreck auf.

„Du kannst die Augen öffnen", schlug Antje vor und lächelte Carsten schelmisch an.

Mutter Griebsch schüttelte störrisch den Kopf und sagte: „Erst, wenn wir da sind."

„Na, gut", meinte Carsten leichthin und brachte mit schwingenden Bewegungen die Jolle zum Schaukeln. „Du kannst auch aussteigen", fuhr er fort.

„Was, mitten im Wasser?" ertönte die entsetzte Stimme der Hebamme dumpf aus ihren Tüchern.

„Wir gehen", erklärte lachend der junge Mann und half Antje aus dem Boot.

„Ihr könnt mich doch nicht allein auf dem See lassen!" rief Mutter Griebsch und tauchte verärgert aus der Umhüllung auf. „Ihr Schelme", sagte sie, scheinbar empört, als sie feststellte, daß sie außer Gefahr war, und hob drohend ihren Finger.

„Sei nicht böse, Mutter Griebsch", bat versöhnlich der junge Mann, und die Hebamme nickte ernsthaft, um dann plötzlich wieder aufzuhorchen. „Ich habe nicht alle Tage einen so ängstlichen Fahrgast, und das muß ich auskosten, das mußt du doch verstehen."

Das war ja nun allerhand, was der junge Mann da verlangte, und Antje und er sahen sich an und prusteten dann lachend los. Erst nach einer Weile war Mutter Griebsch wieder versöhnt, und sie machten sich auf den kurzen Weg nach Humptrup.

Wie Carsten richtig vorhergesagt hatte, war es bei seiner Schwester noch nicht so weit. Es war ihre erste Geburt, und so zog sich der Anfang noch etwas hin. Sie marschierte ganz gefaßt in der warmen Stube auf und ab, unterstützt von zwei Nachbarinnen, die bereits seit Stunden anwesend waren und die junge Frau durch Erzählungen und Geschwätz ablenkten.

Mutter Griebsch konnte in aller Ruhe ihre Vorbereitungen treffen; sie setzte noch einen Wasserkessel aufs Feuer und nahm sich dann Zeit, die Küche dieses ganz modernen Hauses eingehend zu besichtigen. Hier hatte man kein Herdhaus mehr – nein, der Herd war in einen eigenen Raum mit steinernen Wänden gestellt, und der Rauch zog durch einen breiten Rauchfang nach oben ab. In diesem Raum, ja, fast herrschaftlichen Zimmer, stand auch ein Tisch zum Arbeiten, ein Regal nahm die Teller auf, und Stühle zeigten, daß die Hausfrau es sich hier in aller Ruhe beim Arbeiten sogar bequem machen konnte: Rauchfrei und unbelästigt von Ruß und Flugasche durfte sie am Tisch arbeiten.

„Nein, wie schön!" rief Mutter Griebsch voll Bewunderung aus und klatschte in die Hände. Eine Magd, die das Feuer versorgte, lächelte geschmeichelt. Leute, die das Haus besichtigen wollten, war man nun schon fast gewöhnt, aber trotzdem war es gut, immer aufs neue bestätigt zu bekommen, von welcher Pracht man umgeben war. Schließlich war der Bauer der reichste des Dorfes und der Vorläufer des jetzigen Gebäudes einst ein Vorwerk des Königs gewesen. Man hielt auf sich und ließ zuweilen andere das auch fühlen.

„Und was ist das?“ schrie Mutter Griebsch und zeigte entsetzt auf zwei hölzerne Türflügel, die schräg geneigt auf dem Küchenfußboden lagen und direkt in die Hölle zu führen schienen. „Steigt da der Böse ein und aus?“ fragte sie zitternd.

Die Magd warf verächtlich den Kopf zurück und lachte schallend. „Das da“, prustete sie los, „das ist doch der Keller.“

Mutter Griebsch blickte skeptisch und näherte sich den Klappen vorsichtig.

Die Magd drehte den hölzernen Knebel auf und schlug die eine Klappe zurück. „Überzeuge dich selbst“, sagte sie stolz, „los, steig ein.“

„Nein, nein“, wehrte die Hebamme ab, worauf die Magd ihr einen verächtlichen Blick zuwarf und selber hinunterkletterte. Als nur noch ihre hohl klappernden Schritte zu hören waren, kniete sich Mutter Griebsch hin und streckte den Kopf so tief, wie sie konnte, nach unten. „Tatsächlich“, bestätigte sie, „ein Vorratsraum.“

„Komm schon“, rief ihr die Magd befehlend zu, und Mutter Griebsch faßte sich ein Herz und stieg hinter ihr her.

Im Halbdämmern waren die Vorratsgefäße erkennbar, die in allen anderen Häusern auf den rückwärtigen Stufen des Backofens stehen mußten, die gefüllten Bierfässer und Kruken sowie die letzten Früchte des Herbstes, die Rüben und auch die getrockneten aufgefädelten welschen Bohnen.

„Habt ihr das aber schön“, rief Mutter Griebsch nochmals hingerissen.

Die Magd nickte stumm, lächelte überheblich und machte sich so ihre Gedanken. Die dumme Trine vom Lande. Mochte sie sich auch Hebamme schimpfen, aber ihre Kenntnisse über modernes Wohnen ließen wirklich zu wünschen übrig.

„Hast du denn noch nie ein neues Haus gesehen?“ fragte sie mit unüberhörbarem Spott.

Die Hebamme schüttelte den Kopf. „So eins noch nicht“, erklärte sie, ohne sich an dem überheblichen Mädchen zu stören. Deren Haus war es ja nun auch nicht. „Oh, ich glaube, ich muß nach Lise sehen“, fiel ihr dann ein.

„Och, solange sie dich nicht rufen, hat sich noch nichts geändert“, entgegnete die Magd und wollte die Hebamme nicht gehen lassen. Sich im Glanz ihres Besitztums zu sonnen, war wirklich angenehm, selbst wenn es nur ein geliehener Glanz war.

„Stimmt auch wieder“, erklärte Mutter Griebsch fröhlich und kletterte die hölzerne Leiter hoch in die Küche, wo sie sogleich den Küchenherd nochmals inspizieren mußte.

Sie sagte eine Weile nichts, maß aber mit den ausgebreiteten Händen Breite und Tiefe des Herdes ab, schaute in die Höhe, wo man durch den Schornstein hindurch auf die vorbeiziehenden Wölkchen blicken konnte, öffnete die Klappe zum Bilegger und zum Backofen und seufzte schließlich tief auf.

„So etwas müßte man auch haben“, sagte sie sehnsüchtig. Als sie sich gerade anschickte, ohne Hemmungen die Türen zum Alkovenbett zu öffnen, hörte man von draußen eine laute, befehlende Stimme:

„Mutter Griebsch, wo bist du? Es geht los!“

Nicht ohne Bedauern rief die Hebamme der Magd zu: „Was muß, das muß“, ergriff in aller Hast den Kessel mit dem heißen Wasser und eilte in die Stube.

Dort hatte sich mittlerweile Lise Andresen mit dem Rücken auf das Alkovenbett gelegt und stemmte die entblößten Beine vor sich auf den Fußboden. Sie stöhnte.

„So ist es recht“, lobte die Hebamme, rückte die junge Frau in eine bessere Position und rief Antje durch ein Zeichen mit dem Kopf herbei.

Nach wenigen Minuten war das Kind da, ein Junge. Eine Magd, die zur Hilfestellung anwesend war, wollte die Hausherrin bereits in ihr Bett legen, wurde aber von der Hebamme gehindert.

„Nein, warte!“ befahl sie.

„Er ist ja so klein“, bemerkte Antje leise zu Mutter Griebsch.

„Ja, das wohl“, entgegnete diese nachdenklich, „aber doch kräftig und wohlgeformt.“ Ohne den Blick von Lise zu wenden, übergab sie ihrer Helferin das Neugeborene und widmete sich der jungen Mutter.

„Bist du, oder bist du nicht?“ fragte sie rätselhaft. Nach einigen tastenden Bewegungen dann: „Ich glaube, du bist.“ Sie atmete auf, beugte sich zu Lises Kopf und sagte ermutigend: „Noch eins, Lise, heute ist dein Glückstag, es werden Zwillinge.“

Wider Erwarten gab es Schwierigkeiten. Als es nicht vorwärtsgehen wollte, erkundeten die sanften Finger der Hebamme die Ursache, während Antje ängstlich neben ihr stand, bereit, auf den leisesten Wink zu agieren.

„Er liegt falsch“, murmelte Mutter Griebsch und knetete ihre Hände unruhig. Dann entschloß sie sich, machte einige wohldurchdachte Handgriffe, bis sie zufrieden schien.

„Jetzt müßte es gehen“, sagte sie zu Antje.

Und es ging. Unter den Augen der staunenden Magd und der erleichterten Antje wurde der zweite Junge geboren.

„Bist du wohl von Sinnen?“ verwies Mutter Griebsch die Magd scharf, die sich, so wie sie aus dem Stall herbeigeeilt war, um die junge Frau kümmern wollte. „Willst du an einem Fieber schuld sein?“

Das junge Mädchen blickte ganz unglücklich. „Was meinst du, Mutter Griebsch?“

„Zieh dir eine frische Schürze an, schrubbe dir die Hände gründlich, und danach tauchst du sie in das Kräuterbad.“

Die Magd schaute zweifelnd drein, tat aber, wie sie geheißen worden war.

Danach ging alles ganz schnell; die Nachgeburten wurden fortgeschafft, die Wöchnerin gewaschen, sauber angezogen und in ihr Bett gelegt, und dann durfte der junge Vater das Zimmer betreten.

„Du hast zwei stramme Jungen“, sagte Mutter Griebsch und zeigte sie ihm zufrieden. Fuß an Fuß waren sie in die alte Familienwiege gelegt worden, und an jedem Ende blickte Boy Andresen ein Köpfchen entgegen.

Boy schüttelte, fassungslos vor Staunen, seinen Kopf. „So klein sind die?“ fragte er ungläubig. „Bist du sicher, daß es seine Richtigkeit damit hat?“

„Es sind Zwillinge“, erläuterte die Hebamme begütigend, „die sind immer kleiner, aber sie holen schnell auf.“

„Meine Söhne“, staunte der Vater.

Mutter Griebsch und Antje überließen ihn seiner Bewunderung

und gingen in die Küche. Hier bekamen sie eine ordentliche Mahlzeit vorgesetzt, die auch die Hebamme mit den Schrecken der Hin- und Rückfahrt aussöhnte. Da es bereits später Nachmittag war, richteten sich die beiden Hebammen darauf ein, auf Humptruphof zu übernachten, denn um nichts in der Welt wäre Mutter Griebsch bei Nacht auf den See gegangen. Wegen der Dunkelheit nicht und nicht wegen der Wassergeister, die auf unvorsichtige Seefahrende lauerten und sie in die Tiefe zogen. Und jedesmal, wenn sie jemanden in ihr Reich geholt hatten, läuteten sie voll Triumph die Glocken der untergegangenen Kirche von Humptrup, so erzählten sich die Leute.

Antje freute sich insgeheim über die Entwicklung der Dinge, bekam sie doch auf diese Weise die Möglichkeit, sich mit Carsten zu unterhalten. Sie hatte Gefallen an ihm gefunden, das konnte sie vor sich selber nicht leugnen. Nicht nur das, sie hielt sogar nach ihm Ausschau und hoffte eindringlich, er möge nochmals auftauchen. Als er aber zu ihrem Leidwesen nicht erschien, tröstete sie sich mit der Aussicht auf die Heimfahrt. Auf jeden Fall müßte er sie am nächsten Tag nach Aventoft segeln. Mit diesem Gedanken schlüpfte sie in das Bett, das man ihr zugewiesen hatte und in dem eine junge Magd freundlich beiseiterückte.

Am nächsten Morgen betrat Boy Andresen verlegen die Küche, als die Hebammen ein gewaltiges Frühstück zu sich nahmen.

„Ich habe mich noch gar nicht bedankt“, sagte er.

„Da nichts für“, entgegnete Mutter Griebsch, beinahe genau so glücklich wie der Vater, denn auch sie freute sich, wenn alles gutgegangen war.

„Doch, doch“, bekräftigte Boy. „Ich weiß auch, daß es ohne deine Hilfe kein glückliches Ende genommen hätte. Hilfe ist gar kein Ausdruck dafür“, verbesserte er sich. „Kunst, muß ich wohl sagen, denn eine Kunst war es, den Jungen zu drehen. Das hätte niemand außer dir geschafft.“

Mutter Griebsch war zwar bescheiden, aber in diesem Falle hatte sie das Lob verdient, und so nickte sie nur zufrieden. Der wohlverdiente Lohn fiel übermäßig gut aus, waren doch die beiden Jungen auch noch Stammhalter auf Humptruphof.

# 8

Einige Tage später hatten Mutter Griebsch und ihre Schülerin einem weiteren Kind erfolgreich auf die Welt verholfen, diesmal in Grellsbüll, wie Humptrup an der Geestkante gelegen, und so konnten sie mit sich zufrieden sein. Das Wasser sank, und die Finken schlugen, das allein war schon Freude genug. Antje erledigte trällernd ihre Hausarbeiten.

„Antje", rief Mutter Griebsch und kam in den Stallgang, um mit ihrer Nichte zu reden.

„Ja, Mutter Lena, was ist?" fragte Antje und tauchte zwischen den zwei Kühen auf, die sie gerade gemolken hatte.

„Ich brauche ein Stückchen Binsenseil", erklärte die Hebamme ihrer Nichte, „ich gehe mal bei Anne Thomesen fragen, ob sie mir eins leihen kann."

„Binsenseil", wiederholte Antje nachdenklich und strich sich die Haare aus der Stirn. „Wir haben ein langes Stück..." Aber bevor sie ihrer Tante erklären konnte, wo sich das Seil befand, war diese schon weg. Das junge Mädchen zuckte die Schultern. Vielleicht war ihrer Tante viel mehr an einem kleinen Plauderstündchen mit einer Nachbarin gelegen als an einer Schnur, die im eigenen Haushalt vorhanden war. Aber es war auch nicht wichtig. Antje lachte vor sich hin. „Warum will sie es nicht zugeben?" Sie ging wieder an die Arbeit und bemerkte gar nicht, wie die Zeit verstrich.

Mutter Griebsch war unterdessen zu der Nachbarwarft hinaufgestiegen, auf der das Doppelhaus von Peer Thomesen stand. In der einen Hälfte wohnten Anne und Peer, in der anderen enge Verwandte.

„Moin, Anne", rief Mutter Griebsch zur Tür hinein, schob den unteren Flügel auf und trat ein.

„Moin, moin", ertönte es drinnen.

Anne kam Mutter Griebsch auf halbem Wege entgegen, neugierig, wie sie war, aber sie zog ein langes Gesicht, als sie der Hebamme ansichtig wurde. „Ach, du bist es", sagte sie enttäuscht.

„Hast du jemanden anders erwartet?" fragte Mutter Griebsch.

„Nein, eigentlich nicht", tat Anne die Frage kurz ab und drehte sich wieder um. Die Hebamme folgte ihr unaufgefordert in die Stube. „Was willst du?" fragte Anne unhöflich und bat Mutter Griebsch nicht einmal, Platz zu nehmen.

„Ach", sagte die Hebamme mit einem schiefen Lächeln, das ihre Unsicherheit überdecken sollte, „ich wollte etwas aufhängen und stellte fest, daß mir ein Stückchen Schnur fehlt. Ich wollte dich fragen, ob du mir eins leihen kannst."

„Ein Stückchen Schnur, so, so", wiederholte Anne befremdet und sah die Hebamme merkwürdig an.

„Ja, ein Stückchen Schnur", bestätigte Mutter Griebsch.

„Und etwas aufhängen wolltest du", fuhr die Kätnerin fort. „Was das wohl sein mag?"

Anne war mit ihrer Hilfe nicht gerade schnell bei der Hand, dachte Mutter Griebsch bei sich. Die Nachbarin rührte sich auch weiterhin nicht vom Fleck.

„Wozu braucht eine wie du ein Stück Schnur?"

Mutter Griebsch runzelte die Stirn. Im stillen fand sie, daß dies die Anne gar nichts angehe, und wartete ruhig ab.

„Los, sag schon", forderte Anne die Hebamme in frechem Ton auf.

Nun aber begehrte Mutter Griebsch allmählich auf. Was legte die Anne heute für ein merkwürdiges Benehmen an den Tag?

„Was ist denn an einem Stückchen Schnur so Wichtiges, daß du mich danach fragst?" wollte sie empört wissen. „Kannst du mir nicht einfach eins geben? Und dein Ton gefällt mir auch nicht, das muß ich dir ehrlich sagen", erklärte sie mit leisem Vorwurf.

Anne aber stand mit hängenden Armen mitten im Zimmer und rührte sich nicht. Sie wurde stocksteif, und beide Frauen starrten sich an, Mutter Griebsch erstaunt und leicht verärgert, Anne mit Panik im Blick.

„Was ist?" wunderte sich die Hebamme. „Hast du ein Stückchen Schnur oder nicht?"

Die großen braunen Augen von Anne ruhten auf der Hebamme, und sie ließ nicht merken, ob sie die Frage verstanden hatte oder nicht.

„Anne?" fragte Mutter Griebsch und legte ihre Hand vorsichtig auf den Arm der anderen. Vielleicht war sie nicht bei sich, oder – was Gott verhüten möge – behext.

Anne Thomesen aber wurde endlich wieder lebendig, sprang wie von einer Hornisse gestochen zurück und zog ihren Arm mit solchem Schwung an sich, daß sie von ihm mit fortgerissen wurde und auf den Boden stürzte. Als Mutter Griebsch ihr aufhelfen wollte, schrie sie außer sich: „Faß mich nicht an!"

Mutter Griebsch zog sich, nun selber verängstigt, an die Stubenwand zurück und fragte: „Was ist denn, Anne?"

Die Hausfrau nagelte Mutter Griebsch mit den Blicken an der Holzwand fest, kroch dabei zur Sitzbank am Fenster, zog sich mühsam hoch und stand auf. „Das mußt gerade du fragen", fauchte sie. „Ein Stückchen Schnur habe ich nicht. Und ich möchte wissen, ob überhaupt jemand eins für dich hat", schloß sie gehässig.

Mutter Griebsch merkte, daß es in diesem Haus heute keinen Frieden geben würde, und schickte sich kopfschüttelnd an, es zu verlassen. Plötzlich stand der Hausherr, Peer Thomesen, in der Tür.

„Moin, Peer", seufzte sie, schob ihn am Arm beiseite und ging, ohne ein Wort mit ihm zu wechseln.

Staunend sah er ihr nach. „Was ist denn, Lena?" rief er, als er begriff, daß die Hebamme heute sehr wortkarg, wenn nicht sogar unfreundlich war.

„Frag deine Frau", antwortete Mutter Griebsch, ohne sich umzudrehen, und verließ zielstrebig die Warft.

„Laß sie!" zischte Anne ihrem Mann zu, der sich ihr verwundert zuwandte.

„Was habt ihr nur?" wollte er wissen. „Habt ihr euch gestritten? Ihr standet euch doch sonst so gut?"

Anne aber antwortete ihm nicht, sondern stürzte ans Fenster und vergewisserte sich, daß die Hebamme wirklich fortging. Sie verfolgte sie schweigend mit den Augen, bis sie außer Sicht geriet, atmete dann hörbar auf und schlug das Kreuz, so wie es in katholischer Zeit Sitte gewesen war.

„Seitdem ich weiß, was ich weiß, sehe ich sie lieber gehen als kommen", gab sie ihm zur Antwort.

Ihr Mann beobachtete sie und wurde zunehmend verwirrter. „Was machst du denn?" Aber bevor seine Frau auch nur antworten konnte, sprach er schon weiter. „Der Arm tut mir so weh", klagte er, und rieb sich eine Stelle am Oberarm.

„Siehst du, siehst du?" rief Anne schrill.

„Was soll ich sehen?" Unwirsch stellte Peer bei sich fest, daß heute alle Frauenspersonen übergeschnappt zu sein schienen. Erst die Hebamme, nun auch noch seine Frau.

„Das sage ich doch, ich habe es ja gesagt!" rief Anne und rang die Hände.

„Jetzt reicht es!" brüllte Peer. „Du hast überhaupt nichts gesagt, du dumme Kuh! Was ist los? Erkläre es auf der Stelle!"

Eingeschüchtert von ihrem sonst so stillen und nachgiebigen Ehemann, starrte Anne ihn sprachlos an und ließ sich dann verdutzt auf die Bank fallen. Dort schob sie sich, ihren Mann wie gebannt anblikkend, hinter den Tisch und fing dann laut an zu heulen, den Kopf auf die Arme gepreßt.

Peer verzog angeekelt den Mund; er konnte diese Szenen seiner Frau nicht ausstehen, aber es gab nichts, was sie bremsen konnte. Nach einer Weile sagte er versöhnlich: „Nun erkläre mir mal, warum ihr euch heute alle so merkwürdig benehmt."

„Merkwürdig?" fragte Anne ungläubig. „Merkwürdig! Da steht der Mann vor einer Hexe und sagte merkwürdig!" Nicht viel fehlte, und sie hätte laut über ihren ahnungslosen Mann gelacht, aber das wäre dem Ernst der Situation nun ganz und gar nicht angemessen gewesen.

„Was?" fragte Peer verständnislos.

„Ja!" beteuerte Anne mit Nachdruck. „Eine Hexe!"

Peer tippte sich wortlos an die Stirn und wollte das Zimmer verlassen.

„Peer!" rief seine Frau mit schwingender Stimme, und er drehte sich um. „Hast du nicht eben gesagt, daß dir der Arm weh tut?"

Peer nickte gleichgültig. „Sicher, aber was hat das eine mit dem anderen zu tun?"

Anne beobachtete ihn gespannt, aber als ihm kein Licht aufzugehen schien, half sie nach. „Überlege einmal, wo dich die Mutter Griebsch eben anfaßte, als sie an dir vorbeiwollte!" forderte sie ihn auf.

Unwillkürlich faßte sich Peer Thomesen an eben diese Stelle am Oberarm.

„Siehst du nun?" fragte Anne triumphierend.

Der Mann runzelte die Stirn.

„Und seit wann tut er dir weh?" forschte Anne nach und fand es selbstverständlich, daß er wahrheitsgemäß antworten mußte: „Seit eben, seit sie mich anfaßte", und dabei vor Verblüffung den Mund offen stehen ließ.

„Wenn du nur öfter auf mich hören würdest", klagte Anne vernehmlich und beobachtete ihren Mann von der Seite.

„Ja", brummelte er nur und wußte, daß er geschlagen war. „Du meinst also, daß sie eine Hexe ist?" nahm er den Faden wieder auf und versuchte seine Frau versöhnlich zu stimmen. „Aber warum sollte sie ausgerechnet mich behexen?"

„Aus Rache. Ich habe ihr eben ein Seil verweigert", sagte Anne hochzufrieden. „Ich leihe so einer doch kein Seil!"

Peer schüttelte den Kopf. „Na und, das ist doch kein Grund!"

„Ach, wenn du wüßtest", sagte Anne und setzte sich kerzengerade hin. Dann ordnete sie ihren Rock, staubte beiläufig einen unsichtbaren Fussel vom Ärmel des Kleides und traf überhaupt genüßlich ihre Vorbereitungen, während Peer hilflos wartete. Seine leicht vorquellenden Augen auf Anne gerichtet, nahm er erbittert zur Kenntnis, daß er ihr wieder mal nicht gewachsen war. Während sein innerer Zorn wuchs, ballte er die Fäuste, öffnete sie wieder und atmete dann tief ein. Just, als er dabei war, seine mühsam gewahrte Selbstbeherrschung zu verlieren, begann Anne ihre Erklärung. Das mokante Lächeln, das ihre Mundwinkel umspielte, nahm Peer nicht wahr.

Sie berichtete ihrem Mann alles, was sie über Mutter Griebsch wußte, auch die Vermutungen der anderen Frauen. Es gab so viele Punkte, die erwiesen waren, und so vieles, das noch geklärt werden mußte, aber insgesamt waren doch die Hinweise überwältigend.

Erschüttert strich Peer sich über das kurze Haar, zutiefst von der Aufrichtigkeit seiner Frau überzeugt, und mußte sich ebenfalls setzen. Wie Anne später, als alles vorbei war, feststellte, war dieser Schwächeanfall der Beginn von Peers ernster Erkrankung.

## 9

Am Abend schon konnte Peer nicht mehr stehen und mußte sich in sein Bett legen, aus dem er wochenlang nicht mehr aufstand. Er klagte fortwährend über die Schmerzen im Arm und wollte es bald nicht mehr hören, daß seine Frau immer „siehst du, siehst du" rief, und sie habe es ja gesagt.

Zur Sicherheit aber ließ Anne zu der Wickerschen von Tondern schicken und um ihre Meinung fragen.

Gleich am nächsten Morgen wanderte ihr Neffe in die Stadt, ein nicht mehr ganz junger Mann, ja, in Wahrheit war er nur wenig jünger als Anne. Aber sie mußte absolut sicher sein, daß diese Sache, die unter Umständen von großer Tragweite sein konnte, zuverlässig ausgeführt wurde. Am hintersten Stallende sprach sie eindringlich auf ihn ein, wobei er ständig nickte, sich aber sonst nicht äußerte, und dann endlich mußte er los.

Seine Aufgabe erforderte großes diplomatisches Geschick, und das wußte er. Es war nämlich in dieser Zeit nicht ganz einfach, als Wahrsagerin, auch Wickersche genannt, tätig zu sein, denn die Amtmännin, Metta von Ahlefeldt, beobachtete genau, wer in ihrem Amt, oder besser gesagt, wer im Amt ihres Mannes sich einschlägig betätigte. So stand es manchmal auf des Messers Schneide, ob Frau von Ahlefeldt bereit war, jemanden als harmlose Wahrsagerin gelten zu lassen, oder ob sie die oder denjenigen bereits als Hexe oder als Hexer einordnete. Aus diesem Grund konnte die Wickersche nicht jeden Beliebigen vorlassen, denn vielleicht hätte sie sich bereits damit verdächtig gemacht. Es brauchte also einer, der zu ihr wollte, eine gewisse Fürsprache, und sie mußte sich von seinen lauteren Absichten überzeugen und die Gewißheit gewinnen, daß ihr Kunde nicht vorhatte, mit ihr ein übles Spiel zu spielen. Dies alles brauchte Zeit und Geld, aber Anne Thomesen war gewillt, dieses harte Opfer auf sich zu nehmen.

Nach vier Tagen war ihr Neffe wieder zurück. Ja, er habe alles erledigt, die Tante würde zufrieden sein, aber erst einmal brauche er eine Schale Bier. Anne rannte sofort um das Geforderte, und der Kranke stützte sich schwächlich auf seinen Ellenbogen und lugte aus dem Alkoven.

Anne Thomesen brachte nicht nur Bier, sondern auch einen Krug mit bestem Branntwein, und so teuer, daß der Kranke noch gar nicht davon hatte kosten dürfen, dann tischte sie Speck auf, Roggenbrot und auch Grütze mit einem großen Buttersee. Peer lief das Wasser im Munde zusammen.

„Ich möchte auch...", fing er an, aber seine Frau winkte ungeduldig ab.

„Später", sagte sie und setzte sich zu ihrem Neffen, der bereit war zu sprechen, nachdem er seinen größten Hunger gestillt hatte. Annes Augen hingen an seinen Lippen, und als er ihren Blick auffing, begann er endlich seinen Bericht.

„Ja", sagte er gedehnt mit vollem Mund. „Das war so. Ich nahm den Weg über Uberg, und stell dir vor, dort baut doch der Martin noch einen Stall an."

„Ja, ja." Anne begriff, das war ja auch nicht schwer zu verstehen, daß der Martin anbaute. „Weiter."

„Dabei hat er doch nur zwei Kühe, was also will er mit einem weiteren Stall, frage ich dich." Der Neffe blickte Anne streitsüchtig an.

„Schon gut, und dann?"

„Dann zeigte er mir seine Muttersau."

„Nein, das meine ich nicht, ich will wissen, was in Tondern geschah", forderte Anne ihn verdrossen auf. In diesem Fall war leider sie die Bittstellerin, sie konnte ihren Neffen nicht wie ihren Mann regieren.

„Ich erzähle es der Reihe nach oder gar nicht", entschied der Neffe, bereits etwas verschnupft.

Anne nickte und preßte die Lippen zusammen.

„Dummkopf", murmelte der Kranke in seinem Bett, aber die beiden am Tisch hörten es nicht, und das war gut so, denn sonst hätten sie wohl nie erfahren, was die Wickersche verkündet hatte.

Der Neffe begann dann eine langatmige Erzählung, wie er von Uberg nach Seth gewandert war, von dort den vielbegangenen Ochsenweg nach Tondern, in Gesellschaft eines anderen, der sehr amüsant von der großen Welt zu berichten wußte und dem er etwas Geld gegeben hatte zum Dank dafür, daß er ihn begleitet hatte. Währenddessen wurde das Gesicht von Tante Anne immer länger, die Falten immer tiefer, und ihre Augen zogen sich drohend zusammen. Der Neffe aber merkte dies nicht; er wurde von Minute zu Minute von größerer Begeisterung bewegt. „Ja, da möchte ich bald wieder hin, Tante", schloß er träumerisch.

„Und nun sage endlich, was die Wickersche meinte", forderte ihn Anne mit Nachdruck auf, denn mit ihrer Geduld war sie am Ende.

„Ach so, ja", fiel dem Neffen ein, und dann kam er endlich zur Hauptsache.

Anne nickte erleichtert. Ihr Mann aber war so erschöpft von der

Anstrengung des halben Sitzens, daß er in das Bett zurückfiel und einschlief.

„Ich trug ihr alles vor, wie du es gesagt hast", erklärte der Neffe. „Sie fragte mehrmals nach, und es ging hin und her, und ich beschrieb ihr Aventoft und euer Haus und das Haus von Mutter Griebsch. Schließlich kannte sie sich hier so gut aus, als wäre sie selbst hier gewesen."

Anne hing nun an seinen Lippen und atmete schwer vor Aufregung.

„Sie zog sich dann zurück, und als sie nach zwei Stunden endlich aus ihrer Kammer herauskam, wußte sie mit Bestimmtheit, daß in Aventoft eine böse Macht umgeht."

„Ja?" flüsterte Anne mit heiserer Stimme.

Der Neffe nickte langsam und sah sie mit großen Augen an. Dann näherte er sein Gesicht dem ihren und flüsterte nun auch: „Ja. Sie weiß noch nicht ganz genau, wo die böse Macht ihren Ursprung hat, aber in Hungerburg muß es sein. Sie hat einen starken Verdacht."

Die Frau blickte sich nach rechts und dann nach links um, als ob die Gefahr hinter ihr lauere. Der Neffe schüttelte den Kopf und sprach mit normaler Stimme weiter.

„Man kann sie nicht sehen, nur fühlen, und je feinfühliger einer ist, desto eher spürt er sie, sagte die Wickersche."

Anne hörte es mit Wohlgefallen. „Wußte ich es doch. Ich war die erste, die es merkte."

Der Neffe nickte bewundernd. „Du sollst ganz vorsichtig nach der Hexe forschen, läßt sie dir sagen, und nicht von ihr reden."

„Nicht von ihr reden?" fragte Anne verblüfft. „Wie soll ich dann andere vor ihr warnen?"

„Das weiß ich nicht."

„Und was ist mit Peer?" wollte Anne nun wissen, denn schließlich war er der Hauptbetroffene.

„Du mußt abwarten. Wenn er stirbt, hast du einen guten Beweis, daß Mutter Griebsch die Hexe ist."

Anne nickte nachdenklich. „Die Wickersche glaubt also jetzt schon daran?" schloß sie messerscharf.

„Ja", bestätigte der Neffe, „aber wenn er wieder gesund wird, hätte sie sich wohl geirrt, meinte sie, und dann müsse man weitersuchen. Manchmal verstehen es Hexen nämlich, den Verdacht, der auf sie gefallen ist, von sich abzulenken."

„Na eben", schloß Anne empört, „und weil das genau so ist, kann es ja auch sein, daß sie ihn gesund werden läßt, damit unsere Wachsamkeit ihr gegenüber eingelullt wird."

„Da hast du recht", stimmte der Neffe erstaunt zu, „und das bedeutet, daß du auch einen guten Beweis hast, wenn er nicht stirbt. Dann ist sie noch schlauer, als wir dachten."

Zufrieden rieb Anne sich die Hände und nickte. Bedächtig blickte sie sich nach ihrem Mann um, dessen lautes, schweres Atmen ihr schon vorher signalisiert hatte, daß er schlief. Ohne Mitleid starrte sie in die Tiefe des Alkovens, dessen Inneres im Dunklen lag. Deshalb konnte sie auch nicht sehen, daß ihr Mann nicht in tiefem Schlaf lag, wie sie wähnte, sondern haßerfüllt auf die beiden Personen am Fenster starrte. Er bewegte sich sacht, aber der Arm, an dem die Schmerzen den Anfang genommen hatten, war nunmehr wie gelähmt, und er mußte ihn mit der anderen Hand vorsichtig heben. Zwischendurch döste er ermattet.

„Schläfst du nicht?" fragte eine Stimme dicht an seinem Ohr, und er erschrak zutiefst, bis er erkannte, daß Anne hinter der halb aufgeschobenen Alkoventür stand und ihn scharf beobachtete.

„Ich bin gerade aufgewacht", stöhnte er leise, und dann fielen ihm die Augen wieder zu.

Anne war beruhigt, sie kehrte zum Tisch zurück und begann das Gespräch mit dem Neffen von neuem. Auch sie war begierig, Neuigkeiten aus der Stadt zu erfahren, und fragte den Neffen nach diesem und jenem, und kein Mensch hätte mehr vermuten können, daß ihr Mann schwer krank war. Sie lachte und scherzte und hatte zum Schluß beinahe das Gefühl, selbst dabei gewesen zu sein. Deshalb war es ihr auch um das viele Geld nicht leid, das die Reise des Neffen gekostet hatte. Er hatte sich natürlich nicht lumpen lassen und war im besten Krug am Markt abgestiegen; jeden Abend hatte er sich im Kreise neugewonnener Freunde bei Bier und Branntwein erholt, hatte sie freigiebig ausgehalten und auch Mädchen kennengelernt, die, wie sie sagten, bei den reichsten Kaufherren von Tondern in Dienst waren.

Ach, und die arme Anne mußte in Aventoft bleiben, gebunden an einen engstirnigen und bäurischen Mann, der zudem noch schwer krank war. Mitleid mit sich selber erfaßte sie, und ihr warmherziger Neffe tröstete sie.

Der Neffe war natürlich auf dem Rückweg so wenig wie auf dem Hinweg durch das Dorf durchgeeilt, wie es seinem Auftrag entsprach. Im Gegenteil, er war hier und da stehengeblieben, hatte ein Schwätzchen gehalten, sich erkundigt, ob er für diesen und jenen einen Auftrag erledigen könne, denn er ginge nach Tondern, und so war ihm noch mancherlei aufgetragen worden: Fragen, Botschaften und Bitten. All diese Rückantworten hatte er zuverlässig an den Adressaten gebracht, bevor er zu seiner Tante ging, und dabei nie vergessen zu erwähnen, mit welch besonderer Aufgabe sie ihn betraut hatte. Deshalb erfuhr auch Mutter Griebsch, kaum, daß er wieder zurück war, daß die Wickersche in Tondern ihr die Schuld an Peer Thomesens Schmerzen und Lähmung des Armes zuschrieb.

Mutter Griebsch geriet außer sich vor Wut. Das war denn doch die Höhe. Diese Sache mußte sofort geklärt werden. Wie es die Sitten und Gewohnheiten erforderten, bat sie zwei Nachbarinnen zu sich, mit denen sie freundschaftlich verbunden war.

„Laß es, Mutter Lena“, bat Antje ängstlich und rang die Hände, „da kommt nichts Gutes heraus.“

„Soll ich das vielleicht auf mir sitzen lassen?“ fragte die Hebamme giftig und lehnte kurzum ab. „Du kannst dich ja heraushalten, du bist sowieso nicht betroffen!“

Antje schwieg. Ihre Tante konnte manchmal störrisch wie ein Maulesel sein, das wußte sie; es hatte keinen Sinn, dann auf sie einzureden. Am ehesten kam sie noch von allein zur Vernunft, aber das war wohl jetzt kaum zu erwarten. Diese Kränkung war zu groß, als daß die Tante stillschweigend darüber hinweggegangen wäre.

Die Nachbarinnen, beide vom anderen Ende Aventofts, kamen und wurden instruiert. Sie erklärten sich bereit, Mutter Griebschs Ehre zu verteidigen, und marschierten wichtigtuerisch wie Höckergänse zu Anne.

Nach einer halben Stunde kamen sie zurück, als ob jemand sie für den Kochtopf vorbereitet hätte: die eine mit der Haube in der Hand und offenen Haaren; die andere mit einem tiefen Kratzer auf der Wange und das Hemd zerrissen, so daß der schmale Hals freilag.

Mutter Griebsch schlug entsetzt die Hände zusammen und bereitete sofort einen blutstillenden Absud. Während sie im Herdhaus beschäftigt war, hörte sie still zu, was die Nachbarinnen zu berichten hatten. Antje biß verängstigt auf ihre Fingerknöchel und wartete nervös.

Ja, das sei so gewesen, erzählte die eine: Anne habe sie mit bitterbösem Gesicht bereits in der Tür erwartet, denn natürlich hatte sie gewußt, wer die Frauen geschickt hatte und in welcher Angelegenheit. Höflich hätten sie trotzdem ihr Anliegen vorgebracht, aber die Anne sei gleich laut und aufgeregt gewesen, und der Neffe hätte mit den Armen in der Seite danebengestanden, sie hätten sich sogar bedroht gefühlt, weil er kurze Zeit später den Springstock gegen die Brust der einen von ihnen gerichtet habe. Ein Wort ergab das andere, und schließlich habe Anne Thomesen gerufen: „Und das sage ich euch, sie hat nicht nur meinem Mann die Krankheit an den Hals gewünscht, sondern sie ist eine Hexe, das hat auch die Töwersche in Tondern gesagt! Und meinetwegen könnt ihr das eurer Freundin wortwörtlich berichten, und ihr werdet ja sehen, was ihr davon habt, mit einer Hexe Freundschaft zu halten!“

Danach hatte die Anne sich in die Diele zurückgezogen, beide Türflügel zugeworfen und war nicht mehr bereit gewesen, nach draußen zu kommen. Weil aber die Ehre der beiden Frauen nun auch gekränkt gewesen war, hatten sie mit vereinten Kräften die Tür aufgestemmt, bevor die überraschte Anne und ihr dummer Neffe sie verriegelt hätten. Dann hatten sie Anne auf die Warft herausgezogen, obwohl sie sich sträubte, und hatten sie verprügelt. Natürlich mischte sich der Neffe ein, Peer schwankte in die Diele, und auch der nächste Nachbar war herbeigelaufen gekommen. So hatte es eine richtige Schlägerei auf der Warft gegeben, aber im großen und ganzen hatten die beiden Frauen gesiegt, während Anne kampfunfähig hineingetragen worden war.

„Das habt ihr gut gemacht“, sagte Mutter Griebsch zufrieden. Als Dank für den beherzt erledigten Auftrag bekamen die Nachbarinnen je eine Klumpen Butter. Mit leiser Wehmut sah Antje die schönen goldgelben Klöße in den großen Taschen der beiden Frauen verschwinden. Dieser glückliche Tag, an dem sie die Butter als Belohnung vom Bauern auf Humptruphof bekommen hatten, war noch gar nicht so lange her und schien dennoch schon unendlich weit weg zu liegen.

Die Nachbarinnen zogen ab, und Mutter Griebsch und Antje setzten sich erst einmal an den Tisch. Was sollte nun weiter werden? Jetzt waren sie, die sonst so friedlich waren und kaum einmal Streit gehabt hatten, plötzlich in einen erbitterten Kampf verwickelt worden. Antje schüttelte verständnislos den Kopf. Mutter Griebsch aber preßte die Lippen zusammen und war willens, den Kampf auszufechten.

„Sie kann den Streit haben, die alte Kuh", sagte sie böse und verschränkte die Arme. „Die wird wohl vom Teufel geritten! Peer jedenfalls hat es nie gekonnt. Sonst hätte sie ja wohl Kinder", schloß sie verächtlich.

Antje atmete tief ein, um sich Mut zu machen.

# 10

Am nächsten Tag waren solche kleinlichen Streitereien unwichtig geworden. Der Bote vom Amt traf ein.

Spöttisch nahm man zur Kenntnis, daß er nicht mit dem Boot, sondern mit dem Pferd kam, was ihn Stunden an Umweg gekostet haben mußte, aber die Tonderaner waren eben auf dem Wasser nicht so zu Hause wie die Menschen am Fluß. Dann ging der Dingstock von Haus zu Haus, und jeder Mann bestätigte feierlich, daß er seine Botschaft verstanden hatte, obwohl er sowieso schon durch die umherrennenden Kinder und die allgemeine Aufregung miterfaßt war und längst wußte, wann er sich an der Kirche einfinden sollte. Die Männer waren geladen, aber auch Frauen und Kinder kamen, denn neugierig waren sie alle miteinander.

Der amtmännische Bote brachte die Aufforderung von Herzog Johann persönlich, daß die arbeitsfähigen Männer sich in den nächsten zwei Tagen bei Ruttebüll einfinden sollten, um den Bau der großen Schleuse weiterzubetreiben. Herzog Johann ließ ihnen noch extra ausrichten, daß sie bei Strafe kommen müßten, auch wenn sie dazu keine große Lust hätten, er wüßte, daß ihnen die Arbeit zuwider sei. Und wenn es ihnen ein Trost wäre: Auch die Tonderaner kämen nur unter Zähneknirschen, aber es müßte eben sein.

Und schon flackerte der alte Zorn bei den Aventoftern wieder auf. Ohne den Boten, der doch für seinen Auftrag nichts konnte, eines Blickes zu würdigen, zogen sie ab. Der Mann konnte doch nun mindestens eine Mahlzeit erwarten, wenn schon kein Botengeld. Aber auch er merkte, daß er von Glück sagen konnte, wenn er nicht verprügelt wurde. Mißmutig starrte er ihnen nach. Geschah ihnen ganz recht, daß der Herzog ihnen zeigte, wer Herr im Hause war.

„Diese größenwahnsinnigen Bauwerke werden uns noch den Garaus machen", bemerkte einer der verärgerten Männer.

„Das hast du aber nicht gesagt, als der Hafen vor unserer Tür gebaut wurde und du immer deine Frachtdienste anbieten konntest", stellte ein anderer hämisch fest, der keinen Lastensegler besaß und deshalb nicht betroffen war.

Der erste zuckte die Schultern. „Damals wußten wir auch noch nicht, was wir jetzt wissen", wandte er ein.

„Stimmt auch", rief ein vierschrötiger, bulliger Mann, der hinter ihnen ging und auch auf dem Nachhauseweg nach Hungerburg war. „Damals war wohl keiner unter uns, der nicht für den Deich und den neuen Hafen bei Grippenfeldt gewesen wäre; aber konnte man ahnen, daß seitdem das Wasser jedes Jahr höher steigt? Ich wette, daß davon auch die Deichbauer überrascht wurden."

Widerwillig gaben die anderen dies zu. Nur einer war anderer Meinung. „Ich glaube eher, daß die sich einen Dreck darum kümmern, was bei uns passiert. Hauptsache, die haben in der Stadt kein Hochwasser mehr." Er lachte mißvergnügt. „Nein, wenn ihr mich fragt, so will nur der Herzog seine Ruhe haben vor dem Gemäkele des Rates von Tondern und hat deswegen dem Bau des Deiches und der Schleuse zugestimmt."

„Gemäkele?" schrie einer schrill. „Verkauf deinen Kopf als Kanonenkugel, für mehr taugt er nicht!" Und unter dem Gelächter der anderen fuhr er fort: „Gekauft haben sie den Herzog! Fürstliche Gnaden hier und dort, wollt Ihr vielleicht ein paar tausend Taler haben? Oder etwas anderes gefällig? Vielleicht eine Prezi..., eine Prezisi... Na, ihr wißt schon, was ich meine." Und mit theatralischen Bücklingen hüpfte der kleine flinke Jörgen Löper auf der sandigen Straße herum und schwenkte einen großen gedachten Hut mit langer Feder. „Und selbstverständlich ein Kistchen Rosenobel als Dreingabe, weil's für uns alle so ein gutes Geschäft ist!"

Die anderen nickten nachdenklich, sahen sich aber vorsichtig um.

„Halt's Maul!" raunte einer.

„Ja, da hat er recht! Die Kaufleute verdienen sich daran dumm und dusselig. Erst am Handel und dann noch am Bauprojekt."

„Aber nur am importierten Holz", schrie ein anderer Aventofter.

„Ach was! Da fällt doch noch viel mehr an!" rief einer, der gut informiert war. „Es geht doch alles durch ihre Hände: Sie bestimmen nicht nur, wer das Holz und das Buschwerk liefern soll, sondern auch, wer die Fuhrdienste übernimmt, wer die Schweine und Ochsen bei dem Besuch des Herzogs liefern soll und auch zu welchem Preis. Und was sie nicht selbst haben, leiten sie bei Bekannten oder Abhängigen in die Wege und nehmen dann Prozente dafür. Ich sage euch, Leute, bei denen laufen die ganzen Fäden zusammen, und sie ziehen daran nach Gutdünken. Und wer tanzt? Wir!" Der erbitterte Sprecher schwieg wie ausgepumpt und hatte augenscheinlich keine Lust, sich noch weiter zu äußern. Und das war den anderen recht, denn aufrührerische Reden zu führen war nicht ganz ungefährlich. Erst nach einer Weile sprachen die Männer weiter.

„Über die Verlegung ihres Hafens nach Grippenfeldt haben die Kaufleute auch gemeckert, das war ihnen wieder zu weit von der Stadt."

„Dann werden sie sich jetzt ja noch mehr freuen", meinte einer sarkastisch. „Die Frachtgebühren von Ruttebüll werden schließlich doppelt so hoch werden wie die von Grippenfeldt."

„Ja, aber was geht es uns an; die Kaufleute werden dadurch nicht ärmer, aber wir."

„Hm", knurrte ein Mann. „Keine Umschlaggebühren mehr, keine Frachtgebühren, der Krüger wird arm..."

„Und die Mädchen in Lust...", unterbrach einer.

Alle lachten.

„Ach was, dann müssen die Seeleute eben weiter laufen, und laufen macht Appetit, sage ich euch", warf ein anderer kichernd ein. „Die brauchen in Zukunft noch mehr Mädchen..."

Aber es half alles nichts, man sah die Gelder bereits in Ruttebüll hängenbleiben. Einige Zeit waren sie still; jeder rechnete seine kommenden Verluste zusammen, aber dann begann einer der Männer wieder von neuem.

„Aber wenn wir ehrlich sind", sagte er, „so war die Wiedau seit dem Deichbau nie mehr gut schiffbar, und die Schiffer hatten immer Schwierigkeiten, bis hierher zu kommen."

„Na und, das war doch gut so", wandte ein anderer empört ein, „die Lotsengebühren haben die Kapitäne auch ein ganz schönes Sümmchen gekostet. Ich will damit ja nicht sagen", korrigierte er hastig und zupfte sich dabei am Ohr, „daß ich gut daran verdient habe, aber es läpperte sich doch zusammen."

„Ausgenommen hast du sie; gib es ruhig zu", forderte einer ihn auf, der den Sprung vom Fischer zum Lotsen nie geschafft hatte.

„Halt's Maul, oder ich zerschlage dir die Fresse!"

Schon begannen einige der Männer, ihre Jacken auszuziehen; eine Schlägerei war nichts Ungewöhnliches in diesen Tagen.

Die Frauen aber standen erbittert dabei: Ob der Mann zerschlagen im Bett lag oder beim Schleusenbau beschäftigt war – ihnen war es gleich. In jedem Fall würden sie und die Kinder seine Arbeit zu Hause übernehmen müssen; der Herzog jedenfalls zahlte kein Geld für die Bauarbeit an der Schleuse. Die wurde befohlen, vom Herzog, vom Amt und von der Harde. Befreiung gab es nicht, und der Mann durfte nur die kurze Zeit nach Hause, in der er pflügen mußte. Die Aventofter Männer hatten selbstverständlich nichts zu pflügen, weil sie keine Felder besaßen, also kamen sie auch nicht, so einfach war das. Ja, keinen konnte es mit Freude erfüllen, wenn zum Bau befohlen wurde. Nur die Ruttebüller. Die sahen sich bereits am Überseehandel beteiligt.

Am nächsten Morgen machten sich die Männer früh auf den Weg, jeweils zu mehreren in den großen Lastenseglern, mit denen sonst das Umschlagsgut nach Tondern gesegelt wurde. Kaum waren sie aus dem Kirchgraben, der als Hafen der dorfeigenen Boote diente, in die Wiedau eingebogen, merkten sie, mit welcher Entschlossenheit der Herzog die Bevölkerung längs des Flusses mobilisiert hatte. Von Tondern segelte gerade einer der Schloßprähme vollbeladen heran, und weitere würden ihm gewiß folgen oder waren schon durch.

An der Baustelle selbst war noch nicht zu erkennen, daß hier nach einem Plan gearbeitet wurde. Am Ruttebüller Ufer waren die Ochsenkarren aufgefahren, einer hinter dem anderen, die meisten noch beladen, einige schon leer und auf dem Weg zurück. Im Wasser die Boote von Fischerhäuser und von Neukirchen: Alle wollten sie anlegen, aber das Ufer war bereits matschig und schlickig, und so wateten die Männer bis zum Bauch im Wasser und Dreck, bis sie endlich aufs Trockene kamen. Am Ufer wimmelte es schon von Männern, wahrscheinlich waren auch einige aus Grellsbüll, Lügum und Seth anwesend; vielleicht sogar aus dem königsdänischen Mögeltondern, das mit dem Deich auch unter den Deichschutz kam, und das deshalb genauso verpflichtet war, Arbeitskräfte und Material zu schikken, wie die herzoglichen Dörfer; aber mit den Mögeltonderanern, die zum Königreich gehörten und nicht dem Gottorper Herzog unterstellt waren, hatte es schon immer Schwierigkeiten gegeben; beinahe hätte der Amtmann sogar resigniert und auf ihre Mithilfe verzichtet.

In den Aventofter Booten staunten die Männer, was sich in den letzten Tagen getan hatte. Vor allem war das Holz gekommen, Ständer, Balken und Bretter, die die Tonderaner bezahlt hatten, wie man sich schadenfroh erzählte.

Am Ufer wurden die Männer in Arbeitsgruppen aufgeteilt, und die Aventofter, die beigedreht auf dem Fluß gewartet hatten, beeilten sich, an Land zu kommen.

„Laß mich mal bei dir festmachen", bat ein Aventofter Bootsführer einen Fischer, dessen Boot bereits entladen längsseits mehrerer anderer lag und der trotzdem nicht Miene machte, den Platz freizugeben.

„Mach doch woanders fest", knurrte dieser, und es stellte sich heraus, daß er ein Friese aus Neukirchen war.

Aber nachdrücklich stakte der Aventofter sein Boot in die Lücke und schlug in aller Seelenruhe ein Seil um eine Klampe des Neukirchener Schiffes.

„Los, ihr könnt raus", sagte er zu den übrigen und hielt das Achterschiff mit der Hand längsseits.

Der Friese aber hieb erbittert mit dem Ösgefäß auf die Hand des Aventofters.

Solche geringfügigen Streitereien kamen überall auf der Baustelle vor, denn keiner konnte den anderen leiden. Die Bauarbeiten aber nahmen gegen den Willen vieler ihren Anfang.

# 11

Als die Schleusenarbeiten begannen, sprang Sabbe aus dem Bett, denn nun, wo ihr Mann fort war, hatte es auch keinen Sinn mehr, krank zu spielen.

Sabbe hatte lange nichts mehr von den Zigeunern gehört, aber außer Landes waren sie nicht. Sie erschrak zutiefst und wurde bleich, als ihr eine Magd ohne Hintergedanken berichtete, daß die kleine Gruppe von Fremden auf Sylt gewesen wäre, Angst und Schrecken hätten sie verbreitet, und jetzt seien sie wohl auf dem Rückwege durch die Wiedingharde.

„Wo wollen sie denn hin?" fragte Sabbe.

„Das weiß niemand, aber in Eiderstedt sollen hundertzwanzig von ihnen mit einem König an ihrer Spitze übel gehaust haben. Vielleicht wollen sie sich mit denen treffen."

„So, so", meinte Sabbe nachdenklich, und die Angst kroch ihr über den Nacken. Was, wenn dieser große schwarze, aber wunderschöne junge Mann, dessen Haare wie ein Helm auf seinem Kopf standen, wiederkam? Würde sie widerstehen können? Und wenn ja, würde er sich dann abwenden und stillschweigend gehen? Oder würde er Rache an ihr nehmen, sie töten und Broder reinen Wein einschenken?

Übellaunig schickte sie die Magd den Melkeimer auswaschen. Aber gleich darauf folgte sie ihr in den Stall und fing das Gespräch von neuem an.

„Was glaubst du, ist Mutter Griebsch den Behörden bekannt?"

Die Magd drehte sich nicht um und war überhaupt uninteressiert. „Weiß ich nicht", sagte sie einsilbig.

„Die Amtmännin, die Metta von Ahlefeldt..."

Obwohl Sabbes Tonfall die Magd aufzufordern schien, etwas zu sagen, Stellung zu nehmen, beizupflichten, war diese still, aber sie spitzte die Ohren, Sabbe merkte es wohl.

„...die ist doch so scharf auf Hexen aus. Wenn die Witterung aufnimmt, ist sie wie ein Bluthund, sagt man."

Die Magd nickte kurz. Die Hexensucherei der Amtmännin sprach sich allmählich herum.

„Man müßte das machen", fuhr Sabbe fort und sah sich in Gedanken vor dem Amtmann stehen, sie war doch ein stattliches Frauenzimmer und brauchte sich nicht zu schämen. Neugier befiel sie. Wie die hohen Herren sich wohl aus der Nähe ausnahmen? Vielleicht würde auch der Herzog an der Verhandlung teilnehmen... Sie schwenkte die Hüften ein wenig und vergaß ganz, kränklich zu wirken.

„Sie hat doch nichts Unrechtes getan“, warf die Magd mit abweisendem Gesicht ein. „Im Gegenteil. Gerade du solltest dich nicht beklagen...“

Der Ton schwang aus, und Sabbe meinte fast, eine Drohung darin zu hören. Aber das war ja unmöglich! Sie lachte hart.

„Nichts Unrechtes? Bist du von Sinnen? Sie hat mein Kind ermordet, ach mein süßes kleines Kind.“ Ein Schluchzen kam tief aus ihrer Brust, zumindest hoffte Sabbe, daß es sich wie ein schmerzlicher Seufzer anhörte. Sie lauschte ihm hingerissen hinterher und war stolz auf ihre schauspielerische Leistung.

„Hältst du die Hebamme für so dumm?“ fragte die Magd höhnisch und ließ nun den Rest von Unterwürfigkeit fallen.

Sabbe fiel aus allen Wolken, und Wut packte sie. „Was meinst du damit? Sag's klar heraus!“

„Bildest du dir etwa ein, die könnte blaue Flecken nicht von Liebesbissen unterscheiden?“

Die junge Frau, die genau wußte, worauf die Magd anspielte, kochte vor Wut. „Na, und?“ fragte sie. „Broder ist eben stürmisch, vielleicht hast du es selbst schon einmal ausprobiert.“ Sie sah die Magd lauernd an.

„Ja, wer weiß, vielleicht habe ich das“, entgegnete die Magd und reizte damit Sabbe noch mehr.

„Hast du, oder hast du nicht?“ schrie sie. Niemand außer ihr hatte ein Recht auf Broder.

„Und wenn schon: Blaue Flecke an den Oberschenkeln hatte ich dabei nie. Außerdem: Jeder weiß, daß Broder dich nicht anrührte, seitdem du dick wurdest.“

„Du, du“, keuchte Sabbe und war im Gesicht weiß vor Wut.

„Warum streitet ihr euch?“ fragte eine frische Stimme von der Tür her.

Sabbe fuhr herum und atmete auf, als sie eine Nachbarin erkannte.

„Ach, du bist es", sagte sie und erklärte bereitwillig: „Sissel hier will nicht glauben, daß Mutter Griebsch mein Kind verhext hat." Finster blickte sie zu ihrer Magd hinüber, und diese verstand die Drohung.

„Verhext?" fragte diese entsetzt. „Was ist denn mit Nis?"

„Ach, den doch nicht! Das Ungeborene."

Die Nachbarin blickte betreten. „Aber sieh mal, Sabbe, jede von uns hat das eine oder andere Kind verloren, das ist eben so!"

„Wollt ihr euch denn mit allem abfinden?" schrie Sabbe empört. „Das ist eben so", wiederholte sie hämisch. „So ist es eben nicht! Es gibt immer eine Ursache, immer! Verstehst du denn nicht, daß unsere Kinder leben könnten, wenn es nicht die Frauen gäbe, die sich über die unschuldigen Geschöpfe hermachen und sie dem Teufel zuführen? Wir können doch nicht die Hände in den Schoß legen und sagen: Das ist eben so. Nein, vernichten müssen wir sie! Ihre Buhlschaft mit dem Teufel sollen sie eingestehen, und dann sollen sie verbrannt werden! Warum, glaubt ihr denn, ist die Amtmännin so hinter den Hexen her, frage ich euch?"

Sabbe hatte sich in Rage geredet und stand wie der Racheengel persönlich im Stallgang. Sie hatte so überzeugend gesprochen, daß sie nun selber nicht mehr wußte, ob sie es glaubte oder nicht. Die Nachbarin war erschrocken zurückgetreten und warf einen fragenden Blick auf die Magd. Die schürzte die Lippen und dachte nicht daran, den Blick zurückzugeben. Eine Stellung auf einem solchen Hof gibt man nicht auf, bloß weil man recht behalten will.

„Die Amtmännin hat ganz recht", fuhr Sabbe etwas ruhiger und mit belehrender Stimme fort. „Mit Stumpf und Stiel ausrotten sollte man sie!" Ein verstohlener Block im halbdunklen Stall zur Nachbarin bewies ihr, daß diese immer noch nicht überzeugt war. Weinend warf sie sich auf den Boden, und der Aufruhr in ihrem Inneren schüttelte sie.

Mit einem Seufzer des Mitleids kniete sich die Nachbarsfrau neben Sabbe auf die runden Feldsteine und strich ihr übers Haar.

„Wir wissen alle, wie sehr du leidest, seitdem der kleine Junge tot ist", flüsterte sie leise. „Du mußt ihn vergessen. Vergiß auch Mutter Griebsch."

„Nein, nie", murmelte Sabbe in ihren Ärmel und schluchzte. Sie war zufrieden. Zumindest einen Teilerfolg hatte sie erzielt.

Die Magd betrachtete die beiden Frauen ungerührt und wandte sich dann ab. „Pff", fauchte sie und beschloß, den anderen Mägden bei der nächsten Versammlung sofort alles zu berichten. Nicht auszudenken, wie der arme Broder von seiner eigenen Frau hintergangen wurde, diesem Luder.

# 12

Während die Frauen in den Dörfern klagten, daß ihnen die Arbeit über den Kopf wüchse, und die Kinder wohl das Doppelte arbeiten mußten von ihren sonstigen Pflichten, waren die Männer an der Schleuse ein gutes Stück weiter gekommen. Mit Bedacht hatten diejenigen, die für die Planung des Baus verantwortlich waren, die wesentlichen Arbeiten in den Mai gelegt, denn wie immer war dieser warm und trocken, und deshalb konnte keiner etwa über das Wetter klagen. Das Wasser aber war noch fast so kalt wie im März. Nachdem der Wasserstand wieder normal geworden war, verschwand auch der geheimnisvolle Tuul, keiner wußte, wohin. Eines Morgens war er einfach weggewesen, ziemlich bald, nachdem sie mit dem Schleusenbau begonnen hatten. Die Arbeiter fanden dies verblüffend, aber sein Verschwinden war lange nicht so aufregend wie sein Erscheinen. Im Gegenteil, sie atmeten auf, schien doch jetzt das Unheil, das sie der Erscheinung zugeschrieben hatten, vom See genommen.

„Hexenwerk?" fragten sie jetzt. „Och, weiß nicht", knurrten sie uninteressiert, und keiner hatte Lust, von Vergangenem zu reden.

Der Amtmann, der jede Woche kam, um das Fortschreiten des Werkes zu begutachten, bestätigte ihnen, daß alles planmäßig laufe, ja, daß die Arbeiten der Planung sogar etwas voraus seien. Er verschwieg ihnen, daß seine argwöhnische Frau den Tuul – ob er nun da war oder nicht – zu den teuflischen Erscheinungen zählte, die irgend jemand, der sich übernatürlicher Kräfte bedienen konnte, hervorgezaubert haben mußte. Und sie hatte da einen bestimmten Verdacht...

Eines Morgens kam die Frau vom Fischer Hemsen aus Ruttebüll angelaufen, aufgeregt, und fragte überall herum, ob man ihren Mann gesehen habe. Seit dem Vortag war er nicht heimgekehrt.

Nein, alle schüttelten bedauernd den Kopf, niemand hatte ihn gesehen, seit dem vorigen Abend nicht. Sie gab nicht auf; sie war eine beherzte Frau und ließ sich mit einem der Prähme, die mit Bauholz zwischen beiden Ufern der Wiedau hin- und herfuhren, hinübersetzen. Ganz oben auf dem Holzstoß saß sie, die Hände sittsam an der Haube, damit diese nicht mehr flatterte, als es schicklich war. Die Männer lachten trotzdem, weil sie aussah wie eine übergroße Fledermaus mit angelegten Ohren.

Auf der anderen, der Fischerhäuser Seite, kannte Frau Hemsen nicht so viele von den Männern. Hier waren die Aventofter, die Fischerhäuser und die Neukirchener an der Arbeit, außerdem die wenigen, die vom Rand der Geest kamen. Deshalb wußte auch kaum jemand, wie Christian Peter Hemsen aussah.

„Nein, Maria", sagte Broder Brodersen, den sie nach langem Suchen gefunden hatte, „ich habe ihn schon lange nicht mehr gesehen." Der kräftige Broder, der gerade Pfosten einrammte, die das Rückgrat der Spundwand am Ufer bilden sollten, hörte einen Moment auf und stützte sich sinnend auf den schweren Hammer. „Gestern, ja, gestern sprach ich mit ihm. Ich wunderte mich noch, warum er immer auf den See starrte."

„Der See? Der geht ihm schon lange im Kopf herum, das weiß ich", stellte die Fischersfrau ohne Verwunderung fest. „Irgend etwas ist mit ihm."

„Mit dem See? Was soll mit ihm sein?"

„Ich weiß es nicht, aber er fürchtet sich vor ihm."

„Ja, stimmt." Nun war Broder überrascht, denn er erinnerte sich, daß auch er die Angst des Fischers bemerkt hatte. „Mit dem Tuul hat es begonnen."

Am Tag danach fand man ihn. Die Männer, die das Ufer von Reet säubern mußten, damit man es befestigen konnte, waren stundenlang beim Mähen, säuberlich und ordentlich, wie sie es auch taten, wenn sie Reet für ihre Hausdächer oder zum Verkauf mähten. Weit drinnen im Uferschilf hörte man dann laute Rufe.

„Hemsen ist gefunden, sie haben ihn", raunten die Männer an der Baustelle sich zu. Neugierig waren sie; sie sprangen in die Boote, ruderten oder segelten hinüber, und im Reet stauten sich die Boote derart, daß kein Mensch mehr hinein- oder heraus konnte. Erst nach einiger Zeit gelang es, den Knoten wieder zu lösen, die Boote gaben eine schmale Fahrrinne frei, und das Boot mit Hemsen wurde ins freie Wasser gestakt. Der Fischer, der ihn holte, hatte mitleidig eine Jacke über Hemsen geworfen, und nachdem er am Hilfssteg angelegt hatte, wo der Deichbaumeister, der oberste Mann an der Baustelle, bereits wartete, zog er das Kleidungsstück vorsichtig vom Toten. Die Männer, die auf dem Steg standen und in den anderen Booten saßen, wichen zurück.

Das Gesicht des Toten war zerschnitten, fast zerfleischt, die Oberlippe bedeckte schlaff die Wange, und der von Fleisch entblößte Oberkiefer ließ den Toten die Zähne fletschen wie ein böser Hund.

„Mein Gott!" flüsterte mancher fromme Mann und schlug das Kreuz.

„Teufelswerk war es, mit Gott hat es nichts zu tun", sagte einer, der eiskalt und nüchtern dachte. „Er sieht aus wie der Höllenhund."

Die übrigen nickten stumm. Was konnte man da sagen, wenn sich der Teufel mit Messern so scharf wie eine Toledoklinge über einen Mann hergemacht hatte.

Einer nach dem anderen wandte sich dem Deichbaumeister und Schleusenbauer Arend Cornelis zu, der hier das Sagen hatte, und von dem man eine gewisse Hilfe erwartete, wenn auch nicht allzu viel, denn er war Holländer.

„Bedauerlich", sagte dieser und nickte verdrossen, denn wer verlor schon gerne einen Mann, der sein Handwerk verstand. Seine Arbeiter schauten ihn verwundert an. „Steigt im Schilf also nicht aus den Booten", empfahl Herr Cornelis knapp. „Ihr seht, wie gefährlich es ist und wie leicht man dort ertrinkt!"

Einer der Männer tippte sich an die Stirn. „Quatsch!" murmelte er. „Der Hemsen ist doch nicht ertrunken."

Das meinten die anderen auch, und als sie sich einig wußten, sprach einer für alle. „Herr Cornelis", rief er, Aufmerksamkeit heischend und so laut, daß ihn auch die weiter Entfernten verstanden. „Es ist bei seinem Tod nicht mit rechten Dingen zugegangen, faßt ihn besser nicht an."

Nun war es am Schleusenbauer, den Kopf zu schütteln, aber er merkte, daß er das Vertrauen der Leute aufs Spiel setzte, wenn er sich über ihren Aberglauben hinwegsetzte. Trotzdem versuchte er es noch einmal. „Männer", rief er eindringlich. „Am Tod von Hemsen ist nichts Geheimnisvolles: Der ist im Schilf aus dem Boot gestiegen, ist ertrunken, und die Gräser haben sein Gesicht zerschnitten. Seht doch!"

„Sehr Ihr doch selber", rief einer, der besonders aufmerksam war. „Kein Tröpfchen Blut in den Wunden. Ist das etwa normal? Das ist Teufelswerk, das müßt Ihr zugeben!"

Nun bemerkten es die anderen auch, und wer vorher vielleicht noch Zweifel gehabt hatte, war jetzt überzeugt.

„Einer, dem das Gesicht zerschnitten wird, blutet wie ein Schwein. Dem Hemsen aber muß der Teufel vorher jeden Tropfen Blut aus dem Körper gesaugt haben."

Dafür hatte auch Herr Cornelis keine Erklärung. Er zuckte die Schultern und blickte sich um. Die Fischer und Bauern hatten finstere und verschlossene Gesichter.

„Herr Cornelis", sagte ein ernster Mann in seiner Nähe zögernd und höflich.

„Ja?"

„Ihr sollt es bitte nicht für übel nehmen", bat der Arbeiter umständlich, „aber Ihr seid nicht von hier, Ihr solltet Euch hüten, Euch da einzumischen. Ihr versteht es nicht, was Hemsen passiert ist."

„Aber ihr tut das, das merke ich schon!" rief der Schleusenbauer verärgert aus und ging. Den Männern hier war nicht zu helfen. Man konnte kaum hoffen, daß sie jemals zu einer besseren Einsicht gelangen würden.

Der Leichnam wurde in Marias Haus gebracht, und bei seinem Anblick brach sie zusammen. Es war weniger der Tod als solcher, denn mit dem mußte ein Fischer und besonders eine Fischerfrau immer rechnen, sondern die Todesursache, die man ihr nicht verschwieg und die sie dann ja selbst sofort erkannte.

Ein bitterer Streit im Dorf entbrannte wegen der Aufbahrung des Toten. Die einen wollten den Fischer, wie es üblich war, in der Stube auf Stroh legen, Lichter anzünden und Tag und Nacht bei ihm wachen, damit die bösen Geister keine Macht über ihn bekamen.

„Sie haben ihn doch schon in ihrem Griff", sagten die anderen, und keine Macht der Welt hätte sie bewogen, sich zur Leiche eines Mannes zu wagen, der es im Leben mit dem Teufel gehalten hatte.

„Ihr seht es doch selbst." Und sie wiesen mit Recht darauf hin, daß Hemsen dem Teufel längst verfallen war, denn er trug dessen Spuren sichtbar im Gesicht. „Von nichts kommt nichts."

Die Nachdenklichen kratzten sich am Kopf und stimmten dann zu, und einer nach dem anderen kam zu Maria und erklärte, aus diesen und jenen Gründen könne er die Nachtwache nicht übernehmen. Maria Hemsen war endlich zu erschöpft, um antworten zu können, sie nickte müde, und der Besucher verschwand eilig.

Nur dem guten Ruf von Christian Peter Hemsen war es zu verdanken, daß der Pastor sich weigerte, diese bösen Gerüchte über den Fischer zu glauben, und so wurde Maria erspart, mit ansehen zu müssen, daß der Leichnam über den Kirchhofswall geschleift und in aller Heimlichkeit in der Nordwestecke begraben wurde. Der Pastor hielt eine Leichenpredigt, als ob sich alles ganz normal verhielte, dennoch war es keineswegs normal. Maria und ihre Kinder waren die einzigen Familienangehörigen, die am Grab standen, und nur wenige Ruttebüller und Fischerhäuser folgten der Leiche. Unter ihnen waren auch Sabbe und Broder aus Fischerhäuser, die es sich nicht hatten nehmen lassen zu kommen; waren sie doch bei den wenigen, die wußten, welche teuflischen Kräfte in der Wiedingharde umgingen und allmählich das Netz über den Einwohnern zuzogen.

„Ich hab's noch im Ohr, wie er sagte, da müsse man etwas gegen die Hexe unternehmen", erzählte Broder seiner Frau nachdenklich.

Sie sah ihn gespannt an.

„Gewarnt habe ich ihn, weil es gefährlich ist. Aber er hat nicht auf mich hören wollen." Nachdem er sich die Sache gründlich überlegt hatte, fiel Broder noch etwas ein. „Hoffentlich weiß sie jetzt nicht Bescheid", sagte er düster. „Denn sonst bin ich ja in Gefahr und du auch, Sabbe."

Sabbe zog erschrocken den Atem ein.

„Vielleicht wäre es besser, ihr zuvorzukommen", überlegte Broder.

Von diesem Tag an gingen die Arbeiten an der Schleuse nicht mehr so ungestört und ungetrübt vorwärts. Die Zahl der Verletzten häufte sich von Tag zu Tag, wenn auch kein Todesfall mehr vorkam, aber trotzdem bekamen die Leute allmählich das Gefühl, daß irgendeine Macht sie am Bauen hinderte. Einmal waren es große Schilfinseln, die wiedauabwärts trieben und die vom Boot her auseinandergehauen werden mußten, und ein andermal klemmten aus unerfindlichen Gründen die neueingesetzten Schleusentore.

„Leute!" schrie Herr Cornelis, allmählich unendlich verärgert, „die Tore werden von Schlamm blockiert, nicht von einem Fluch! Guckt es euch doch an!" Zornschnaubend griff er neben dem mittleren Tor in die Tiefe, und von seinem hocherhobenen Arm kleckerte der schwarze, zähe Schlick in das Wasser zurück. Die Leute aber wandten sich störrisch und schweigend ab.

Dann wieder war ein großer Stapel Baumstämme auseinandergerollt; sie waren im Fluß davongetrieben und hatten sich am noch nicht fertigen Bauwerk verkeilt. Kurz, der Bau wurde allmählich die Unglücksschleuse genannt, und hatte man am Anfang ungern dort gearbeitet, so war man nun äußerst widerwillig – aber aus ganz anderen Gründen.

## 13

„Na und?", sagte Mutter Griebsch zu ihrer Nichte. „Todesfälle kommen an jeder Baustelle vor. Was soll daran merkwürdig sein?" Manchmal waren die Männer eben unvorsichtig. Mutter Griebsch hatte eigene Sorgen.

In Aventoft war nämlich erstmals ein Kind geboren worden, bei dessen Geburt sie nicht gerufen worden war. Zwar konnte es schon mal vorkommen, daß man zu spät nach ihr rief, aber hier war es wohl eher Absicht gewesen. Als sie dann um Stunden nach der Geburt bei der Wöchnerin ankam, hatte diese ihr schnippisch mitgeteilt, sie brauche keine Hilfe mehr, zwei Nachbarinnen hätten ihr zu ihrer vollen Zufriedenheit beigestanden. Mutter Griebsch hörte nachdenklich zu, kaute auf ihrer Unterlippe und ging, ohne ein Wort zu äußern.

„Was geht hier vor?" fragte sie klagend ihre Nichte, als sie wieder zu Hause saß. „Will man mich nicht mehr? Braucht man mich nicht?"

„Sicher ist es wegen deines Streites mit Anne und Peer", mutmaßte Antje.

„Ja, natürlich, das muß es sein." Die Hebamme war erleichtert, aber nicht lange. „Ich glaube es doch nicht“, sagte sie entmutigt. „Anne und die andere sind sich spinnefeind.“

So ging die Kundschaft in Aventoft langsam, aber merklich zurück, was die Hebammentätigkeit betraf. Die nächtliche Kundschaft jedoch nahm überraschenderweise zu. Eines Abends humpelte ein alter Mann die Warft hoch. Draußen begann es dunkel zu werden, aber noch konnte man ihn erkennen, und Antje verzog das Gesicht. Dies war ein unliebsamer Besuch, das junge Mädchen mochte den Alten nicht.

„Na, Pay“, sagte Mutter Griebsch trotzdem erfreut, „kommst du eine Warze besprechen lassen?“

„Nein, Töwersche“, entgegnete der Mann grob, und die Hebamme schaute ihn erstaunt an.

„Ich bin keine Töwersche“, verwahrte sie sich, „jedenfalls nicht so, wie du das eben gesagt hast.“

„Nein?“ fragte er unbeeindruckt, „ich denke doch.“

„Was willst du?“ wollte Mutter Griebsch wissen. Konnte sie ihm helfen, wollte sie es tun, aber lieber noch als kommen würde auch sie ihn gehen sehen.

„Die muß raus.“ Der Alte wies mit dem Kopf auf Antje, die ihn empört ansah. Sie war Schülerin der Mutter Griebsch, und noch nie hatte jemand sie so respektlos behandelt oder gar hinausgeworfen, noch dazu in ihrem eigenen Haus.

Der Alte räusperte sich und spuckte auf den Boden. Dann packte ihn ein langer Hustenanfall aus der Tiefe der Brust heraus. Er wischte sich mit dem Ärmel den Mund und saß ermattet da.

„Schwitzt du manchmal, ohne zu wissen warum?“ fragte die Hebamme voller Argwohn. „Hustest du manchmal Blut?“

Der Alte, der sich erholt hatte, lachte dröhnend. „Tue ich, tue ich. Alles wie bei meinem Vater und dessen Vater. Vielleicht sterbe ich sogar daran wie die beiden, wer weiß?“ Mit seiner braunen Altmännerhand kratzte er sich im schütteren Haar. „Wenn mir der Sinn danach stünde, würde ich dich sogar weissagen lassen, woran ich sterben werde! Aber der Sinn steht mir eben nicht danach.“

Mutter Griebsch saß mit leicht geöffnetem Mund da, ungläubig fast, und raffte sich endlich auf zu sagen: „Ich könnte es dir gar nicht weissagen, Pay, ich bin keine Böterin.“

„Mir steht der Sinn nicht danach, sage ich“, wiederholte Pay laut und nachdrücklich und kümmerte sich nicht im geringsten darum, was die Hebamme gesagt hatte. „Und jetzt schick das Gör da raus!"

Bevor es womöglich zum Streit um ihre Person kam, floh Antje aus der Stube. Mutter Griebsch würde sich weigern, sie hinauszubitten, und die Folge würde sein, daß der geringe Verdienst, der möglicherweise in Aussicht stand, verloren wäre.

„Bleib, Antje", rief unnötigerweise Mutter Griebsch hinter ihr her. Das junge Mädchen aber ging zum Brunnen Wasser holen.

Der Alte stand auf, trat ans Fenster und blickte dem jungen Mädchen interessiert nach. Er leckte sich die Lippen.

„Die ist nichts für dich", schrie Mutter Griebsch ihn aufgebracht an, „was starrst du ihr so nach? Rühr sie mir nicht an", drohte sie, „jeder weiß, wie du deine Frauen behandelst, oder soll ich sagen, mißhandelst?"

„Na, na", wehrte der Mann ihren Vorwurf gleichgültig ab. „Aber du bringst mich auf eine Idee." Er setzte sich wieder, schweigsam, und lächelte mit halbgeschlossenen Lidern. Aber das Lächeln erreichte seine Augen nicht, und Mutter Griebsch lief es kalt über den Rücken. Mit Angst im Herzen saß sie diesem alten, bösen Mann gegenüber und fühlte sich wehrlos und kam sich wie gebannt vor.

Die Dunkelheit senkte sich wie ein schwarzes Tuch über das Zimmer, und schwarz war auch der Besucher in seiner düsteren Kleidung. Nur die bösartigen blauen kleinen Augen leuchteten, und viel fehlte nicht, daß Mutter Griebsch vor Schreck aufgeschrien hätte. Vor ihren Augen wandelte sich der Alte langsam in den Teufel: Die kurzgeschnittenen Haare ballten sich an der Stirn zu zwei kleinen Hörnern, der Bocksfuß schob sich langsam unter dem Tisch hervor, und zwischen seinen Beinen bauschte der Quast vom Schwanz das Wams.

Der Hebamme lief der Schweiß am Gesicht herunter, aber sie getraute sich nicht, ihn abzuwischen. Die Hände zitterten ihr vor lauter Anstrengung, sie ruhig zu halten. Und immer noch trieb der Böse ihr gegenüber sein stummes Spiel mit ihr, dem sie hilflos ausgeliefert war. Was hatte er mit ihr vor?

Nach einer Weile gelang es ihr, die Augen abzuwenden und ein unhörbares Gebet an ihren Herrgott zu richten, und das gab ihr die Stärke, den Bann von sich zu wälzen.

Der Alte mußte die neue Kraft in ihr gespürt haben, er seufzte leise und sprach endlich.

„Wie alt ist das Mädchen?"
„Zu jung für dich", sagte Mutter Griebsch mit zitternder Stimme.
„Wie alt?" wiederholte der Mann herrisch.
„Sechzehn", sagte Mutter Griebsch leise.
„Ist sie die Erstgeborene?"
„Ja", gab die Hebamme zu, denn sie fühlte sich wehrlos gegen seine eindringlichen Fragen.
„Dann ist sie die richtige", stellte der Alte zufrieden fest und begann endlich wieder wie ein Mensch aus Fleisch und Blut auszusehen. Mutter Griebsch atmete auf.
„Wofür?" wollte sie wissen.
„Die Pest ist auf Sylt. Ich will, daß sie mein Haus mit dem Kesselhaken umpflügt", befahl der Alte, und Mutter Griebsch erbleichte.
„Das kannst du nicht von ihr verlangen", stotterte sie, zutiefst aufgewühlt. „Von niemandem!"
„Jungfrau muß sie sein, sonst hat der Zauber nicht seine Richtigkeit", verlangte der Besucher des weiteren, ohne sich um den Einwand zu kümmern. „Ist sie das?"
Mutter Griebsch schwanden die Sinne beinahe vor Angst.
„Soll ich es nachprüfen?"
Die Hebamme schüttelte verzweifelt den Kopf und wußte vor Angst nicht aus noch ein. „Antje wird es nicht tun", beharrte sie mit einem letzten Rest von Widerstandskraft.
„Oh doch, das wird sie."
Mutter Griebsch deren Stimme versagte, schüttelte eigensinnig den Kopf. „Das steht unter Strafe", krächzte sie endlich.
„Würde es dir gefallen, wenn Metta von Ahlefeldt zu Ohren käme, daß du dich mit Zauberei abgibst?" drohte der Alte leise. „Ich bin sicher, sie würde außerordentlich interessiert sein. Zauberei interessiert diese Frau immer. Und was du machst, das tut deine Nichte natürlich auch."
„Ich werde beweisen, daß ich nichts Unrechtes getan habe", wandte die Hebamme ein, aber es war eine äußerst schwache Verteidigung.
„Hm, hm", sang der Alte überheblich, und sein Kopf schlenkerte auf dem faltigen Hühnerhals von einer Seite zur anderen. „Wo sie sucht, findet sie immer. Und Beweise kümmern sie nicht."
Mutter Griebsch schwieg. Es stimmte.

„Und wie ihr brennen würdet...", fuhr der alte böse Mann mit in die Ferne gerichtetem Blick fort. Er wartete.

Mutter Griebsch blieb stumm.

„Ich erwarte euch", sagte der alte Mann und stand auf. Grußlos verließ er das Haus, schwarzhaarig und bocksfüßig, und humpelte die Warft hinunter.

Als Antje wieder hereinkam, saß Mutter Griebsch wie erstarrt am Tisch, unfähig, etwas zu sagen. Sie weigerte sich, ihrer Nichte auch nur einen Zipfel der Geschichte zu erzählen, sie wollte es erst überschlafen, wie sie sagte. Antje merkte, daß ihre Tante völlig durcheinander war, und ließ sie in Ruhe.

## 14

Mutter Griebsch war auch am nächsten Morgen noch so verstört, daß Antje froh war, einen Tag aus dem Haus zu kommen. Sie hatte sich mit zwei Nachbarinnen verabredet, das Hardesthing zu besuchen. Nun war dies zwar im wesentlichen ein Forum zur Rechtsprechung und Beratschlagung, zur Neuverfassung von Rechtsvorschriften und Ergänzung alter, bereits vorhandener, aber gleichzeitig war es doch auch Volksbelustigung, denn viele Menschen kamen zusammen. Kurz, ein ernster Anlaß, aber doch eine willkommene Gelegenheit, sich zu amüsieren.

„Mutter Lena", sagte Antje zögernd, „noch nie hatten wir hier ein Thing..."

„Ja, geh nur, Kind", entgegnete Mutter Griebsch verständnisvoll.

„Der Herzog kommt sogar", platzte Antje heraus, „und mit ihm gewiß viele Damen vom Hofstaat."

„Ja, ich habe es dir doch schon gestattet", seufzte Mutter Griebsch und wäre dankbar gewesen, wenn Antje das Haus bereits verlassen hätte.

Wegen der Anwesenheit des Herzogs beim Schleusenbau war das Thing kurzerhand nach Fischerhäuser verlegt worden. Aber dann stellte sich leider heraus, daß der Herzog aufgehalten worden war und weder zur Schleuse noch zum Thing kommen konnte. Dies war zwar enttäuschend für viele, die das erste und vielleicht auch einzige Mal in ihrem Leben den Herzog zu sehen Gelegenheit haben sollten, aber die Mißstimmung verlor sich bald. Es machte sich die jubelnde Freude von Leuten breit, die wissen, daß sie etwas Einmaliges erleben werden.

Das Thing fand unter freiem Himmel auf der großen freien Fläche zwischen den Warften Ochsholm und Dötgebüll auf der einen Seite und dem neuen Deich auf der anderen statt. Das noch nicht sehr hohe Gras war gemäht und getrocknet worden. Verschwendung konnte man sich nicht leisten.

Die zwölf Hardesbonden hatten einen großen kreisförmigen Platz zu ihrer Verfügung, den außer ihnen, den Klägern sowie den Angeklagten niemand betreten durfte.

Nachdem Antje sich einen aussichtsreichen Platz erkämpft hatte, begann das Warten, denn selbstverständlich waren die Aventofter viel zu früh aufgebrochen und auch zu früh angekommen. Plötzlich fühlte sie eine Hand an ihrem Ellenbogen, und eine schon fast vertraute Stimme flüsterte ihr ins Ohr:

„Moin, Antje, wie schön, dich hier zu treffen."

Antjes Herz machte einen Hopser, und sie blickte Carsten Hinrichsen aus Humptrup strahlend an. „Was machst du denn hier?" fragte sie in ihrer Überraschung.

„Zuhören, Antje", antwortete Carsten Hinrichsen aus Humptrup fröhlich, „ich habe meinen Schwager hergesegelt, denn der ist in der Karrharde Hardesbonde und will gerne wissen, was es bei euch in der Horsbüllharde Neues gibt."

„So, so, in der Nachbarharde will er kluge Urteile hören und Kenntnisse stibitzen", neckte ihn Antje.

Carsten wiegte seinen Kopf. „Na, ganz so ist es nicht, aber horchen will er schon; Hexenprozesse finden ja nicht alle Tage statt."

Die Zuhörer schwiegen nun, und auch das Gespräch der beiden wurde vom Beginn der Verhandlungen unterbrochen. Antje war plötzlich gar nicht mehr so interessiert, am liebsten hätte sie sich nur mit dem jungen Mann unterhalten, aber dann wurde sie gegen ihren Willen doch von der Zeremonie gefangen.

Die Hardesbonden standen nämlich von ihren Sitzen auf, und der Hardesvogt eröffnete das Thing feierlich. Wie es üblich war, erklärte er noch dieses und jenes, mahnte die Leute, sich friedlich zu verhalten und ebenso auseinanderzugehen, aber das Geschwätz, das sich an diesem Punkt unter den Zuhörern erhob, war laut, denn um

Ermahnungen zu hören, war man nicht gekommen. Immerhin kehrte die Stille wieder ein, als der Hardesvogt die Strafen für Schelten, Fluchen und Lügen bekanntgab; sie waren hoch und an den Staller zu zahlen. Mancher verstand erst jetzt, wie wichtig die Obrigkeit das Thing nahm.

Unter den Augen der Versammelten verhandelten nun die Hardesbonden verschiedene Dinge, die zur Beratung anstanden, aber nur die Zuhörer in den ersten Reihen hatten die Möglichkeit, den Verhandlungen auch zu folgen. Die anderen sahen lediglich die Bonden aufstehen, wenn die Zeugen und Ankläger in den Ring traten; dann wurden diese entlassen, und die Bonden steckten, immer noch stehend, die Köpfe zusammen. Erst wenn sie saßen, wußte man, daß nun nichts Entscheidendes vorging.

Zuweilen aber wurden die Ergebnisse wenigstens unter den Zuschauern weitergegeben, so daß sie in gewissem Umfang orientiert waren. Von einigem Interesse war für alle die Beratung über die Zigeuner.

„Zigeuner und Hexen!" rief einer von den Zuhörern, der aufgebracht aufgestanden war. „Tut etwas gegen sie!"

Und ein anderer stieß in dasselbe Horn. „Jagt die Zigeuner aus dem Land. Die rauben und plündern uns aus!"

„Ach, wer uns ausraubt, sind doch ganz andere", hörte man. „Die zehn Zigeuner! Als ob die uns aussaugen könnten!"

Aber nein, die meisten wußten es besser! Ausländer waren sie: weder Friesen noch Dänen, ja noch nicht einmal Deutsche.

„Hunderte sollen es sein", wußte ein ganz anderer.

Etwas Sicheres aber war niemandem bekannt, denn kaum einer hatte sie leibhaftig gesehen.

„Schwarz wie der Teufel persönlich sind sie, und manche haben einen Bocksfuß und einen langen Schwanz."

„Ja, und eine krumme Nase und eine braune Haut."

Was die Männer alles wußten! Es konnte einen schaudern, und manchem rann eine wohlige Gänsehaut über die Haut. Und so erzählte man sich – während die Bonden berieten – Wahrheiten und Unwahrheiten, Erfindungen und Wunschträume und amüsierte und gruselte sich von Herzen.

Nur Sabbe und einige wenige hätten die Zigeuner vielleicht beschreiben können, aber Sabbe hütete sich, etwas zu sagen.

Die fremden schwarzen Leute mit der unverständlichen Sprache und den Gesten, die man ebenfalls nicht verstehen konnte, waren schon mehrmals vom Amtmann, den Hardesvögten sowie dem Bürgermeister von Tondern gebeten worden, ihre feindlichen Handlungen einzustellen, aber nichts hatte genützt, ja, man wußte nicht einmal, ob die Leute überhaupt begriffen hatten. Man hatte es in Friesisch, Deutsch, Dänisch und Latein versucht und dann aufgegeben, denn sie antworteten nicht. Sie lächelten nur, luden Kinder und Geschirr auf die ärmlichen Wagen und zogen weiter.

Nun blieben nur noch die Soldaten des Herzogs als Rettung, und deshalb wäre es gut gewesen, wenn er hier gewesen wäre. Man mußte die Angelegenheit also an den Amtmann übergeben, mit der Bitte, daß dieser sie dem Herzog vortrüge.

Die nächste Sache, die zur Beratung anstand, war der Fall von Hexerei, auf den die meisten neugierig waren: Zwei Frauen und ein Mann, die aus der Horsbüllharde stammten, waren von der Stadt Tondern wieder an die Harde zurücküberwiesen worden zur endgültigen Urteilsfindung und Verurteilung. Auf dem Feld hätte man, als dieser Fall zur Sprache kam, eine Maus am Stroh knabbern hören können. Denn das Hexenunwesen griff in den letzten Jahren ständig mehr um sich, aber natürlich hinkte die Rechtsprechung wie immer einem noch nicht dagewesenen Verbrechen hinterher, und so war jede Entscheidung in Sachen Hexen eine neuartige...

Der Vorsitzende legte den Fall nochmals klar. „Die Angelegenheit verhält sich folgendermaßen", begann er. „Zwei Bullen wälzten sich am Morgen brüllend im Gras, denn jemand hatte ihnen ihre ganze Männlichkeit abgeschnitten."

„Wo?" schrie jemand von den Zuhörern laut dazwischen.

„Zwischen den Beinen natürlich! Wo hast du's denn?" rief ein erzürnter Bonde.

Mit brüllendem Gelächter antworteten die Leute. Der Fragesteller aber winkte lässig ab. „Dummkopf! War das hier in der Harde oder in Tondern? Warum die Angeklagten nach Tondern gekommen sind, will ich wissen."

„Dann sag's doch gleich!" polterte der Vorsitzende. „Ja, das war so: Die Weide gehört zu Tondern und die Bullen dem Godber

Godbersen. Der Godber nun sah die drei Angeklagten bei seiner Weide stehen, und weil er sie nicht kannte, zeigte er sie an, denn sie konnten's ja gewesen sein."

Das stimmte. Das konnten sie.

„Und ein Jahr vorher waren bei einem anderen Ackerbürger aus Tondern die Zitzen abgeschnitten worden."

„Was sollen die Tonderaner auch mit Zitzen? Wir haben ja auch keine", kreischte ein anderer Zuhörer, und die übrigen warfen vor Übermut die Mützen in die Höhe, sprangen und trampelten auf dem Boden herum.

Der Vorsitzende aber war ein Bauer ohne einen Funken Humor, er korrigierte sich mit unbewegtem Gesicht: „Bei drei Kühen, und die gehörten Jan Hendriks aus der Schmiedestraße."

„Und hat man da die drei gleichen Leute aufgegriffen?"

„Nein, ich glaube nicht. Von denen wußte man ja nichts. Aber jetzt gebt Ruhe und hört es euch zu Ende an", mahnte der Bauer. „Der Rat hat die Angeklagten peinlich befragt, damit alles seine Ordnung hat, auch die Daumenschrauben haben sie angesetzt, aber die haben geleugnet."

„Wahrscheinlich waren sie's auch nicht", äußerte ein Mann in Antjes Nähe. „Wenn die aus der Horsbüllharde stammen, was sollen sie dann nach Tondern gehen, um zu holen, was sie hier mühelos haben können! Das werden die Tonderaner selbst gewesen sein!"

„Ja, wahr, aber uns wollen sie es anlasten! Nur damit keiner merkt, daß sie selbst Zauberei treiben", ergänzte ein wütender Zuhörer.

„Sch!"

Die Bauern schwiegen, und Antjes Augen und Ohren kehrten wieder zum Thing zurück. Aus der langatmigen Erklärung des Vorsitzenden ging hervor, daß der Rat von Tondern die Angeklagten daraufhin in das Turmgefängnis einweisen ließ und sich aus Widerwillen gegen diese Hexenriecherei erst nach einem halben Jahr zu weiteren Verhören bequemt hatte. Inzwischen war auch die juristische Fakultät in Rostock um ihre Meinung befragt worden. Trotz des Eiferns der Amtmännin ließ sich der Stadtrat nicht dazu hinreißen, ein unüberlegtes Urteil zu fällen, sondern hatte die Angeklagten sorgfältig nochmals der Folterung unterzogen und schließlich ohne Kommentar oder Empfehlung an die Horsbüllharde zurückgegeben.

„Nach der erneuten scharfen Befragung", fuhr der Vorsitzende in unbeteiligtem Ton fort, „haben die Angeklagten Bartel Iwersen und seine Frau Kirsten gestanden, daß sie die abgeschnittenen Teile an einer Schnur aufgereiht und in des Teufels Namen in Milch gehalten haben, um Rahm zu bekommen. Alle drei haben mit dem Teufel Umgang gehabt", las der Hardesvogt langsam und wortwörtlich aus den Papieren ab, „die Frauen in Buhlschaft. Dem Bartel erschien der Teufel als langer schwarzer Kerl Rustifas und auch als schwarzer Hund; der Kirstine als kleiner schwarzer Knabe und der Kathrine Jacobs als Janius. Er hatte ihnen nach eigener Aussage Geld geschenkt, hat ihnen die Teilnahme am Abendmahl verboten und noch anderes mehr."

Nun staunten die Leute. Der Vorsitzende aber sprach leise auf die Hardesbonden ein. Sie nickten und steckten dann wieder die Köpfe zusammen.

Die Entscheidung war augenscheinlich schwierig. Zuerst sonderten sich sieben der Männer ab und berieten getrennt, dann aber schien sich allmählich der Vorsitzende durchzusetzen, welcher Meinung auch immer er war. Nach zweistündiger Beratung und heftiger Diskussion war es dann soweit: Das Urteil sollte verkündet werden. Antje stellte sich auf die Zehenspitzen, um nur ja alles mitzubekommen. Der Vorsitzende stand gemächlich auf und rieb sich die Hände.

Carsten nutzte die letzten Minuten vor der Verkündung, um Antje noch schnell zuzuflüstern: „Wenn der Vorsitzende Mettas Liebhaber wäre, wüßte ich, wie das Urteil lauten würde."

„Still, Carsten", gab Antje zurück und kicherte, weil er ihr ins Ohr gepustet hatte.

„Aber nicht er ist ihr Liebhaber", sagte Carsten und fuhr unbesonnen fort, „ihr Liebhaber ist der Teufel persönlich."

„Pst, du bringst dich noch selber in Gefahr", versuchte das Mädchen ihn zum Schweigen zu bringen.

Carsten machte ein verbissenes Gesicht. Antje merkte, daß es ihm ernster war, als er zugeben wollte.

„Oder sie hätte es gern", setzte der junge Mann fort.

„Wir verkünden", hob der Vorsitzende der Bonden feierlich eben an, „daß die angeklagten Frauen und der Mann frei, ledig und los gesprochen werden!“

Atemlose Stille lag über der Wiese. Das hatte niemand erwartet.

„Das ist doch ein Schlag ins Gesicht der Amtmännin.“ Carsten war genauso überrascht wie alle und schlug sich auf die Schenkel vor Vergnügen.

„Was hast du gegen die Frau Amtmann?“ fragte Antje mißtrauisch.

„Sie ist eine Ziege“, behauptete Carsten, „und wenn sie dem Amtmann über den Kopf wächst, fängt hier ein Hexentanz an, bei dem uns noch ganz bange werden wird. Er ist eher gleichgültig, aber sie hat's eben mit den Hexen.“

„Kennst du sie denn so genau?“

„Nein, das nicht, aber man hört so allerhand über sie. Sie ist nicht ganz richtig im Kopf, dabei so fromm, wie's nur möglich ist.“

„Brennen“, rief einer der Zuschauer, noch einige fielen ein, und schließlich schrien viele: „Brennen!“

Manche aber waren doch anderer Meinung; hier und da murmelte jemand „recht so“ oder „gut geurteilt“, aber diese Stimmen waren leiser und in der Minderzahl.

Antje war erleichtert über das milde Urteil. Hexen hin, Hexen her, für ein paar Bullenhoden war der Tod im Feuer zu hoch bezahlt. Vielleicht hatten die Leute einfach nur Spaß daran gehabt, jemandem Schmerzen zuzufügen. Auf jeden Fall behandelte der Schlachter einen Bullen auch nicht besser. Und letzten Endes hatte niemand sie beim Zaubern ertappt, ja, es stand nicht einmal fest, ob sie sich an den Bullen überhaupt zu schaffen gemacht hatten. Genauso gut konnten es andere gewesen sein.

Carsten riß sie aus ihren Gedanken heraus; er flüsterte ihr zu: „Ich kenne zwei von denen.“

„Und?“ Antje war gespannt.

„Die haben hier nicht viel“, antwortete Carsten und deutete auf seinen Kopf. „Wahrscheinlich haben sie nur geglaubt, daß sie zaubern können.“

„Und du?“ fragte Antje und war empört.

„Ich habe noch nie geglaubt, daß ich zaubern kann“, stritt Carsten im Brustton der Überzeugung ab. „Habe ich das etwa jemals gesagt?“ Ein erwartungsvolles Grinsen lag in seinen Augen.

„Ach, du", sagte Antje, nachdem ihre Verblüffung der Heiterkeit gewichen war. „Ich meine doch, ob du glaubst, daß die Angeklagten es getan haben?"

Carsten schüttelte den Kopf. Da griff eine ältere Frau ein, die vor ihnen saß und die sie beide nicht kannten.

„Ich habe da meine Zweifel", antwortete sie statt Carstens, ernst und nachdenklich, „das Vernünftigste wäre doch allemal, sie zauberten sich einen Beutel voll Gold her und sähen im übrigen zu, daß sie sich nicht erwischen lassen. Statt dessen bleiben diese ganzen angeblichen Hexer arm wie die Kirchenmäuse und kommen auf den Scheiterhaufen. Da stimmt doch was nicht."

Carsten und Antje starrten die Frau erschrocken an.

Die Frau nahm kein Blatt vor den Mund. „So ist doch die ganze Hexerei ohne Sinn. Der Teufel lockt seine Opfer schließlich mit Gold. Und warum auch nicht? Er hat's ja unbegrenzt. Und die, die er redlich bezahlt, sind ihm doch nützlicher als die, die er betrogen hat. Ihre Seelen hat er ja sowieso! Und außerdem...", sie wurde ganz geheimnisvoll, und Antje und Carsten beugten die Köpfe zu ihr hin, um sie überhaupt verstehen zu können, „hat er doch mehr davon, wenn er die Bürger aus der Stadt unter seine Herrschaft bringt als uns arme Tröpfe auf dem Land. Metta soll sie in der Stadt suchen! Das ist meine Meinung, und dabei bleibe ich!" sagte sie barsch und setzte sich energisch hin, als sei sie nun bereit, es mit dem Widerspruch aufzunehmen.

Aber weder Antje noch Carsten widersprachen. Eigentlich hatten sie so viel über diese Sache noch nicht nachgedacht, sondern sie hingenommen. Antje fand die Meinung der Frau ganz vernünftig.

„Aber die werden nicht erwischt", sagte sie.

„Ja, das ist es eben! Die wirklich Behexten sind vielleicht ganz andere", fuhr die Frau nachdenklich fort, „solche, die wir sogar kennen oder von denen wir gehört haben..."

Carsten unterbrach sie ungeduldig. „Jetzt paßt auf, es geht weiter."

Der Hardesvogt kümmerte sich nicht um den Lärm, den er selbst verursacht hatte, sondern verschaffte sich wiederum Ruhe. Die Beratung war zu Ende. „Die Begründung für unser Urteil", sagte er. „Erstens hat keiner aus der Sippschaft die Angeklagten belastet, obwohl Verwandte die ersten sind, die Verdächtiges wahrnehmen."

„Dann sind sie selbst vom Teufel besessen", kommentierte ein Nachbar von Antje verärgert.

„Dummbeutel!" sagte scharf die ältere Frau zu dem Nachbarn.

„Zweitens hat niemand aus der Harde gegen sie gezeugt. Es ist davon auszugehen, daß es keinen Zeugen gibt."

„Weil es nichts zu bezeugen gibt", ergänzte die Alte, die dafür mit einem langen Blick vom Nachbarn bedacht wurde.

Diese klaren Worte des Bondenvorsitzenden wurden vom Geraune der Zuhörer unterbrochen, aber es kam noch erstaunlicher.

„Drittens", zählte der Bauer unerschrocken auf, „ist alles, was sie gesagt haben, in der Folter erzwungen worden."

„Der Teufel läßt nur dann die Klauen von seinem Opfer", erklärte mit frommem Augenaufschlag der Mann.

„Warum? Verträgt er etwa keinen Schmerz?" keifte ihn die Frau aus dem Mundwinkel an.

Der Mann starrte sie wie ein erschrockenes Nachttier bei Licht an.

„Viertens. Wenn sie schon Diebe, Zauberer und Lügner sein sollen, dann kann man ihren gegenseitigen Beschuldigungen auch nicht glauben."

In aller Ruhe legte der Bauer die Papiere des Amtes aus der Hand und nahm ungerührt die Reaktion der Bevölkerung entgegen. Die meisten waren nicht seiner Meinung. Jedenfalls schrien viele und schüttelten drohend die Fäuste.

„Du Lump", hörte Antje den Mann neben sich rufen und rückte erschrocken zu Carsten hin. Der aber merkte ihre vertrauenvolle Geste gar nicht, er war ebenfalls wütend.

„Sei doch froh, daß die Bonden nicht überall Hexen sehen", schrie Carsten und hielt dem Mann die geballte Faust vor die Nase, „sonst gehörst du am Ende selbst zu ihnen!"

„Das nimmst du zurück", entgegnete der, der es mit den Hexenjägern hielt, und schon entbrannte ein handfester Streit.

Der erboste Carsten schlug den anderen zu Boden, und die alte Frau trat mit Inbrunst auf den Liegenden ein. Carsten kam erst wieder zur Besinnung, als Antje ihn am Ohr packte und es erbarmungslos zu sich zog.

„Hör auf, du Dummkopf, du kannst für den Friedensbruch bestraft werden", schrie sie ihm mehr ins Ohr, als daß sie flüsterte, denn auch andere beteiligten sich mittlerweile an dem lauten und hitzigen Kampf. Die meisten standen auf der Seite des Mannes und mischten sich nicht nur ein, weil sie ihm recht gaben, sondern auch, weil sie wütend über das Urteil der Hardesbonden waren.

Widerwillig ließ Carsten sich beiseite ziehen, und sie tauchten in der Menge unter, just bevor die vom Vorsitzenden geschickten Männer kamen, um die Randalierer abzuholen, vor allem die streitsüchtige Frau.

„Siehst du", raunte Antje dem jungen Mann zu.

„Na und, was kann denen schon passieren?" wandte er ein.

„Willst du etwa Buße zahlen? Oder willst du in den Turm wandern?" Antje war empört über Carstens Leichtsinn, aber der junge Mann schaute sie lächelnd an.

„Antje", murmelte er zärtlich, „du machst dir ja Sorgen um mich."

Statt einer Antwort strich Antje ihm sanft über sein blondes, wuscheliges Haar.

Damit waren die wesentlichen Beschlüsse des Things gefaßt, und die Zuschauer verliefen sich. Nun begann der amüsante Teil des Tages, eigentlich mehr des Abends, denn es war schon später Nachmittag geworden. Trotzdem dachten die Leute gar nicht daran, nach Hause zu gehen, denn am nächsten Tag sollte das Ringreiten stattfinden, und viele würden wohl im Schutz der aufgestellten Buden auf dem Gras übernachten.

Auch fremdes Volk hatte das Thing angezogen: Die Bettler und Krüppel, die sich von Almosen ernährten, waren von überallher gekommen, auch aus der Stadt Tondern, wie ihre an der Kleidung angehefteten Bettlerlizenzen auswiesen. Carsten zog Antje unnötigerweise ganz dicht an sich, um sie zu beschützen, und sie duldete es gern. Die ersten Betrunkenen schwankten schon über das Feld, obwohl es offiziell gar keinen Ausschank gab. Hätte die Obrigkeit nachgeforscht, wären die fliegenden Krügereien im Nu verschwunden gewesen, und die Bauern hätten behauptet, es gäbe keine.

„Was denn, hier?" hätten sie erstaunt gefragt.

Antje aber mußte selbstverständlich nach Hause, und Carsten begleitete sie, denn wo sich so viel Gesindel herumtrieb, konnte ein junges Mädchen nicht ohne Schutz gehen. Die Nachbarinnen, mit denen Antje gekommen war, hatte sie längst verloren, und das machte auch nichts, die würden sich schon zu helfen wissen.

# 15

Am Tag nach dem Thing war Antje so fröhlich und lief trällernd im Haus herum, daß Mutter Griebsch nicht das Herz hatte, ihr von dem Alten zu erzählen. Aber sie war zutiefst beunruhigt und hatte Mühe, etwas Vernünftiges anzufangen.

„Antje“, begann sie schließlich.

„Ja, Mutter Lena“, sang das junge Mädchen und tanzte davon, um erst nach langer Zeit wieder zurückzukommen. „Hattest du etwas von mir gewollt?“

„Schon gut“, murmelte Mutter Griebsch, „es war nichts.“ Nun, sie konnte nicht den Tag lang sinnend am Tisch sitzen; deshalb holte sie sich schweigend einige Dinge zusammen, die sie für die Zubereitung ihrer Salben benötigte. Bereits am gestrigen Tag war sie weit umhergestreift, abseits von jeglicher Hütte, um niemandem zu begegnen, und hatte Pflanzen gepflückt.

Auf dem Herd erwärmte Mutter Griebsch ganz vorsichtig in einem schwarzen Tiegelchen etwas Wollfett, träufelte den Saft von ausgepreßtem Schöllkraut hinein und rührte solange um, bis die Masse gleichmäßig gelb und weich war. So ergab das Schöllkraut eine hervorragende Salbe gegen Warzen. Auch Beinwell und Stiefmütterchen, Ochsenzunge, Knabenkraut und Käsepappel verarbeitete sie zu Salben und Breien, die bei verschiedenen Erkrankungen der Haut angewendet werden sollten. Dann waren noch diverse Sude abzukochen, und so hatte sie bis zur Mittagszeit zu tun. Sie war froh um jede Stunde, die sie mit konzentrierter Tätigkeit verbringen konnte.

Sie war noch mitten bei der Arbeit, als sich die neugierige Antje wieder anfand.

„Was ist dies und jenes?“ fragte sie, und Mutter Griebsch wurde langsam wieder sie selbst und vergaß vorübergehend ihre großen Sorgen. Antje druckste eine Weile herum, dann aber faßte sie sich ein Herz und wollte noch etwas wissen: „Mutter Griebsch, kennst du die Zaubersprüche, die andere Frauen aufsagen, wenn sie Salben zubereiten?"

„Ach, Kind", sagte Mutter Griebsch.

„Willst du sie mir nicht verraten?" bat Antje zögernd.

Die Hebamme schüttelte resignierend den Kopf. „Nein, Antje, ich kenne die Sprüche nicht, und ich will sie nicht kennen."

„Warum?" fragte Antje mit großen Augen. „Sind sie nicht notwendig?"

„Wer den Teufel beschwört, dem erscheint er auch, das ist meine Meinung, Antje, und ich wage nicht, ihn zu rufen!" Mutter Griebsch blickte Antje ernst an. „Und wenn jemals jemand dich zu etwas Ähnlichem verleiten will, laß dich nicht darauf ein. Wer den Anfang macht, muß bis zum Ende gehen, einen anderen Weg gibt es nicht! Und das Ende ist die Hölle."

„Du meinst also, wenn man den Teufel beschwört, dann erscheint er?" Antje war neugierig. Sie hatte keine Angst, IHN zu nennen.

„Ich denke doch, und deshalb wollen wir über ihn auch nicht sprechen!" Die Hebamme kniff den Mund zu, und Antje merkte, daß sie mehr nicht erfahren konnte.

„Und doch würde ich IHN gerne einmal sehen!"

„Kind, versündige dich nicht!" rief Mutter Griebsch.

„Hat denn schon jemand den Teufel wirklich gesehen?" wollte Antje hartnäckig wissen. „Ich meine, jeder spricht davon, aber..." Nach einem Blick auf die Hebamme gab Antje auf. Ihre Tante schien vor Furcht in sich zusammengekrochen zu sein, und sie blickte um sich, als erwarte sie jeden Moment, den Leibhaftigen vor sich zu sehen.

Beide Frauen schwiegen.

„Noch etwas", fing Mutter Griebsch nach einer Weile wieder von selbst an. „Was meine Kräuter nicht heilen können, das können Sprüche und Beschwörungen auch nicht. Und warum sollte wohl der Teufel sich mit Heilsalben abgeben, kannst du mir das sagen? Wo doch sein Sinn nach dem Verderb des Menschen steht?"

„Ja, das ist wahr, darüber habe ich noch gar nicht nachgedacht", gab Antje kleinlaut zu. „Denn die Leute glauben doch alle, daß die Salben nur mit Hexenkunst gemacht werden können."

„Ja, ich weiß", sagte Mutter Griebsch, „und diese Leute haben genauso wenig überlegt wie du."

Antje nickte schuldbewußt, denn sie mußte ihrer Tante recht geben. Nun war sie erleichtert, daß es gar kein Geheimnis um die Salben gab. Das junge Mädchen lachte laut auf. „Weißt du, Mutter Lena, daß ich mir als Kind immer vorstellte, du sitzt nachts am Herd und wirfst geheimnisvolle Kräuter in einen Topf..."

„Und dann halte ich Schlangen darüber und tanze in der Küche herum", unterbrach Mutter Griebsch sie mit einem bitteren Tonfall, aus dem Antje erschrocken entnahm, wie sehr es der Tante zu Herzen ging. „Und das ist genau das, was alle anderen glauben. Und nie fragen sie einen, aus Angst nicht. Aber sie reden, reden...", murmelte sie, und ihr Blick nahm die Arbeit in ihren Händen nicht mehr wahr. „Es ist unmöglich, sich zu verteidigen, wenn man im geheimen angeklagt wird."

Antje nickte stumm, und Mutter Griebsch füllte gedankenverloren die Salben in kleine Töpfchen ab.

„Ich wußte gar nicht, daß du dir solche Sorgen machst", sagte Antje und versuchte, den Kloß in ihrem Hals herunterzuschlucken.

„Doch", seufzte die Hebamme. „Der Weg zum Scharfrichter ist schon für manche Hebamme sehr kurz gewesen, vor allem, wenn sie die Salbenzubereitung nicht den Apothekern überläßt, sondern sich selbst darum kümmert. Ja, die Menschen glauben leicht, Hexen zu erkennen, wenn ein anderer mehr weiß als sie."

Darüber dachte Antje nach. Sie war nicht einverstanden. „Das kann nicht der wahre Grund sein, denn der Apotheker weiß auch mehr als die meisten Menschen in seinem Fach. Aber nie kommt bei Apothekern der Verdacht auf, daß sie ihre Medizinen verhexen."

„Ich weiß nicht, warum das so ist. Vielleicht hat es damit zu tun, daß Männer kaum verdächtigt werden, Hexer zu sein, und wenn, dann ist das etwas ganz anderes als bei Frauen. Bei Hexern sind es übernatürliche Kräfte, und bei Hexen der Teufel, der sie im Griff hat. Und das ist ein großer Unterschied. Manchmal bedeutet es den Unterschied von Königshof und Hütte, und manchmal macht es sogar Tod oder Leben aus", sagte Mutter Griebsch verbittert.

„Tod oder Leben?" fragte Antje verständnislos.

„Nun ja, der Hexer heißt Zauberer und lebt in hohem Ansehen an irgendeinem Fürstenhof, und von ihm erwartet man, daß er

Gold macht; die Hexe aber endet auf dem Scheiterhaufen", erklärte die Hebamme kurz. „Und doch ist es so, daß die Frau häufig großes Wissen hat, der Mann aber ein Betrüger ist."

Antje schwieg erstaunt und fragte endlich: „Woher weißt du das alles?"

Mutter Griebsch zögerte mit der Antwort. „Man erfährt dieses und jenes", sagte sie schließlich, „und fügt eins zum anderen. Und irgendwann wird einem klar, wie die Welt gemacht ist. Ich kann's dir nicht genau erklären, aber so ist das nun mal. Finde dich damit ab, Antje, denn so wird es auch bleiben, noch tausend Jahre lang. Um auf die Salben zurückzukommen", lenkte sie ab, „meinst du im Ernst, ich könnte jedesmal, wenn ich etwas Bestimmtes brauche, zum Apotheker nach Tondern schicken? Und wenn, dann würde sich schnell herausstellen, daß er nur das ausländische Zeug hat, Theriak und Alraune, um die sie so großes Geschrei machen. Und hat man sie endlich in der Hand, dann stellt sie sich bald als Zaunrübe oder Petersilie heraus. Nein, nein, bleib mir mit diesem Schwindel vom Leib", sagte sie verächtlich.

„Glaubst du, das ist Schwindel?" fragte Antje erschrocken.

„Ich glaube nur an eine Heilwirkung, wenn ich sie sehen kann", erklärte Mutter Griebsch mit fester Stimme. „Solange die Alraune nicht dieses oder jenes vermag, kann ich sie nicht brauchen. So, und nun mußt du mich in Ruhe arbeiten lassen", bat sie, „ich muß jetzt gewaltig aufpassen, damit ich keinen Fehler mache."

Andächtig verfolgte Antje, wie die Hebamme aus einem kleinen Topf, der sorgfältig verschlossen war, mit vorsichtigen Bewegungen einige Kornähren herausnahm, die auf einem weißen Pulver lagen.

„Mutterkorn", flüsterte Mutter Griebsch.

„Und was ist das Weiße?" erkundigte sich Antje und tippte mit der Fingerspitze drauf.

„Eingesumpfter Kalk, getrocknet und fein gestoßen." Mutter Griebsch pflückte das schwarze Gebilde, das wie ein kleines Horn auf dem Roggen saß, ab und mahlte es in einem Mörser aus Stein, bis es zu feinem Staub geworden war. Diesen schloß sie in ein Federröhrchen ein.

„Gibt man das ein?"

„Bist du toll, Kind!“ rief Mutter Griebsch erschrocken aus. „Das muß in einem bestimmten Verhältnis verdünnt werden, sonst kann man sich daran vergiften und sterben.“

„Aber dann gibst du den Frauen ja Gift?“ stellte Antje halb fragend fest.

„Ja, das stimmt, aber als Gift kannst du alles ansehen: Es ist eine Frage der Menge. Man muß die richtige Menge kennen, dann kann ein Mensch gesund werden; wenn nicht, kann er sterben.“

„Und du kennst die Mengen?“ staunte Antje.

„Ja, aber nur von den Pflanzen, die ich brauche. Ein Arzt aber kennt sie alle. Aber auch er muß wissen, welche Pflanzen brauchbar sind, und auch er darf manche Pflanzen nicht anwenden. Der Unterschied zwischen heilender und tötender Dosis ist so gering, daß ein kleines Versehen genügt, um ein Unglück heraufzubeschwören.“ Und um ihre Nichte zu beruhigen, fügte sie lächelnd hinzu: „Keine Angst, ich nehme nur Pflanzen, deren Wirkung mir genau bekannt ist. Du wirst lange Jahre brauchen, um das alles zu lernen, denn es gibt vieles, was du wissen mußt. Noch aber darfst du dich an den Pflanzen nicht versuchen, es reicht, wenn du die Handgriffe bei der Geburtshilfe beherrschst.“

Antje nickte. Einerseits war sie froh, andererseits war sie neugierig auf diese ganz andere Seite ihres Berufes. Eins stand fest: Sie mußte noch ungeheuer viel lernen.

## 16

Während einige Tage später Mutter Griebsch nach Ruttebüll unterwegs war, um einen kleinen Jungen gegen Warzen zu behandeln, waren in der Wohnung des Amtmanns von Tondern der Amtmann und die Amtmännin in ein überaus ernstes Gespräch vertieft. Gegenstand der Diskussion waren die Thingbeschlüsse, eigentlich im wesentlichen nur ein einziger, denn die Zigeuner interessierten die Frau Amtmann weiß Gott nicht.

Metta von Ahlefeldt stand mitten in dem großen Raum, der ihrem Ehemann auch als Arbeitsraum diente, stocksteif und ein Bild der Empörung. Selbst die große weiße Halskrause schien vor Entrüstung zu zittern, ebenso wie das Doppelkinn und die Lippen. Die

Hände hatte sie in den Ärmeln verborgen, wahrscheinlich, um zu verhindern, daß ihre Hände nervös hin- und herfuhren.

„Ich bitte Euch", sagte sie, und ganz leicht schwang Verachtung mit in dem, was sie sagte, „das ist ein ganz unmögliches Urteil, wollt Ihr das dulden?"

„Dulden, dulden? Es handelt sich um ein rechtskräftiges Urteil der Harde, da gibt es nichts zu dulden oder nicht zu dulden. Nach der Vierhardebeliebung ist das Urteil gültig." Unwillig wandte Herr Benedict von Alefeldt sich wieder seinen Papieren auf dem Tisch zu. Er wollte nicht zugeben, daß das Urteil ihm auch nicht schmeckte, aber was konnte er dagegen unternehmen?

„Wofür seid Ihr denn Amtmann, wenn nicht, um dem Recht Geltung zu verschaffen?" fragte Metta von Ahlefeldt spitz.

„Ihr irrt Euch", entgegnete der Amtmann ruhig, „nicht die Rechtsprechung ist hier meine Aufgabe, ich habe höhere Pflichten, ich bin der Vertreter des Herzogs im Amt." Er streckte den Hals, weil das große Rad des Kragens wie immer am Kinn scheuerte, und strich seinen Bart zurecht. Eitelkeit war es, die ihn bewog, diesen sorgfältig zu pflegen, denn er wies ihn als Angehörigen höchster Stände aus. Lieber wäre ihm statt dessen eine privilegierte Bartlosigkeit gewesen, denn seine Haut war empfindlich, und er verabscheute die Flöhe, die sich zwischen den Haaren breit machten.

„Gut, gut", schmetterte die Amtmännin hin, als ob sie unwillig einen Gegenstand zu Boden werfe, „aber die, die Recht sprechen, unterstehen Euch doch, ist es nicht so?"

Der Amtmann bemerkte ihren streitlustigen Blick. „Ja, gewiß, so ist es", stimmte er friedfertig zu.

„Na also, da könnt Ihr ihnen doch bedeuten, daß das Urteil nicht in Eurem Sinne ist."

„So einfach ist es nicht." Der Amtmann war geduldig, vielleicht ließe sich noch alles im Guten regeln, denn mit seiner Frau war nicht gut Kirschen essen, wenn sie erst einmal aufgebracht war.

„Was sollte da schwierig sein?" beharrte sie, und Herr von Ahlefeldt seufzte, schwieg aber. Irritiert nahm sie seine Ruhe zur Kenntnis. „Bonden sind auch Menschen, und Menschen können irregeleitet sein."

Dem Amtmann wurde es auf seinem Stuhl unbehaglich. Er stand auf und ging ans Fenster. Während er sich auf die Fensterbank abstützte, um hinaussehen zu können, sagte er leichthin „ja, sicher". Wie sehr haßte er diese rechthaberischen Verhöre seiner Frau, gegen die er doch so machtlos war.

„Na also. Wenn Ihr aber feststellt, daß jemand in Ausübung seines Amtes einem Fehlurteil unterliegt, müßt Ihr die Untertanen des Herzogs vor seinem Fehler schützen, oder nicht?"

„Ja, doch, aber nur, wenn ich feststelle, daß wirklich ein Fehler vorliegt. Ich kann nicht nach Gutdünken behaupten, es sei einer, beweisen muß ich es können", betonte er nachdrücklich.

„Hm", brummelte die Frau Amtmännin und strich geistesabwesend den seidenen Brustlatz glatt. „Nun gut", meinte sie nach einer Weile. „Das kann so schwierig nicht sein. Die Angeklagten haben doch gestanden, Hexen zu sein. Wie kann dann der Hardesvogt behaupten, sie wären keine!"

„Alle Hardesbonden waren der Meinung!"

„Überredet hat er sie", fiel die Amtmännin hitzig ein. „Habt Ihr festgestellt, ob er mit den Hexen versippt ist?"

„Ist er nicht", sagte der Amtmann mürrisch. Das hatte er bereits überprüft.

Metta von Ahlefeldt konnte ihre Wut nun nicht mehr zügeln. „Es gibt Hexen in diesem Amt", schrie sie hysterisch, „und wo immer sie sind, ich werde sie aufspüren und unter ihnen aufräumen!" Wie gehetzt blickte die Amtmännin um sich. „Elf von meinen zwölf Kindern sind mir in unschuldigem Alter von Hexen genommen worden."

„Unsere Kinder", warf der Amtmann mit einem wütenden Seitenblick auf seine Frau ein. „Und vergiß nicht, daß ich der Amtmann bin, nicht du!" Er fiel in einen Ton wie ein gewöhnlicher Bauer, aber Frau Metta merkte es ausnahmsweise nicht.

„Ja, ja", sagte sie uninteressiert, „. . . und ich werde nicht dulden, daß sie auch den kleinen Bendix mit Nadeln durchbohren."

„Das walte Gott, nein", stimmte der Amtmann erschrocken zu, „wir müssen sie unschädlich machen, bevor so etwas geschieht!"

„Das sage ich ja", schloß Frau von Ahlefeldt befriedigt. „Und wenn dieser . . ., dieser Mann, der Hardesvogt, die Hexen in Schutz nimmt, dann ist die Frage zu stellen, ob er nicht selbst ein verkappter Hexer ist."

„Der Hardesvogt!" Der Amtmann war perplex. In der Tat, diesen

Schluß ließ das Urteil zu. Seine Frau Metta hatte tatsächlich einen hellen Kopf unter ihrer zweiflügeligen Haube. Fast respektvoll blickte er sie an. Sie aber, erleichtert, ihren Mann nun endlich auf ihrer Seite zu wissen, schwebte zu ihm hin und strich zärtlich über seine faltige Wange.

„Fühlt Ihr Euch krank?" fragte sie sanft.

„Nein, ich bin nur etwas müde", antwortet der Amtmann verblüfft.

„Kein Wunder, bei solchen Sorgen", nickte sie verständnisvoll.

Dankbar nahm Herr von Ahlefeldt die wunderbar gepflegte, faltenlose Hand seiner Frau und hielt sie fest. „Wenn ich Euch nicht hätte", sagte er weich.

Frau Metta überließ ihm die Hand gerne, gab ihr dies doch Zeit zum Nachdenken. „Es müßte möglich sein", überlegte sie laut, „die zwölf Bonden und ich weiß nicht, wie viele Schöffen, zu überreden, gegen den Hardesvogt zu stimmen..."

„Ihr vergeßt, daß das Urteil bereits... was sagtet Ihr eben?" Der Amtmann ließ die Hand seiner Frau los, als hätte er sich verbrannt. „Die Schöffen? Da muß ich doch eben mal..." Seine Stimme klang in einem Murmeln aus, und er begann hastig, auf dem Tisch umherzusuchen. Schließlich fand er ein Papier, das er aufmerksam studierte.

Frau von Ahlefeldt sah mit wachsender Spannung zu und bemühte sich, ihn nicht zu stören. Es schien, als verfolge ihr Mann eine Idee.

„Hier haben wir es schon", sagte er befriedigt und las von oben nach unten sorgfältig. „Keine Schöffen da, wie ich mir dachte."

„Ihr meint, es seien keine Schöffen zugegen gewesen?" fragte Frau Metta verständnislos.

„Nein!"

„Und was bedeutet das?" wollte die Amtmännin wissen.

„Er hat ein Urteil gefällt ohne die Schöffen, das ist wie ein Kind ohne Wiege, wie ein Herzog ohne Land, und für ihn ist das der Strick, den wir knüpfen werden, um ihn aufzuhängen!" Grimmig wedelte der Amtmann mit dem Beweispapier und warf es dann auf den Tisch.

Frau Metta lächelte mit dünnen Lippen, und der Triumph stand in ihren Augen geschrieben. „Dann haben wir ihn, den Hexer!"

Der Amtmann runzelte die Stirn. „Nein, nein, so nicht“, wehrte er ab. „Hängen war im übertragenen Sinne gemeint. Wir können ihm schließlich nur einen Verfahrensfehler nachweisen und das Thing von neuem anberaumen. Aber ich habe keine Sorge, wie sich das neue Thing entscheiden wird.“

Das paßte der Amtmännin nun nicht. Sie hatte Einwände. „Wir brauchen nur zu argumentieren, daß der Teufel ihm eingeflüstert hat, die Schöffen nicht zum Thing einzuladen. Das liegt sogar auf der Hand, denn welcher Hardesvogt könnte ausgerechnet die Schöffen aus Versehen vergessen?“

Der Amtmann starrte sie kurzsichtig an und hatte die Angelegenheit allmählich satt. Deswegen verzichtete er darauf, seine Frau darauf aufmerksam zu machen, daß sie eben noch nichts von der Bedeutung von Schöffen für die Urteilsfindung gewußt hatte, um gleich darauf ihre Unverzichtbarkeit für den Vogt zu betonen. Leise klopfte sein Zeigefinger auf die Tischplatte. Er wiegte unentschlossen seinen Kopf hin und her.

„Laßt den Scharfrichter ihn peinlich befragen“, schlug Frau Metta vor, „der wird's wohl an den Tag bringen.“

„Nein, nein“, wiegelte der Amtmann ab. „Nicht den Hardesvogt. Wer weiß, wo der überall Freunde hat!“

„Ein Bauer?“ Die Amtmännin blickte ihren Mann ungläubig an und übersah die Zeichen des beginnenden Unmuts. „Wie kann der Bauer Freunde unter des Herzogs Vertrauten haben? Nein, da braucht Ihr keine Angst zu haben!“

„Jetzt ist es aber genug!“ donnerte der Amtmann. „Glaubt Ihr, ich hätte Angst?“ Unwillig betrachtete er sie. „Irgendwo müßt selbst Ihr Schluß machen! Wagt Euch nicht zu weit vor!“ drohte er.

Frau Metta zog sich klug zurück, aber ihre Lippen waren schmal wie ein Strich. Sie merkte, daß ihr Mann an diesem Punkt störrisch wurde, und dann war nichts mehr zu machen. Nun ja, er wurde eben weich in seinem beginnenden Alter. Sie nicht, sie war noch genauso hart wie in ihrer Jugend und entschlossener denn je, alle Hexen des Amtes Tondern auszurotten. Das letzte Wort über den Hardesvogt war noch nicht gesprochen, aber vorläufig verließ sie ihren Mann, damit dieser Zeit hatte, sich zu besinnen.

# 17

„Geh mal auf den Kirchhof, Töwersche", rief vom Fuß der Warft eine Frau mit schriller Stimme, und als Mutter Griebsch entsetzt aus dem Fenster blickte, rannten zwei Nachbarinnen laut lachend weg. Die eine blickte sich um, und bevor sie außer Hörweite geriet, fügte sie hämisch hinzu: „Wenn du dich traust..."

Mutter Griebsch setzte sich mit zitternden Knien. „Was bedeutet das, Antje?" fragte sie und umklammerte die Tischkanten.

Das junge Mädchen umarmte sie wortlos und fuhr ihr tröstend über die Wange. Zu sagen wußte sie nichts, und es war auch nicht nötig.

„Warum sagen sie Kirchhof? Ich gehe doch wie jeder Christenmensch in den Gottesdienst."

Auch Antje war dies aufgefallen, aber sie äußerte sich hierzu ebensowenig.

Nach langem Schweigen faßte sich die Hebamme und sagte mit schwachem Lächeln: „Dann wollen wir mal."

Antje sah sie fragend an.

„Wir müssen nachsehen, was die meinen. Irgend etwas ist auf dem Kirchhof, das mich angeht. Und, wie ich dir schon erklärte, man kann sich nicht verteidigen, wenn man nicht angeklagt wird. Vielleicht werde ich dort angeklagt."

Niemand war auf der Dorfstraße, als sie sich auf den Weg zur Kirche machten. Es war für den sonntäglichen Gottesdienst noch viel zu früh. Aber weit hinter ihnen sammelten sich die Kinder, johlten und schrien etwas, das sie nicht verstehen konnten. Sie schwenkten fröhlich Stöcke und folgten den beiden Frauen, ohne den Abstand zu verringern. Erst, als sie die Kirchwarft hochstiegen, schlossen die Kinder auf und schwiegen erwartungsvoll. Vielleicht wollten die Frauen jetzt hexen? Sie alle hatten die Erwachsenen schon davon sprechen hören.

Der Kirchhof war leer, und wenn sie geglaubt hatten, hier würden sie von Männern empfangen werden, die ihnen etwas zu sagen hatten, so sahen sie sich getäuscht. Nachdem sie lange gewartet hatten, behauptete Mutter Griebsch hoffnungsvoll, die Frauen hätten sie nur ärgern wollen.

„Die Beine sollten wir uns in der feuchten Luft in den Leib stehen", schimpfte sie.

Antje schüttelte mißtrauisch den Kopf. Sie glaubte nicht daran.

Allmählich trudelten die ersten Kirchgänger ein, dann kamen immer mehr. Wie üblich schwatzten die Frauen, hörten aber abrupt auf, als sie Mutter Griebsch bemerkten. Sie drehten ruckartig die Köpfe weg. Dann tuschelten sie und kicherten verhalten, obwohl sie sich auf dem Kirchhof befanden, was sehr ungehörig war. Niemand stellte sich zu Mutter Griebsch und Antje, niemand kam herüber, um ihnen noch schnell etwas Wichtiges zu erzählen, und es gab auch nichts Neues von dieser oder jener Wöchnerin. Mutter Griebsch wurde geschnitten und mit ihr Antje.

Auch beim Gottesdienst geschah nichts, das die Hebamme in spezieller Weise anging, so daß sie nun fest an einen dummen Streich glaubte. Wie immer fanden danach die amtlichen Bekanntmachungen und verschiedene private Verkündungen für die Bewohner des Kirchspiels statt. Der Küster pflanzte sich behäbig im Eingang der Kirche auf, und neben ihm stand der Pastor, der zwar an der Verlesung nicht teilhatte, aber doch anwesend war, um zu demonstrieren, daß die Verlautbarungen die kirchliche Billigung oder sogar den kirchlichen Segen hatten.

Allmählich trat neugierige Stille ein, und der Küster räusperte sich ein letztes Mal. Dann las er vor:

„Ich bestätige im Namen Ihrer Hochfürstlichen Durchlaucht, meines gnädigen Herrn, daß ab sofort und bis gegen Michaelis ein jeder Einwohner seine Gänse nicht willkürlich auf das Feld schickt, sondern sie innerhalb von Zäunen hält oder von seinem Jungen begleiten läßt. Erst nach der Ernte dürft ihr sie nach eigenem Gefallen weiden lassen. Die Akte ist unterschrieben vom Amtmann, dem Herrn Benedictus von Ahlefeldt und von Howelke Petersen, Houleke Frudden und Bleik Eben."

Die Zuhörer zuckten gleichgültig die Schultern. Das war eine von zahllosen Beliebungen, wie sie jedes Jahr zu Dutzenden vom Amt ergingen, und meistens kümmerte sich sowieso niemand um sie. Viel gespannter war man auf die privaten Nachrichten. Da konnte man sich meistens nach Herzenslust erregen. Der Küster wußte auch, wonach die Leute verlangten, und las weiter.

„Lorenz Mannis aus Hungerburg läßt verbieten, aus seinem

Brunnen Wasser zu holen, um es gegen Rechnung an die für Tondern bestimmten Schiffe zu verkaufen."

Ein Mann aus Hungerburg protestierte. „Das kann er doch nicht machen! Schon mein Vater hat aus dem Brunnen geschöpft."

„Verkauft auch?"

Die Nächststehenden grinsten, und der Gefragte schwieg.

„Magnus Rickerts beklagt sich, daß er sein Siegel verloren hat, und läßt verkündigen, daß er Schriftstücke nicht anerkennen will, die nach der Verlesung damit versiegelt worden sind."

Es kamen noch etliche Sachen zur Sprache, die den einen angingen, den anderen nicht, und manche Kirchgänger fingen auch an zu schwatzen. Antje wurde immer beklommener zumute. Sie ahnte, daß etwas auf sie zukam. Und alle anderen mußten davon gewußt haben, denn schlagartig trat Ruhe ein, als der Küster den letzten Aufruf verlas.

„Die Aventofter verbieten Lena Botilla Sörensen, bisher unter dem Namen Mutter Griebsch bekannt, sich in Zukunft bei den Frauen als Wehmutter zu betätigen. Ihre sonstigen Künste sind von dem Verbot nicht berührt."

Mutter Griebsch stand wie versteinert. Sie hatte zwar gehört, was der Küster gesagt hatte, und dennoch wußte sie nicht, ob sie richtig verstanden hatte, lehnte ab, es zu glauben. Mit den Augen suchte sie den Pastor; er war verschwunden. Hilfesuchend wandte sie sich zu Antje um. Das junge Mädchen umfaßte ihre Schultern mit festem Griff und hielt sie aufrecht. Sie, Antje, würde nicht den Nacken beugen vor diesen mißgünstigen Aventoftern. Hoch erhobenen Hauptes führte sie Mutter Griebsch über den Kirchhof davon, und man machte den Frauen schweigend eine Gasse frei.

„Genießen sie nun ihren Triumph?" fragte sich Antje zornschnaubend.

„Und warum wollte der Pastor mir nicht helfen?" grübelte die Hebamme.

Der Nachhauseweg war der einsamste, den Antje jemals in ihrem Leben gegangen war. Das Dorf schien den Atem anzuhalten, obwohl der Rauch wie immer aus den Häusern quoll und die Daheimgebliebenen aus den kleinen bleigefaßten Fensterruten lugten. Und doch war ein Kreis um die beiden Frauen gezogen, ein Bannkreis, der ihnen von nun ab folgte.

Am Nachmittag brachte ein kleiner Junge eine Botschaft, der Antje noch mehr verstörte als die Ächtung am Vormittag. Er war den ganzen Weg von Ruttebüll ohne Pause unterwegs gewesen und am Ende seiner Kräfte. Die Mutter aber hatte sich nicht zu helfen gewußt und hatte ihn geschickt, denn die Männer waren alle in der Kirche.

Die Mutter bat darum, daß Mutter Griebsch nochmals kommen möge. Der kleine Bruder des Boten, den die Hebamme am Kopf behandelt hatte, war schwer erkrankt.

„Es waren doch nur Warzen", sagte Mutter Griebsch tonlos. „Wie kann er davon krank werden?"

„Mutter Lena, mit deiner Salbe hat es sicher nichts zu tun", beschwichtigte Antje sie.

„Aber ja", schrie der Junge aus Ruttebüll böse, „Die Haut am Kopf ist doch ganz zerfressen. Das kommt von der Salbe!"

Die Hebamme erbleichte, und die Frauen machten sich in großer Sorge sofort auf den Weg. Am Abend standen sie endlich vor dem Haus und merkten bereits draußen, daß ein Unglück geschehen war. Sie verschafften sich Eingang durch die Nachbarsfrauen hindurch, die in der Stube standen. Mutter Griebsch sah fassungslos mit an, wie sich die Frau über ihren leblosen Sohn warf und versuchte, ihn wachzurütteln.

Der Junge war tot.

Unmißverständlich führten die Nachbarinnen die widerstandslose Mutter Griebsch aus dem Haus und ließen sie auf der Warft stehen. Die Hebamme war starr vor Schrecken. Als sie sich endlich gefaßt hatte und Antje wieder zu ihr getreten war, waren die Frauen verschwunden und die Tür fest hinter ihnen verschlossen. Die Hebamme konnte sie nicht einmal mehr befragen.

Mutter Griebsch verstand.

Nach ihrer Behandlung war der Junge krank geworden und gestorben. Die Frauen gaben ihr die Schuld und ließen sie nicht mehr ins Haus hinein. Sie war ausgestoßen.

# 18

Der Amtmann, der nun einen zufriedenstellenden Weg gefunden hatte, die Angelegenheit mit den drei Wiedingharder Hexen nochmals aufzugreifen, handelte schnell.

Er rief den Hardesvogt ohne nähere Erklärungen durch einen Boten auf das Amt im Tonderner Schloß und erklärte ihn unmißverständlich für abgesetzt. Der mutige Mann hatte die Stirn, Herrn von Ahlefeldt nach dem Grund zu fragen. Er habe sein Amt fehlerhaft geführt, hieß es, und könne froh sein, wenn er ohne Strafverfahren davonkäme. Der Vogt, der Frau und Kinder hatte, wußte, daß es besser war, ohne Amt als ohne Kopf nach Hause zu kommen, und er fühlte, daß die Sache auf des Messers Schneide stand. Erbittert, aber schweigsam verließ er das Zimmer des Amtmanns.

Herr von Ahlefeldt atmete auf. Wenn er auch nur auf eine Spur von Widerstand gestoßen wäre, hätte er den Hausvogt mit seinen Schergen gerufen, rufen müssen. Der Hardesvogt, der den Männern im Gang begegnete, grüßte ahnungslos und wußte nicht, daß sie seinetwegen bereitgestanden hatten.

„Noch einmal davongekommen", sagte der eine Knecht und klirrte leise mit der Kette.

Die anderen grinsten hinter dem Wiedingharder Bauern her.

„Ihr könnt wieder gehen", sagte der Schloßvogt. „Es hat sich erledigt."

Danach traf der Amtmann unter den übrigen Hardesbonden sorgfältig seine Wahl. Er setzte den Ruttebüller Martin Ebsen als neuen Vogt ein.

„Der ist weder mit den Frauen noch mit dem Mann verwandt", erklärte er Metta. „Wahrscheinlich kennt er sie gar nicht, denn alle drei stammen aus Horsbüll."

„Ja", sagte Metta befriedigt und war mit dem neuen Mann einverstanden. Horsbüll war von Ruttebüll so weit weg, wie es in der Wiedingharde überhaupt möglich war.

Der Mann wurde gerufen. Er war so geschmeichelt von der Order, ins Schloß zu kommen, daß er unter tiefen Bücklingen ins Zimmer trat.

„Der ist richtig“, sagte Metta, die sich in Sichtweite des Amtszimmers aufgehalten hatte. „Wer sich bückt, gehorcht auch.“

„Martin Ebsen“, sagte drinnen in der Amtsstube der Amtmann zu dem Bauern.

„Ja, Herr Amtmann“, flüsterte dieser devot und verbeugte sich nochmals.

„Ich will dich prüfen, ob du taugst, der Sprecher von euch Bauern beim Thing zu sein.“

„Ja“, sagte der Bauer wieder und dachte fieberhaft nach. Einen Sprecher hatten sie doch, seit Jahren denselben. Sollte der etwa in Ungnade... „Ja“, wiederholte er und straffte sich. Das war die Chance, auf die er seit Jahren gewartet hatte. „Prüft mich“, bot er an.

Der Amtmann schob die Unterlippe vor. „Mal sehen“, meinte er und schaute den Mann vorurteilslos an. „Ich werde dir einen Fall vorlegen.“

Der Bauer war ganz Ohr. In wenigen Minuten würde es sich entscheiden, ob er ein Amt bekam. Er mußte nur die richtige Antwort treffen.

„Drei Hexen sind geständig“, begann der Amtmann, „jedermann weiß, daß sie Zauberei getrieben haben; vor allem diejenigen mit einer besonderen Nase für Hexen wissen es ganz genau. Nur ein einziger Mann glaubt den Geständnissen der Angeklagten nicht; er glaubt auch nicht, was die Person mit der guten Nase weiß; kurz, er hält sich selbst für das Maß aller Dinge. Was glaubst du?“

„Ich glaube den Angeklagten“, antwortete Martin Ebsen prompt.

„Du bist der neue Hardesvogt“, entschied der Amtmann und entließ ihn.

Pfeifend wanderte Martin Ebsen nach Hause. Nach allen Seiten sandte er Benachrichtigungen an die Hardesbonden aus und kehrte, diesmal im Boot, zurück nach Tondern. Die Amtmännin, die sich zwar weigerte, in die Nähe eines stinkenden Bauern zu kommen, hatte dennoch Vorsorge getragen, daß Martin Ebsen ein Quartier im Schloß bekam. Erst als sie ihn und die zwölf anderen Hardesbonden – ein neuer war dabei – sicher in einem der Dienstbotenhäuser wußte, atmete sie auf. Das Verfahren konnte planmäßig zu Ende gebracht werden.

Diesmal wurden – unter den wachsamen Augen der Amtsknechte – die drei Angeklagten vorgeführt, damit die Bonden und die Schöffen sich selbst davon überzeugen konnten, daß die Hexen geständig waren.

Das Verfahren dauerte nicht lange. Bonden und Schöffen waren sich schnell einig. Diese ausgemergelten, abgerissenen Gestalten hatten verdient, wozu sie gerufen worden waren: die Verurteilung zum Tod. Die Bonden schämten sich alle miteinander etwas, daß ihr gesunder Menschenverstand unter der überzeugenden Redeflut des entlassenen Bondensprechers abhanden gekommen war, und sie beeilten sich, ihre Fehler wieder gutzumachen.

Oben im Amtszimmer wartete die Amtmännin auf ihren Mann, der nach der Urteilsverkündung aus dem „Gewölbe" heraufgestiegen kam. Ihr Mund war leicht geöffnet, über der Oberlippe perlten kleine Schweißtropfen, und sie schaute ihren Mann fast flehend an.

„Nun?" fragte sie gespannt.

Er nickte düster. „Morgen", sagte er.

„Gott sei Dank", seufzte sie. „Wieder einige Hexen weniger. Das Recht siegt auch in Tondern." Der säuerliche Gestank nach Schweiß stieg dem Amtmann aus ihren Kleidern in die Nase, als sie sich mit kokettem Augenaufschlag an ihn schmiegte.

„Puh", stöhnte er. „Dieser Blutgeruch im Gewölbe! Ich verabscheue es, dorthin zu gehen."

Zwar hatte der Scharfrichter Order, das Stroh zu wechseln, bevor der Amtmann kam, aber Jahrzehnte der Folterungen waren an den Mauern nicht spurlos vorübergegangen. Blutflecke mit schimmeligen Rändern an den Wänden, blutgetränkte und trotz Einfetten steife Lederriemen, schwarzgefärbte Stricke: Alle gaben sie den ihnen eigenen Geruch, vermischt mit dem Gestank der Ausscheidungen der Gefolterten, ab, und keinem Menschen war es möglich, den Raum so sauber zu schrubben, daß sich hochgestellte Persönlichkeiten mit feinen Nasen darin aufhalten mochten. Selbst die Schreie der Gequälten schienen noch im Gewölbe widerzuhallen.

„Ich würde es gerne einmal besichtigen", bemerkte die Amtmännin zu ihres Mannes Überraschung.

„Wozu?" frage er.

„Ich will sehen, wie sie bekommen, was sie verdienen." Frau Metta zitterte leicht.

„Quäle dich damit nicht. Es reicht, wenn ich dabei sein muß."

„Nein, ich muß es selbst sehen, ich muß!" keuchte sie.

Der Amtmann betrachtete seine Frau mit hochgezogenen Augenbrauen. „Gut! Wenn es dir so wichtig ist", gab er widerwillig nach.

Die Erregung der Amtmännin ebbte langsam ab. Beim nächsten Hexenprozeß würde sie das Versprechen ihres Mannes einfordern. Ihr Atem beruhigte sich, und sie lächelte ihren Mann an. Er war schon in Gedanken mit der Organisation der Bestrafung befaßt und sah es nicht.

Diese ließ nicht zu wünschen übrig. Der Herzog wußte, warum er Herrn von Ahlefeldt zum Amtmann berufen hatte. Die Hinrichtung fand draußen auf dem Galgenfeld am Galgenstrom statt, im Nordosten der Stadt, wo die Verwesungsgerüche abziehen und keinen vornehmen Bürger belästigen konnten. Für die übrigen, die nur Eingesessene waren, hätte es nach Meinung des Rats allerdings ruhig stinken können, damit sie sich verbrecherische Vorhaben beizeiten überlegten.

Unter den Augen des Volkes, dessen Erregung auf dem Siedepunkt angekommen war, wurden die beiden Frauen vom Leben zum Tode befördert; der Mann etwas später, als sich die Gemüter bereits abgekühlt hatten, denn er war nicht im selben Ausmaß schuldig wie die Frauen.

# 19

Die Tatsache, daß das Urteil abgeändert worden war, blieb nicht ohne Folgen, nicht nur und im wesentlichen für die Angeklagten, sondern auch in mehreren Kirchspielen des Amtes.

In der Horsbüllharde war Broder Brodersen die treibende Kraft.

„Siehst du", sagte er zu Sabbe, „der Amtmann fällt darauf nicht herein, und das ist gut so."

„Worauf?" fragte Sabbe, „und was ist daran gut?"

„Der Hardesvogt muß irgendwelche Händel mit den Hexen gehabt haben", fuhr Broder fort, ohne im eigentlichen Sinn auf Sabbes Frage zu antworten, „sonst hätte er sie nicht laufen lassen, oder?"

Sabbe nickte gleichgültig und rollte das Holz über das Linnen. Das war schwere Arbeit, und das verflixte Zeug wollte nicht glatt werden. Broder aber wollte alles so haben, wie seine Mutter es gemacht hatte; und dazu gehörte auch, die Wäsche glatt wie einen Säuglingspopo zu plätten und sie in bestimmter Weise zu falten.

„Hör endlich mit dem Plätten auf!“ fuhr Broder sie an, und Sabbe starrte ihn verstört an.

„Warum?“

„Drei Hexen sind tot“, entgegnete Broder, „aber noch leben viele.“

„Kennst du denn welche?“ fragte Sabbe unbesonnen.

„Hast du unseren Jungen bereits vergessen?“ fragte Broder tief getroffen. „Aus den Augen, aus dem Sinn?“

„Nein, nein“, entgegnete Sabbe verlegen, „ich hatte an ihn nicht gedacht.“

„Was bist du nur für eine Frau!“ Broder zog sich langsam einen Stuhl an den Tisch, ohne Sabbe aus den Augen zu lassen. Er musterte sie, als sähe er sie zum ersten Mal. Dann legte er den Kopf in die Hände und schluchzte. Sabbe verstand erstmals, welche Trauer ihren Mann um das ungetaufte Kind befallen hatte, und sie schämte sich. Liebevoll legte sie ihre Hand auf sein Haar, und er hob langsam den Kopf.

„Wir müssen etwas gegen die Hexe unternehmen“, sagte er, „sonst versündigen wir uns. Ein Ungeborenes als Opfer ist genug. Wer weiß, ob sie nicht schon mehr auf dem Gewissen hat?“

Sabbe nickte ergeben. Es war nicht mehr aufzuhalten.

Broder und Sabbe sprachen mit den Nachbarn in Fischerhäuser, dann setzten sie nach Ruttebüll über und beredeten die dortigen Einwohner. Große Überzeugungskraft war nicht notwendig, denn sie hatten die volle Unterstützung des neuen Hardesvogtes.

„Laßt uns die Anklagepunkte zusammenfassen“, forderte Martin Ebsen den Bauern Broder auf. „Als erstes war da der Tod deines ungeborenen Kindes, dann Christian Peter, den sie im Reetfeld erwischte, und schließlich der gespenstische Tuul.“

„Und in Aventoft“, fiel Sabbe ein, „sagen sie, daß Mutter Griebsch dem Peer Thomesen aus Rache die Krankheit an den Arm gezaubert hat.“

„Ja, das habe ich gehört“, stimmte Martin zu. „Wie geht es ihm?“

„Jeden Tag schlechter“, wußte Sabbe zu berichten.

Martin war zufrieden, dies zu hören. Es bestätigte seine Annahme, daß Mutter Griebsch mit Hexenkräften ausgerüstet sei.

„Ihr werdet die Anzeige beim Schreiber des Amtmanns vorbringen", erklärte Martin den beiden. „Noch besser aber wäre, wenn sie der Amtmännin zu Ohren käme. Wenn sie erst Witterung aufgenommen hat, ist die Hebamme verloren." Er lachte verhalten. „Sie sieht aus wie ein Frettchen und ist doppelt so gefährlich. Die läßt nie mehr los", sagte er bewundernd und dachte an die Instruktionen, die sie ihm nach der Unterredung mit dem Amtmann mit auf den Weg gegeben hatte.

„Ich will nicht mit", sagte Sabbe.

„Du bist die Anklägerin. Du mußt hin."

Sabbe schüttelte verzweifelt den Kopf. Sie konnte es nicht tun. Mochten doch die anklagen, die wirklich etwas zu beklagen hatten, woran die Hebamme die Schuld trug.

„Sie wird es tun", sprach Broder über ihren Kopf hinweg zum Hardesvogt, „sei ohne Sorge."

Zwei Tage nach ihrer offiziellen Beauftragung durch die Horsbüllharde, Klage gegen Mutter Griebsch wegen Verdachts der Hexerei zu führen, segelten Broder und Sabbe Brodersen nach Tondern. Broder ließ sich vom Schloßvogt nicht abweisen und bestand darauf, am Schloßsteg anzulegen, weil ihm nicht bekannt war, daß dieser für jeden außer dem Herzog und den Schloßangehörigen gesperrt war. Dann kämpfte er sich verbissen am Pförtner und an den Wachen des Schlosses vorbei, und Sabbe folgte ihm unglücklich. Ein Protest war jetzt nicht mehr möglich.

„Was wollt ihr?" fragte der Amtsdiener vor dem Treppenaufgang zu des Amtmanns Räumen grob.

„Wir wollen eine Klage vorbringen."

„Dann kommt zu den dafür vorgesehenen Zeiten, am Freitag vormittag", wies der Diener sie an.

Auch wenn es nicht Montag gewesen wäre, hätte Broder den Kopf geschüttelt. „Nein, jetzt", forderte er hartnäckig.

„Das geht nicht, Bauer", widersprach der Diener, eine Spur belustigt, „der Amtmann hat eine Besprechung."

„Wir wollen eine Hexe anzeigen."

„Ach so, das ändert die Sache vielleicht", sagte der Diener nachdenklich. „Eine Hexe also."

In diesem Moment hörte man eine Frauenstimme oben an der Treppe, und ein Herr und eine Dame erschienen zusammen am Treppenabsatz. Der Diener nahm Haltung an.

„Ist das die Besprechung?“ fragte Broder mißtrauisch.

„Ja, Bauer, das ist sie.“

„Benedict, ich bitte Euch...“, flötete die Dame.

Der Amtmann schien unentschlossen, dann stimmte er zu. „Gut, Metta, wenn Ihr darauf besteht.“

Frau Metta von Ahlefeldt wallte die Treppe herunter, und Sabbe starrte sie hingerissen an. Seide am Hals, Pelzbesatz an den Ärmeln, eine seidene Schürze, einen Leibgürtel aus Silber, ebenso das Messer am Gürtel, eine bis zur Gürtellinie reichende Kette aus Gold um den Hals, gewiß mehr als hundert oder tausend Taler wert, und noch eine kurze Kette aus Edelsteinen. Sabbe vergaß sich, und statt respektvoll zu knicksen, blieb sie mit geöffnetem Mund stehen.

„Wie schön“, flüsterte sie berauscht.

Erst als Broder sie anstieß, erinnerte sie sich an ihre Pflicht und beugte wenigstens noch schnell den Nacken.

Frau von Ahlefeldt beachtete die Bauern gar nicht, sondern strebte einer Tür zu, die zu ihren Privaträumen führte. Mit einem schlauen Blick auf die verschwindende Dame rief Broder nach oben, in Richtung auf den Amtmann, der noch verloren am Ende der Treppe stand, als warte er auf etwas: „Hexen gehen im Amt um.“

Frau Metta fuhr mit starrem Gesicht herum. „Wo?“ fragte sie mit schneidender Stimme, und Broder schluckte aufgeregt, als er sie so kampfeswütig erlebte, wie man sie ihm beschrieben hatte.

„In Aventoft“, antwortete er und war bemüht, in aller Ruhe zu reden.

„Das muß besprochen werden“, sagte Metta von Ahlefeldt energisch, änderte ihre bisherige Absicht, raffte den Rock mit beiden Händen zusammen, fegte um die Ecke und schritt die Treppe majestätisch wieder nach oben. Ohne Broder einen Blick zu gönnen, befahl sie: „Komm.“

Broder stieg ihr beglückt nach, und Sabbe konnte sich nicht enthalten, dem Diener einen hämischen Blick zuzuwerfen.

Mit Broder und Sabbe im Gefolge, rauschte die Amtmännin am

überraschten Amtmann vorbei und eilte in dessen Amtsstube. Herr von Ahlefeldt folgte langsam, verärgert, des herrischen Wesens seiner Frau allmählich überdrüssig.

Frau Metta ließ sich vorsichtig in einen Prunksessel sinken, schüttelte die Falten ihres üppigen Kleides zurecht und begann dann die Amtshandlung, „Was werft ihr der Frau vor?“ fragte sie. Sabbe wunderte sich im stillen, daß die Frau Amtmann schon Bescheid zu wissen schien. Aber sie überließ ihrem Mann die Gesprächsführung.

„Tötung eines Ungeborenen, eines Kindes und eines Fischers“, zählte Broder auf, der sich die Sache vorher genau überlegt und dann auswendig gelernt hatte. „Belegen mit Krankheit aus Rache.“

„Das reicht.“ Frau Metta war angenehm berührt von der überaus klaren und einfachen Aussage. „Wer ist sie?“

„Sie ist Hebamme in Aventoft, und man kennt sie als Mutter Griebsch.“

„Kennen wir sie?“ fragte Frau von Ahlefeldt, an ihren Mann gewandt.

„In ihrer Eigenschaft als Hexe nicht, im übrigen wohl.“

„Und?“

„Nichts bekannt.“

„Ich meine aber, ihr Name wäre bereits in den Akten gewesen“, wandte Frau Metta ein und schien einem Gedanken nachzugrübeln.

Herr von Ahlefeldt verzog unmerklich den Mund. Wenn seine Frau sich auf etwas versteifte, mußte alles andere warten, und das paßte ihm nicht.

Broder und Sabbe verfolgten die Unterredung zwischen beiden Amtsleuten mit Staunen und verstanden nicht ganz, wovon die Rede war. Frau von Ahlefeldt schien unzufrieden.

„Schade“, sagte sie. Und dann: „Wartet, gleich habe ich es.“ Frau von Ahlefeldt klimperte leise mit dem großen Edelstein in der Mitte der Kette, und Sabbe hing mit sehnsüchtigem Blick an dem wunderschönen Schmuck. „Da war dieses Phänomen im See: Das wurde ihr zugeschrieben, und es hatte eine üble Vorbedeutung. Erinnert Ihr Euch noch? Anschließend weigerten sich die Arbeiter, an der Schleuse weiterzubauen, und das war ja dann auch ein Unglück.“

„Aber es wurde nie bewiesen“, entgegnete der skeptische Amtmann.

„Was sie sonst noch auf dem Kerbholz hat, ist Beweis genug!“ folgerte die Frau Ammann kurz und bündig.

„Wir führen Klage für die Horsbüllharde“, warf Broder ein, und Sabbe sah ihn bewundernd an.

„So?“ fragte Frau Metta aufmerksam. „Das ist etwas anderes. Dann ist die Klage mit diesem, diesem – wie heißt er?“ wollte sie von ihrem Mann wissen, – „ja, also mit Martin Ebsen abgesprochen?“

Broder nickte. „Ja, Frau Amtmann.“

„Er hat euch also geschickt?“ vergewisserte sich Frau von Ahlefeldt, und als Broder entschlossen nickte, sagte sie anerkennend zu ihrem Mann: „Die Wahl war gut“, und er freute sich mit einem schwachen Lächeln. Dann aber versteinerten seine Gesichtszüge, er schien sich auf seine Aufgaben zu besinnen.

„Wir wollen Euch dann nicht länger von Euren Geschäften abhalten, Metta“, sagte er zu ihr, und Metta verstand. Schweigend, wenn auch unwillig, stand sie auf und sagte dann ziemlich freundlich: „Benedict, wir wollen nicht vergessen, uns bei den Leuten hier für ihre Pflichttreue zu bedanken. Wären alle unsere Untertanen so, hätten wir längst keine Hexen mehr im Amt.“

Der Amtmann nickte pflichtschuldigst und wartete dann stumm und demonstrativ, bis seine Frau Anstalten machte, das Zimmer endgültig zu verlassen.

Sabbe starrte der willensstarken Frau nach. „Bin ich ihr Untertan?“ dachte sie erstaunt.

Der Amtmann unterbrach ihre aufmüpfigen Gedanken, und Sabbe wandte sich ihm errötend zu. „Welche Beweise habt ihr für die Schuld der Frau?“ wollte er wissen.

Sabbe und Broder sahen sich erschrocken an. „Beweise?“

Geduldig wartete der Amtmann. „Nun“, sagte er freundlich. „Für jede Anklage braucht man Beweise, sonst handelt es sich um eine Behauptung.“

Broder nahm sich zusammen, um seine Überraschung zu verbergen.

„Meine Frau hier“, sagte er und zog sie an seine Seite, „ist ein Beweis, sie hat ein Kind verloren. Die Hexe hat das Kind verwünscht, und zwei Wochen später ging es ab.“

„Siehst du", sagte der Amtmann zufrieden, „das meinte ich. Und die anderen?"

Broder hob die Hand, streckte den Daumen in die Höhe und fing an aufzuzählen. Der Amtmann hörte sich alles geduldig an.

„Damit wir Klage erheben können, mußt du eure Beobachtungen dem Schreiber mitteilen. Ihr müßt beeiden, daß alles wahr ist. Und genauso die anderen Zeugen. Könnt ihr das?"

Broder bestätigte wahrheitsgemäß, und der Amtmann entließ sie. Sie gaben nur noch Namen und Wohnort bei seinem Schreiber an sowie diejenigen der Zeugen, dann konnten sie gehen.

Als sie vor dem Schloß standen, atmete Sabbe tief durch, und Broder sah sie triumphierend an. „Siehst du", meinte er, es ist gar nicht so schwierig, mit den hochgeborenen Personen zu reden. Sie sind sehr leutselig und vernünftig, finde ich. Vor allem Frau Metta."

Sabbe nickte lustlos. Dann aber fiel ihr etwas ein. "Ich möchte nach Tondern hinein, Broder." Wenn sie sich schon gezwungenermaßen in Tondern befand, wollte sie sich wenigstens an dem schadlos halten, was sie interessierte.

Ihr Mann blickte reserviert.

„Doch, unbedingt!"

Broder, der wußte, daß sie sich von ihrem Wunsch nicht würde abbringen lassen, nickte schließlich ergeben. Sabbe, die ihn gespannt angeblickt hatte, fiel ihrem Mann um den Hals und jubelte laut, ungeachtet der Leute, die auf der Brücke zum Schloß unterwegs waren. Endlich konnte sie dem Besuch der Stadt Vergnügen abgewinnen, und das Schlimmste hatten sie ja hinter sich. Es wurde höchste Zeit, sich auch einmal zu amüsieren. Erst ein einziges Mal war Sabbe in der geschäftigen kleinen Stadt gewesen, aber seitdem war es ihr glühendster Wunsch, die Straßen zu durchstreifen, in die Kaufmannshäuser zu blicken, dem Ladebetrieb auf den Höfen zuzusehen, im Hafen die Waren zu mustern, die von den Schiffen heruntergeschleppt wurden – und schließlich die prunkvollen Kleider der Bürgersfrauen zu bewundern. Zweifelnd blickte sie an sich hinunter: Verglichen mit den Bürgerinnen trug sie wahrscheinlich schäbige Fetzen. Trotzdem, sie konnte nicht widerstehen. Ja, es gab in Tondern angenehmere Dinge zu tun, als eine Klage der Harde zu überbringen.

# 20

Sabbe marschierte schnurstracks auf den Stadthafen zu, und Broder folgte teils unwillig, teils neugierig, verbarg dies aber hinter einer verdrossenen Miene. Wenn er aber ehrlich war, wollte auch er gerne einmal Tondern ansehen. Nicht jeder Fischerhäuser war schon hier gewesen; sie würden eine Menge zu erzählen haben. Sein Stolz wuchs.

Heute war kein Markt, aber auch ohne diesen war Tondern eine pulsierende Stadt mit Warenverkehr aus der Ferne, und im Hafen stauten sich die Prähme; bei Aventoft waren die Einfuhrgüter aus den großen Seeschiffen umgeladen und auf viele kleinere Prähme und noch kleinere Lastensegler verteilt worden. Diese wurden teils im städtischen Außenhafen Aschesodde, teils an der Anlegestelle in der Stadt gelöscht. So lagen also die Kähne Bordwand an Bordwand, und wenn sich eines hinausschlängelte, wurde sein Platz sogleich vom nächsten eingenommen.

Broder lachte schadenfroh und deutete mit dem Kinn auf die Schiffe. „Jetzt sind das noch Aventofter", sagte er, „aber in ein paar Tagen werden hier die Ruttebüller den Gewinn machen, und mit ihnen die Fischerhäuser. Wer weiß, vielleicht beteilige ich mich auch daran... He, Henrik!" schrie er großspurig quer über den Hafen und versuchte, sich durch heftige Gesten bemerkbar zu machen.

„Ho, Broder", schrie ein Fischer zurück, der von Boot zu Boot turnte, um an Land zu kommen. Er schwenkte kurz seinen Arm.

Sabbe zog ihren Mann am Ärmel, um ihn wieder auf sich aufmerksam zu machen. „Könnt ihr ihnen denn die Fracht einfach wegnehmen?"

„Wir machen es einfach", sagte Broder fröhlich. „Wer zuerst kommt, mahlt zuerst. Die Kapitäne wollen doch nur die Ware so schnell wie möglich nach Tondern befördern lassen. Ob Aventofter oder Ruttebüller, ist ihnen egal. Und wer, meinst du, sieht zuerst, wenn ein Schiff den Ruttebüller Hafen anläuft?"

Obwohl Sabbe gar nichts sagte, nickte Broder zufrieden und fuhr fort: „Siehst du." Und er betrachtete den Hafen, als sei er sein persönliches Eigentum. Ja, der Handel und die See, die regten die Phantasie der Männer an. Sabbe aber hatte nicht das geringste

Interesse am Schiffshandel, im Gegenteil. Sie blickte ganz woanders hin und stieß Broder dann an.

„Sieh mal", flüsterte sie erschrocken und dann viel zu laut: „Ich glaub, da ist der Leibhaftige!"

Broder folgte ihrem Blick und erschrak ebenfalls. Ein kleiner Mann, so klein wie ein Kind, eilte die Straße entlang. Aber sein Kopf war groß wie der eines Erwachsenen oder noch größer, und der finstere Ausdruck, der sich in sein Gesicht eingebrannt hatte, ließ darauf schließen, daß er in seinem Leben kaum jemals Freude kennengelernt hatte. Und doch war seine Aufgabe die, Menschen zumindest Belustigung zu bringen, denn angezogen war er wie ein Gaukler, hatte ein farbenfrohes, buntes Gewand an und trug Schellen um die Knöchel, die bei jedem Schritt hell schepperten. Auch an den Schnäbeln seiner Schuhe klingelten kleine Glöckchen. Kinder liefen ihm nach und mit ihnen die Hunde, aber er drehte sich nicht nach ihnen um.

„Keiner kümmert sich um ihn", sagte Broder seiner Frau leise ins Ohr, „er kann der Teufel nicht sein!"

„Stimmt", gab ihm Sabbe mit plötzlichem Sarkasmus recht, „dann hätte sich Frau Metta schon längst um ihn gekümmert."

„Bist du eifersüchtig?"

„Frau Metta!" fauchte Sabbe und wünschte, sie wäre nicht gerade in Fischerhäuser geboren. „Die ist auch nichts anderes als ich. Und wäre ich in der Stadt geboren, wäre ich vielleicht sie. Zufall, bah!"

Broder verstand diese nicht sehr aufschlußreiche Rede zwar nicht, aber manchmal war es besser, Dingen nicht auf den Grund zu gehen, zumal es stimmte: Er hatte Frau Metta bewundert, das mußte er zugeben, wenn auch nur vor sich selbst.

Wütend marschierte Sabbe weiter und hatte den Gaukler bereits vergessen. „Laß mich los, du Tier!" schrie sie einen der vielen Krüppel an, die überall lauerten, ob jemand ihnen einen Pfennig für den Gegenwert eines Stückchens Himmelreich schenken wollte.

„Dann gib mir ein Ei", bat dieser, ohne sich abschrecken zu lassen, demütig, als er zu Recht erkannte, daß die Bauern wohl etwas zu essen bei sich haben würden.

„Gib ihm schon, was er verlangt", befahl Broder kurz angebunden, und Sabbe merkte, daß er sich lieber loskaufen wollte, als sich auf einen Ärger mit einem Bettler einzulassen.

Zögernd grub sie in dem Weidenkorb, den sie mit sich führte, und als sie dem Mann gab, was er verlangte, standen auch schon zwei andere neben ihm und hielten ebenfalls die Hände auf. Sabbe entfloh mit einem Aufschrei, das Ei fiel auf die Straße, und die drei Bettler stürzten sich darauf.

Broder setzte seiner Frau nach, und sie eilten weg und bogen in eine Seitenstraße ein. „Siehst du, es ist nicht nur schön in der Stadt“, bemerkte er schadenfroh zu Sabbe; sie nickte, sagte aber nichts.

„Puh, ist das hier ein Gestank!“ Sabbe rümpfte die Nase, und sie sahen sich um. Hinter einem Haus stieg schwarzer Rauch hoch, und es stank bestialisch. Sabbe mußte unbedingt in die Hofeinfahrt hineinsehen, um den Grund des merkwürdigen Geruches festzustellen. „Iih“, rief sie angeekelt, mit der Hand vor dem Mund, drehte sich um und lief Broder in die Arme. Im Innenhof des Anwesens lagen Berge von Tierkadavern und in einer Ecke Knochen und abgezogene Felle. Dazwischen dunkelrotes, fast schwarz geronnenes Blut, verklebt mit lockigen und glatten Haaren.

„Ein Leimsieder nur“, sagte Broder beschwichtigend.

„Das macht den Geruch nicht besser“, näselte Sabbe, die sich ihre schmale Schürze vor die Nase preßte und eilig fortstrebte.

„Ich glaube, dir gefällt die Stadt doch nicht so gut“, stichelte Broder und beeilte sich, ihr nachzulaufen. Aus irgendeinem nicht faßbaren Grund war Broder froh über all diese Bettler, den Gestank, die Misthaufen und die teuflischen Gestalten. „Und jetzt bist du auf dem Weg zu den Gerbern“, stellte er fest, weil er schon von weitem die Häute auf dem Gras erkennen konnte. Gegen besseres Wissen doch wieder von Mitleid erfaßt, drehte er sie in die andere Richtung und gab ihr einen sanften Schubs. „Da wolltest du hin.“

Als sie in die etwas höher gelegenen Teile von Tondern zurückgelangten, waren sie wieder dort, wo das stattfand, was Sabbe sich unter Stadtleben vorstellte, und sie atmete auf. Hier oben, am Marktplatz und bei den Häusern der Kaufherren, wollte sie umherwandern; nicht dort unten am Fluß, wo es so ärmlich, verdreckt und verfallen aussah, wie es daheim auf ihrem Hof nie sein würde. Nein, mit den Leimsiedern und Gerbern und kleinen Leuten an der Wiedau würde sie um nichts in der Welt tauschen wollen. „Wilde Eber und Misthaufen mitten auf der Straße, wer hätte das gedacht?“

Während Sabbe sich immer noch wunderte, wanderten die beiden die Große Straße entlang.

„Ach, sieh da“, sagte ein Mann zu Sabbe, „die Schöne aus Fischerhäuser.“ Breitbeinig trat er ihr in den Weg.

Sabbe sah an ihm hoch und erbleichte. Vor ihr stand der Zigeuner, der sie in ihren Träumen lockte und erschreckte, seit sie ihm begegnet war. Broder musterte erstaunt den Mann, der so fremd aussah: Seine Pluderhosen waren ganz anders als ihre eigene Tracht, er war schwarzhaarig und die Augen so dunkel, daß man nicht wußte, ob sie schwarz oder braun waren.

„Vor dem schwarzen Teufel müßte Sabbe aber Angst bekommen“, dachte er mit einer Spur von Zufriedenheit und wollte seine Frau beschützend in die Arme schließen. Aber Sabbe hatte keine Angst – weit gefehlt. Mit brennenden Augen betrachtete sie den Fremden. Ihre Pupillen weiteten sich, und ein leises Lächeln umspielte ihre Mundwinkel. Broder erstarrte und kniff langsam die Augen zusammen. Kannte Sabbe den Mann? Und hatte er sie nicht als die Schöne aus Fischerhäuser bezeichnet? Als Sabbe sich von ihrem Mann beobachtet fühlte, wechselte ihr Gesichtsausdruck zu Abscheu. Broder war verwirrt, schüttelte aber gleich den Gedanken, der durch seinen Kopf geschossen war, ab. Er schob seine Frau beiseite und pflanzte sich vor dem Fremden auf.

„Was willst du?“ fragte er drohend.

„Ach, die Schöne hat einen Ehemann? Konnte man das ahnen?“ fragte der Zigeuner in mühsamem Dänisch und lachte. Dann trat er zurück, drehte sich mit einer geschmeidigen Bewegung um und verschwand im elastischen Laufschritt. Sabbe hörte noch sein Lachen, bis es verklang, lange nachdem er um eine Hausecke abgebogen war.

Broder stand mit hängenden Armen und begriff nicht, was geschehen war. Ein Verdacht nagte an ihm. „Wer war das?“ fragte er kalt, und seine Augen blitzten.

Sabbe zuckte gleichgültig mit den Schultern. „Ein Mann.“

„Das sehe ich“, fuhr Broder mit gepreßter Stimme fort. „Kennst du ihn?“

„Er war einmal auf unserem Hof", erklärte Sabbe wahrheitsgemäß und in tiefer Angst. Sie wußte nicht, was Broder mit ihr tun würde, wenn er die volle Wahrheit erführe.

„Und?"

„Ich gab ihm etwas Milch und ein Stück Käse für seine Kinder, und dann ging er wieder", sagte Sabbe leichthin.

„War das alles?

„Aber ja", log Sabbe und bekam schwache Knie.

Broder sah sie forschend an, fragte aber nicht weiter, und Sabbe atmete auf. Die größte Gefahr war vorüber. „Wir gehen nach Hause", erklärte er mit dumpfer Stimme, die keinen Widerspruch zuließ, und faßte seine Frau hart am Arm. Sie ließ sich mitziehen und wagte auch keine Widerworte mehr.

Die Rückfahrt verlief in tiefem Schweigen. Noch nie waren sie so wortlos zusammen gewesen, denn für gewöhnlich schwatzte Sabbe fast ununterbrochen. Heute aber war ihr die Lust auf Unterhaltung vergangen, und selbst die Gefahr, sich durch Stille verdächtig zu machen, konnte sie nicht zum Reden bringen. Noch nach Tagen forschte sie mit bangem Herzen, ob Broder sie in Verdacht hatte, untreu gewesen zu sein, aber sie kam zu keinem Ergebnis.

## 21

In Aventoft stand es bei Mutter Griebsch nun nicht mehr zum besten. Die Hebamme igelte sich ein und verließ ihr Haus kaum noch. Zwar hatte sie vorübergehend Hoffnung geschöpft und endlich geglaubt, es sei vielleicht alles nicht so schlimm, aber dann kam eines Tages ein Bote, und als dieser sein Anliegen vorgebracht hatte, war für Mutter Griebsch endgültig alles aus.

„Antje Griebsch will ich sprechen", sagte der junge Mann. Mutter Griebsch glaubte, sie habe sich verhört. Sie rief aber doch das junge Mädchen.

„Antje Griebsch, du sollst sofort kommen, bei meiner Mutter haben die Wehen eingesetzt", forderte der Junge sie auf.

„Du meinst Mutter Griebsch", versuchte Antje den Sachverhalt aufzuklären.

„Nein, Antje Griebsch hat meine Mutter gesagt, das junge Mädchen, das im Haus von Mutter Lena wohnt. Das bist du doch?“

„Ja“, sagte Antje mit schwachen Knien und setzte sich auf einen Hocker.

Mutter Griebsch verließ wortlos die Stube und ging in das Herdhaus. Zum Kochen und Führen des Haushalts mochte sie noch taugen, alles andere war ihr verwehrt. Bitter fuhrwerkte sie herum, ohne zu bemerken, was sie tat, und fragte sich, wie das alles nur hatte so kommen können. Sie wußte es nicht. Eins kam zum anderen, und auf einmal war es einfach so. Niemand konnte eigentlich etwas dafür, sie selbst am allerwenigsten. Wer denn? Nun, eben niemand. Denn niemand hatte etwas Böses gewollt. Aber erst glaubten die einen, wußten die anderen, schwatzten hier und redeten da, und plötzlich wurde zur allgemeinen Überzeugung, was als Gedanke, unbedacht geäußert, begonnen hatte.

Nach einer Weile stürzte Antje davon, ausgerüstet mit den guten Wünschen ihrer Tante und einigen Kräutern, die sie nach der Geburt zu verabreichen hatte. Hoffentlich ging es gut, dachte Mutter Griebsch und sah ihr nach, das erste Mal war das Entscheidende: Wenn der erste Säugling einer Hebamme glücklich da war, wurde ihr nachgesagt, sie habe eine glückliche Hand; das gab der Hebamme Sicherheit, und sie wurde tatsächlich so gut wie ihr Ruf. Alles ganz einfach, und, wenn man es genau bedachte, das Umgekehrte von dem, was Mutter Griebsch passiert war. Ja, früher oder später wurde man das, was die Leute von einem sagten!

Mutter Griebsch fing wieder an, ruhelos herumzuwerkeln, bis ihr ein Gedanke kam, der sie innehalten ließ. Der alte Pay Casparus Hinkebein! Der wartete immer noch auf das Umpflügen seines Hauses. Sie eilte an ein Fenster. Wie war das Wetter heute? Stürmisch, trübe, leicht regnerisch und kalt, so wie es hier häufig im Juli und August war. Mutter Griebsch knetete unruhig ihre Hände. So würde sie doch noch zu etwas nütze sein. Und gleichzeitig ihre geliebte Nichte aus den Händen des Teufels retten. Denn daß sie in die Hände des BÖSEN geraten würde, wenn sie tat, was der Alte verlangte, war so sicher wie das Amen in der Kirche.

Mutter Griebsch machte sich entschlossen fertig zum Ausgehen und warf sich zum Schluß den weiten Umhang über die Schultern. Dann wanderte sie die Dorfstraße entlang.

Für die Aventofter war sie Luft geworden. Keiner grüßte, alle gingen ihr aus dem Weg; nur die ungezogenen Kinder waren zu klein, um sie weisungsgemäß zu ignorieren: Sie sprangen um Mutter Griebsch herum, zupften hier und rissen dort an ihrem Kleid, und derjenige war der Mutigste, der am längsten seine Hand auf ihren Rock legen konnte.

„Was willst du hier, Töwersche?" rief ängstlich die Frau, die dem alten Pay seit dem Tode seiner letzten Frau den Haushalt führte und eine entfernte Verwandte von diesem war.

„Sag Pay, daß ich hier bin", befahl Mutter Griebsch, ohne sie zu beachten.

Dieser kam bereits herangehumpelt; ein unmerkliches Lächeln umspielte seine Mundwinkel. „Kommst du also doch noch? Lange hat es gedauert."

„Die Pest geht immer noch um, es ist Zeit genug."

Die kleinen Äuglein der Frau huschten von Pay zur Hebamme und wieder zurück. "Was soll das?"

Pay Casparus schob sie unwillig beiseite. „Das geht dich nichts an. Geh in die Küche, bis ich dich rufe."

Gehorsam verschwand die alte Frau, aber die borstigen schwarzen Haare auf ihrer Oberlippe vibrierten wie bei einem wütenden Kater. Sie gab dennoch keinen Ton von sich.

„Na?" fragte der alte Mann und warf den Kopf zurück. „Wann kommt sie?"

„Heute nacht", antwortete Mutter Griebsch. „Keiner von euch darf aus dem Fenster sehen; wenn ihr das tut, ist der Zauber gebrochen."

„Davon habe ich noch nichts gehört", murmelte der Alte, aber er war seiner Sache nicht sicher.

„Bin ich die Töwersche oder du?" fragte Mutter Griebsch, so weh es ihr auch tat, das von sich selbst behaupten zu müssen.

Pay Casparus Hinkebein lachte herzlich. „Es ist das erste Mal, daß ich höre, wie du zugibst, eine Hexe zu sein."

Mutter Griebsch schwieg, aber ihre Kinnladen knackten. „Von uns beiden bist du der einzige, der mit dem Teufel ein Abkommen hat", dachte sie und blickte ihn unerschrocken an.

Er wich zurück. „Was siehst du mich so an?"

Nun war es an Mutter Griebsch zu lachen. „Hast du Angst vor

meinen Kräften? Dann sieh nur zu, daß du meinen Unwillen nicht erweckst."

Der alte Casparus wurde unsicher. „Ich wünsche dir nichts Böses, habe ich das jemals getan?"

Mutter Griebsch konnte die Angst in der Tiefe seiner Augen sehen, und ein scharfer Geruch ging von ihm aus. „Bocksgeruch", dachte die Hebamme verächtlich. „Doch, das hast du", sagte sie ruhig. „In meinem eigenen Hause."

Der Alte wich nun verängstigt an die hölzerne Stubenwand zurück und tastete mit gespreizten Fingern nach den Holzbrettern.

„Halt dich gut fest, damit es dich nicht aus dem Hause pustet", empfahl die Hebamme dem Alten rätselhaft, und dieser nickte gehorsam. Jeder wußte, daß Hexen einen Menschen von einem Ort zum anderen versetzen können.

Danach verließ Mutter Griebsch die Kate, laut und verzweifelt lachend, und das Lachen endete in einem Schluchzen. Der Alte und seine Haus- und Bettgenossin starrten hinter ihr her und duckten sich hastig, als sie meinten, die Hexe würde sich noch einmal umsehen. Aber Mutter Griebsch dachte nicht daran; ihre Gedanken verweilten bei dem, was sie eben getan hatte, und sie wußte, daß sie sich nun selber zur Aussätzigen, zur Ausgestoßenen aus der menschlichen Gesellschaft machte.

In der Nacht war sie wieder an der Kate des alten Casparus Hinkebein. Bekleidet mit einem dunklen Umhang und ohne Haube, statt dessen einem alten Tuch über dem Kopf, nahm sie an, daß man sie nicht erkennen würde, auch der Alte nicht, wenn er womöglich gegen ihre Anweisung aus dem Fenster spähen würde, dieser neugierige Lustgreis. Mutter Griebsch aber hoffte, daß sie ihm mit ihrem Hexengehabe so viel Angst gemacht hatte, daß er sich nicht traute. Denn keinesfalls durfte er entdecken, daß er betrogen wurde. Ein junges Mädchen mußte den Bann gegen die Pest aussprechen, eine Jungfrau und Erstgeborene noch dazu.

Mutter Griebsch seufzte. Jeden nur möglichen Weg hätte sie beschritten, um ihre Nichte zu retten, aber nur dieser war ihr offen. Der Pastor konnte ihr auch nicht helfen, denn sie stand ja bereits unter Verdacht; eher hätte er sie bei der Amtmännin angezeigt...

Mutter Griebsch fürchtete sich entsetzlich. Einsam, in stockdunkler, windiger Nacht, war sie im Begriff, eine Handlung zu begehen, durch die sie sich dem Teufel direkt in die Hand gab. Ihr graute. Es fehlte nicht viel, und sie hätte den Feuerhaken weggeworfen und wäre weggerannt, so schnell sie die Beine trugen. Aber da war Antje ...

„Gott verzeih mir die Sünde", flehte sie und war vor Angst fast nicht mehr bei Sinnen. Mit zitternden Beinen begann sie mit dem, von dem sie hoffte, daß es so aussah, wie Casparus sich eine Hexenbeschwörung vorstellte. Nie hatte sie von diesen Satansbräuchen hören wollen, einfach aus Angst, in den teuflischen Strudel hineingezogen zu werden, und nun mußte sie bitter erkennen, daß es besser gewesen wäre, sich an dem Geschwätz der darin bewanderten Nachbarinnen zu beteiligen. Also mußte sie die Prozedur selbst erfinden.

Die Hebamme stellte sich in einiger Entfernung unterhalb des Hauses am Warftabhang auf, sorgfältig ihr Gesicht zur anderen Seite gewendet, und streckte dann den Kesselhaken in die Höhe. Nach Osten, Süden und Norden schwenkte sie ihn, hütete sich aber, sich nach Westen zu wenden, denn dort stand das Haus; sie verharrte jeweils solange, wie man böse Sprüche murmeln kann, ließ den Haken einmal um ihr Haupt kreisen und begann dann mit dem eigentlichen Umpflügen.

Zunächst einmal holte sie ein kleines Töpfchen mit Wollfett aus ihrer Tasche und schmierte damit den Kesselhaken ein. Der Ruß auf ihm mischte sich mit dem Fett, und der Hebamme schauderte selbst vor diesem unappetitlichen Geschäft. Dann nahm sie den Haken in die linke Hand, bedeckte ihr Gesicht mit dem Kopftuch und begann zu pflügen, als sei sie Ackergaul und Bauer in einer Person. Erst als sie das ganze Haus dreimal gegen den Sonnenlauf umrundet hatte, immer wilder, immer aufgeregter, gab sie sich zufrieden.

„Hoffentlich hast du jetzt, was du brauchst", murmelte sie verstört.

Eine schmale, tiefe Furche war das Ergebnis. Schließlich gestikulierte sie noch ein paarmal sinnlos in der Luft herum und war endlich fertig mit ihrer entsetzlichen Handlung. Eine Dumpfheit war dem Entsetzen gewichen, wie sie sie noch nie erlebt hatte. Sie taumelte.

Gerade als sie sich abwandte, um diesen Schreckensort hinter sich zu lassen, wurde sie von hinten umschlungen. Im Schrecken schwanden ihr beinahe die Sinne. Der Teufel kam persönlich, um sie zu holen!

„Nein, ich will nicht!“ keuchte sie in Panik.

„Antje, liebes Mädchen“, flüsterte der Teufel heiser, und Mutter Griebsch spürte seine Bartstoppeln in ihrem Gesicht.

Verzweifelt wehrte sie sich; vor Angst war ihr die Kehle wie zugeschnürt. Aber die stechenden Stoppeln brachten sie wieder zu sich. Es war gar nicht der Teufel selbst, sondern er hatte einen seiner Gehilfen geschickt: Pay Casparus. Der Gedanke: „Pay“ schoß durch ihren Kopf, und sie wußte, daß sie sich wehren mußte. Dem Höllenfürsten selbst hätte sie sich ausgeliefert, nicht aber seinem Helfershelfer.

Sie versuchte, ihn von sich wegzudrücken, aber ohne Erfolg; der Alte war noch stark wie ein Bär. Er preßte sein Geschlecht an ihren Oberschenkel, und Mutter Griebsch fühlte es anschwellen.

„Antje“, geiferte der Alte gierig.

„Ich bin es“, keuchte Mutter Griebsch schließlich in höchster Not, „Pay, ich, Mutter Griebsch!“ Endlich hatte sie begriffen, und ihre Angst schlug in Wut um.

Der Alte aber drückte seinen faltigen Mund auf Mutter Griebschs Hals, lutschte und sabberte und stöhnte wollüstig.

„Pay“, schrie die Hebamme nochmals und entzog sich ihm mit letzter Kraftanstrengung.

Pay Casparus sprang zurück, fassungslos. „Du?“ stammelte er, und Mutter Griebsch sah, wie sich seine Haut verfärbte und gespenstisch gelb schimmerte. „Du, du Hexe“, rief der Alte, und der Jähzorn in ihm wuchs wie eben noch sein Geschlecht. Er hob die Faust, und Mutter Griebsch sah den Arm über sich wie einen Hammer niederfallen.

Sie hätte später nicht zu sagen gewußt, welche Macht ihr solche Stärke verlieh, denn sie war vor Angst gar nicht bei Sinnen, aber in diesem Moment tat sie das einzige, was ihr zu tun übrig blieb. Sie hob den Herdhaken und schlug ihn, ohne zu zögern, dem Alten über den Kopf.

Pay Casparus brach mit blutüberströmten Gesicht zusammen. Fassungslos verfolgte Mutter Griebsch das Blutrinnsal, das ein kleines Stück über den lehmigen Boden der Warft lief, um allmählich in der Erde zu versickern. Sie starrte entsetzt darauf, keines Gedankens fähig.

Pay Casparus Hinkebein bewegte sich nicht mehr. Mutter Griebsch rührte ihn nicht an. Ihr graute vor ihm.

Stunden brauchte sie, um den kurzen Weg nach Hause zurückzulegen, vielleicht waren es auch nur Minuten. Am nächsten Morgen fand Antje sie zusammengekrümmt in der Diele liegen.

## 22

Anne Thomesen stand in ihrem Herdhaus und bereitete ihrem kranken Mann das Essen zu. Mit den Gedanken war sie jedoch nicht bei der Sache, das Kochen ging ihr automatisch von der Hand. Sie dachte so intensiv über ihre Pläne nach, daß sie sich am heißen Grapen verbrannte und vor Schmerz aufheulte.

„Was ist denn?" kam die schwache Stimme ihres Mannes aus dem Alkoven, angstvoller denn je, denn seitdem er schwerkrank war, dachte Peer mit Sorgen an die Zukunft.

„Was soll schon sein?" fragte Anne barsch. Ihr war diese anhängliche und penetrante Besorgnis, die er an den Tag legte, zuwider.

„Je älter, desto blöder", murmelte sie unhörbar vor sich hin. Sie tauchte die ganze Hand in die Wasserkruke und wartete, bis der Schmerz allmählich nachließ. Zwei Blasen. Na, das hatte sie nun von ihrer Unaufmerksamkeit.

„Hast du dich geschnitten?"

„Neein!" sang Anne und dachte: „Kann der Mann denn nicht mal Ruhe geben?"

„Was denn?"

Aber Anne gab sich jetzt nicht mehr die Mühe zu antworten. Sie füllte den Brei in eine Schale, dekorierte ihn mit einigen Kräutern und trug sie ihm ans Bett.

„Keine Butter da?" fragte ihr Mann betulich.

„Nein, jetzt nicht mehr", antwortete Anne mürrisch.

„Es tut mir so leid für dich", sagte Peer weinerlich. Er war derjenige, der sie ernähren sollte, und nun hatten sie nicht einmal mehr Fett zur Grütze.

Anne half ihm beim Essen mit kantigen Bewegungen. Eine aufopfernde Pflegerin war sie gerade nicht. Er mußte schon zusehen, daß er seinen Mund dorthin bekam, wo sich der Löffel befand, sie brachte ihn ihm gewiß nicht näher. Peer verzog angewidert das Gesicht.

„Ich esse doch Kerbel nicht gerne", protestierte er. „Ich habe es dir vor einigen Tagen schon gesagt."

„Da war es kein Kerbel", entgegnete Anne ruhig, „da war es Pastinake. Und du mußt Grünes essen, ich weiß schon, was dir guttut."

„Meinetwegen war es Pastinake", quengelte der Kranke. „Dann esse ich eben weder Pastinake noch Kerbel gern. Ich will sie nicht, verstehst du?"

„Dein entkräfteter Körper braucht Frisches", redete Anne ihm zu.

„Dein Grünzeug stinkt, als hätte eine Maus darauf gepißt", beschwerte sich Peer. „Das soll frisch sein?"

Anne strich ihm flüchtig über den Kopf und sagte nichts mehr. Er aß ja doch, was sie ihm vorsetzte. Über die Beschwerde brauchte sie sich nicht aufzuregen, er war krank, und man mußte geduldig sein. Er würde nicht mehr lange krank sein.

Viel aß Peer aber nicht, und deswegen war die Mühe auch nicht groß, die sie aufzwenden hatte. Der Kranke fiel kraftlos wieder auf das Kissen zurück, und Anne ging selbst essen.

Sie hatte guten Appetit, jedenfalls weitaus besseren als ihr Mann. Sie füllte sich einen großen Berg Brei in die Schüssel, höhlte eine Vertiefung, und dorthinein kam die Butter. Fasziniert verfolgte Anne, wie der Klumpen schmolz und sich zu einem Buttersee ausbreitete. Dazu noch die ausgelassenen Speckwürfelchen, eine dicke Scheibe gebuttertes Roggenbrot – es war eine Mahlzeit, die sich sehen lassen konnte.

„Schmeckt es dir?" erkundigte sich ihr Mann freundlich.

„Es fehlt ein bißchen an allem, aber ich mache mir nichts daraus", antwortete Anne bescheiden.

„Hm", brummte Peer. Dabei hatte er doch genau den Speck gerochen und die Butter auf dem Brot glänzen sehen.

Der Kranke schlief ein. Anne betrachtete ihn ohne Mitleid. „Mal sehen, ob du dich nachher nicht anders fühlst", sagte sie erwartungsvoll.

Nach einer Weile war der Kranke wieder wach und warf den Oberkörper unruhig im Bett herum.

„Anne", rief er.

Seine Frau tauchte an seinem Bett auf, erstaunt, daß er nicht schlief. „Ja, was ist?" fragte sie.

„Heb mir die Beine und leg sie anders", bat Peer.

„Leg sie dir doch selbst woandershin", herrschte Anne ihn empört an. „Nächstens soll ich dir wohl dein Hinterteil nachtragen. Was nicht noch alles!"

„Ich kann nicht", sagte Peer gequält und versuchte gewaltsam, Herr über seine Beine zu werden, aber seine Anstrengungen waren vergebens. Die Beine waren wie gelähmt. „Und so kalt ist mir."

Seine Frau brachte Decken und ein altes Schafsvlies und packte unbekümmert alles auf die Bettdecke. Ihr Mann hatte die Augen geschlossen und döste wieder. Ohne sie zu öffnen, quengelte er weiter: „Bring mir doch endlich die Decken, mir ist kalt, habe ich gesagt."

„Es liegt doch schon alles voll", sagte Anne voll Staunen und erstmals, ohne sich zu ärgern.

Peer öffnete die Augen und blickte ans Fußende des Alkovens. „Tatsächlich", gab er zu, „ich merke aber nichts."

Anne betrachtete ihn kopfschüttelnd. Er schien weder das Gewicht der Decken noch deren Wärme zu spüren. Sie blieb eine Weile im Zimmer, um ihn zu beobachten. Peer war wohl sehr entkräftet, und sein Atem wurde allmählich leiser. Er versuchte, etwas zu sagen. Anne trat näher.

„Ein Alb", flüsterte Peer, „ein Alb sitzt auf meiner Brust und schnürt mir den Atem ab."

Anne beobachtete ihn voller Neugier. Sie sah zwar keinen Alb, aber Peers Brust hob sich fast nicht mehr. Es mochte tatsächlich einer draufsitzen und Peer an seiner Unterlage festschmieden. Sie näherte ihren Mund Peers Ohr und zischte leise: „Das ist nicht der Alb; das ist Mutter Griebsch."

Peer schlief unruhig ein. Die Augendeckel flatterten, und die eingesunkenen Augen gingen darunter hin und her.

Anne verließ das Haus, ohne sich weiter um ihren Mann zu kümmern. Sie steuerte auf zwei Nachbarinnen zu, die sich zufällig vor der Warft aufhielten und schwatzten.

„Moin", grüßte Anne in gedämpftem Ton.

„Moin, moin, Anne", und als sie Annes trübes Gesicht gewahrten, „geht es ihm immer noch nicht besser?"

„Nein; und er wird wohl nie mehr werden", klagte sie. „Seit heute sind seine Beine ohne Gefühl."

Die eine Frau drehte sich zum Haus der Hebamme um, deutete verstohlen dorthin und sagte mit verkniffenem Mund: „Sie treibt's zu toll!"

Anne nickte, und die Last der Verhexung ihres Mannes lastete augenscheinlich schwer auf ihren Schultern. Auch die andere Nachbarin wollte ihr Mitgefühl zum Ausdruck bringen.

„Und wer sie anzeigt, muß selber um sein Leben fürchten." Das sollte heißen, daß man sich als Außenstehender keinesfalls einmischen werde, und so wurde es auch verstanden.

„Selbst ich wage es nicht", bestätigte Anne. „Aber wenn sich die Fälle häufen, dann wird wohl der Amtmann von allein tätig werden."

„Oder seine Frau."

„Man müßte es ihr stecken", schlug Anne vor. „Jemand, der nach Tondern fährt, müßte am Schloß eben vorbeigehen."

„Meinst du?" fragte die eine mit einem nachdenklichen Stirnrunzeln. „Melf segelt morgen hin."

„Und – kann er's nicht machen?" fragte Anne begierig.

Die Nachbarin zierte sich. Schließlich sagte sie es doch geradeheraus: „Wir wollen uns da nicht einmischen. Wer es meldet, muß als Kläger auftreten, und wir wissen alles nur vom Hörensagen. Sei nicht böse Anne, es geht nicht."

Anne überlegte und gab dann nach. Schließlich würde sie bald Witwe sein und mußte rechtzeitig anfangen, die hilflose Frau zu spielen. „Ja, du hast recht", seufzte sie. Mit einem traurigen Blick trennte sie sich von den Nachbarinnen und setzte, schon im Weggehen, noch hinzu: „Ich muß nach Peer sehen, ich weiß nicht, ob es nicht bald mit ihm zu Ende geht."

Die Frauen nickten, ebenfalls mit gebührender Traurigkeit.

„Seit wann hängt sie denn so an ihrem Peer?" fragte die eine spitz, als Anne außer Hörweite war.

Die Mundwinkel der anderen gingen verächtlich nach unten und die Schultern in die Höhe, aber sie sagte nichts.

Anne schlurfte gramgebeugt hinter die Warft, dort straffte sie sich, sprang munter über einen kleinen Graben, stieß durch die Holunderbüsche durch und eilte einen schmalen Weg entlang, bis sie zu einem Platz kam, auf dem ehemals eine Hütte gestanden hatte. Hier roch es schon sehr nach Mäusen, sie brauchte gewissermaßen nur dem Geruch nachzugehen, und so dauerte es nicht lange, bis sie die Pflanze fand, die sie suchte: den Schierling, der einen kahlen, hohlen gefleckten Stengel besaß und mit dem man so passend das Schicksal lenken konnte. Sie streifte Samen und Blätter von mehreren Pflanzen ab, diesmal noch mehr als sonst, denn es sollte das letzte Mal sein.

Als sie wieder ins Haus zurückkam, schaute sie als erstes nach, wie es Peer ging. Er schlief. Vorsichtig, um ihn nicht zu wecken, griff sie nach seiner Hand. Sie war eiskalt wie vorhin die Beine. Anne beugte sich über ihn und lauschte. In Peers Brust rasselte es.

„Aha, der Teufel schlägt die Pforte auf und zu", stellte sie fest und klopfte kräftig auf die Bettdecke. Ihr Mann rührte sich nicht. „Wenn er erst drin sitzt, brauchst du gar keine Dosis mehr von dem Mäusedreck", sagte sich Anne befriedigt.

Ohne noch einmal zu sich zu kommen, starb Peer am Abend.

Die Geduld hat sich gelohnt, dachte Anne bei sich und stürzte dann schreiend aus dem Haus. Die Aventofter glotzten sie an. Die Frauen eilten zu Anne, um sie zu trösten, und nahmen in die Hand, was zu tun war.

Da Peer ein ehrbarer Mann gewesen war, wurde alles mit großer Würde durchgeführt, man richtete die Leiche nach dem Brauch her, bahrte sie auf einer langen Kleiderkiste auf, wachte die ganze Nacht an seinem Lager und behandelte die gebrochene Witwe ehrerbietig.

Nach drei Tagen wurde Peers Leiche unter großer Anteilnahme der Dorfbewohner zu Grabe getragen.

„Endlich!" dachte Anne, als sie teilnahmslos die ihr hingereichten Hände schüttelte, die Frauen sie sanft küßten und die Männer sich vorsichtig über ihre Schulter beugten.

## 23

Boy Andresen, der Großbauer aus Humptrup, kehrte nachdenklich nach Hause zurück. Er war in Tondern beim Amt gewesen, genauer, beim Amtmann, denn wie alle Hardesbonden der vier zum

Amt Tondern gehörigen Harden hatte auch er von Zeit zu Zeit beim Amtmann zu erscheinen, um Weisungen entgegenzunehmen und sich Richtlinien ausdeuten zu lassen.

„Die Amtmännin hat deine Hebamme aufs Korn genommen", sagte er zu seiner Frau.

„Mutter Griebsch?" fragte sie erschrocken.

„Ja, genau die. Die soll plötzlich keine ehrliche Hebamme mehr sein, sondern eine Hexe."

„Das hat sich doch Frau Metta ausgedacht!" rief zornig Lise Andresen. „Mutter Griebsch ist eine grundgütige Frau, nie würde die sich mit dem Teufel einlassen. Oh, dieses schreckliche Weib!"

„Die Hebamme?" fragte Boy mit unschuldiger Miene.

„Ach, Boy", sagte Lise und schmiegte sich zärtlich an ihren Mann, „nun treibe doch nicht deinen Spaß mit solch gefährlichen Dingen."

„Ja, recht hast du", antwortete Boy und wurde wieder ernst. „Für Mutter Griebsch sind sie sogar lebensgefährlich." Er wanderte unruhig in der großen Stube auf und ab. „Wenn sie in der Karrharde wohnte, dann könnte ich ihr vielleicht helfen, aber Martin Ebsen?"

„Ist das der neue Hardesvogt?" wollte Lise wissen.

„Ja. Und durch und durch käuflich. Der gehorcht schon, bevor der Amtmann winkt. Man braucht ihm nur mitzuteilen, welches Urteil Frau Metta zu hören wünscht, dann wird er es schon einrichten." Boy schnaubte verächtlich. „Der ist keine Zierde für die freien Friesen", sagte er spöttisch.

„Das will er doch sicher auch nicht sein", stellte Lise vernünftig fest.

„Nein, gewiß nicht, da hast du recht. Ihm reicht es völlig, Hardesbonde zu sein. Zunächst einmal. Um noch mehr zu werden, wird er sogar leugnen, überhaupt Friese zu sein, sofern es zweckdienlich ist."

„Du glaubst also nicht, daß Mutter Griebsch überhaupt Gelegenheit zur Verteidigung erhält?"

Boy lachte laut auf, und Lise erschrak über seine gewaltsame Lustigkeit. „Verteidigung?" rief er. „Sie wird schon auf dem Scheiterhaufen sitzen, bevor sie auch nur den Mund dazu aufgemacht hat."

In diesem Augenblick betrat Carsten Hinrichsen das Zimmer, um

Boy zu berichten, was sich in der Zwischenzeit in seinem Stall getan hatte. „Boy …“, fing er an, wurde aber von seinem Schwager unterbrochen.

„Carsten, du warst doch in Aventoft bei Mutter Griebsch?“

„Ja, was ist mit ihr?“ wollte Carsten wissen, denn wenn das Gespräch auf die Hebamme kam, war es nicht weit zu Antje, und von ihr redete er gerne und immer wieder.

Aber noch bevor ihr Mann zu gründlichen und wohldurchdachten Erklärungen ausholen konnte, haspelte Lise alles herunter, was sich im Fall Griebsch ereignet hatte und was ihr auf dem Herzen lag.

„Oh“, sagte Carsten und setzte sich nachdenklich auf einen Stuhl. „Dann ist aber Antje auch in Gefahr.“

„Oh ja, in großer!“ rief die Hausfrau und hoffte, das würde die Erfindungskraft ihres kleinen Bruders beflügeln.

Boy durchschaute seine Frau und lächelte. „Nun dramatisiere es nicht“, sagte er. „Die Hebamme ist in Gefahr, das ja, aber sicher nicht ihre Nichte.“

„Man hört“, erklärte Carsten, „daß Frau Metta so fanatisch ist, daß sie lieber einen Unschuldigen verurteilt, als einen Schuldigen fälschlich laufen läßt.“

Boy sah seinen Schwager stumm an. Gegen seinen Willen mußte er ihm recht geben. Lise blickte ihren Mann streng an. „Du mußt ihnen helfen“, sagte sie.

Carsten war schon hochgesprungen und eilte zur Tür. „Beeil dich, Boy“, drängte er, „wir haben keine Zeit zu verlieren.“

Sie benötigten dennoch mehrere Stunden, um nach Aventoft zu gelangen, denn der Wind kam aus Nordwest, genau von dort, wo sie hinwollten, und es dauerte eine Ewigkeit, die lange Strecke aufzukreuzen. Carsten aber war mit dem Wasser, der Strömung und dem Wind vertraut, vertrauter als Boy es je sein würde. Boy konnte auch nicht im geringsten erkennen, warum sein Schwager zuweilen lange Schläge machte, dann aber wieder kurze mit vielen Wenden fuhr; und zuweilen segelte er so hoch am Wind, daß sie kaum Fahrt machten.

„Wir müssen unbedingt um diese Nase“, erklärte Carsten dann. Und ein andermal wieder schien es ihm mehr auf Geschwindigkeit anzukommen als auf Höhe. Boy war die Taktik ein Buch mit sieben Siegeln, aber Carsten wußte augenscheinlich, was er tat. Er wies seinen Schwager an, mal hier, mal dort zu ziehen, und Boy zog an der einen Schot, warf die andere los, ganz, wie Carsten es ihm befahl. Sie umrundeten kleine Inseln, kürzten durch Schilffelder ab, und schließlich legten sie an einem kleinen Steg an.

„Dort ist die Spitze vom Aventofter Glockenturm“, zeigte Carsten an Boys Nase vorbei. Tatsächlich, sie waren da.

Mit langen Schritten stürmten sie zu Mutter Griebschs Haus. Schon von weitem war zu erkennen, daß dort etwas los war. Die Nachbarn standen auf der Warft und unterhalb des Hauses auf der Straße, in Gruppen diskutierend und schwatzend. Die beiden Männer kamen näher und erreichten das Haus just, als in der Tür der Hardesvogt, Herr Martin Ebsen, erschien. Er streckte eine Hand mahnend über die versammelten Aventofter und rief ganz unnötig: „Ruhe, Leute, regt euch nicht auf!“

Aber es regte sich ohnehin niemand auf. Die Bauern waren lediglich neugierig. Denn Mettas Ohren reichten in alle vier Harden, und an ihren Fingern blieben Verdächtige kleben wie Bienen am Honig.

Der Vogt aber mußte unbedingt die Aufmerksamkeit auf sich lenken. „Niemandem passiert etwas“, rief er, „wir holen Mutter Griebsch nur zu einer Befragung nach Tondern.“

„Was?“ schrie ein alter Bauer, dessen schmuddeliger Kopfverband so verkommen war wie der ganze Mann, wütend. „Zu einer Befragung? Verbrennen sollt ihr sie, das Hexenpack!“

„Halt's Maul, Pay, du geiler Sack!“ raunte ihm einer halblaut zu. „Erledige du doch nicht deren Geschäfte!“

„Hexe ist Hexe“, verteidigte sich der Alte. „Da helfe ich sogar denen.“

„Was hast du denn mit Lena Griebsch zu schaffen?“ fragte einer spöttisch. „Hat sie sich geweigert, dein Kind abzutreiben? Ich sag's nur für den Fall, daß du's noch mal geschafft haben solltest.“ Wohlgefällig blickte er um sich, als die Männer grinsten und die Frauen ein Kichern nicht unterdrücken konnten.

„Was das betrifft“, erwiderte Pay Casparus in scharfem Ton, „so frage lieber deine Frau, warum sie in der Nacht nach Pfingsten bei der Griebschen war und warum sie so lange blieb. Wahrscheinlich war ihr am Tag danach auch gar nicht gut.“ Er lachte ein schadenfrohes, gluckerndes Lachen und sah seinem Gesprächspartner nach, dem das Lächeln auf den Lippen gefror und der davonstürzte, um seine Frau zur Rede zu stellen.

Carsten achtete nicht auf das Gespräch der beiden Männer, sondern blickte mit bangem Herzen die Warft hoch, während sein Schwager sich verstohlen umhörte.

Hinter dem Hardesvogt kam der Schloßvogt, der für die eigentliche Durchführung der Verhaftung verantwortlich war. Dieser hatte seine Fußknechte wohl angewiesen, Mutter Griebsch in Ketten zu legen, und mit gefesselten Händen wurde sie aus der Tür gestoßen. Hinter ihr kam mit bleichem Gesicht Antje; sie war zwar nicht in Ketten, aber auch nicht frei, denn nach ihr erst traten die Fußknechte aus dem Haus, und einer hatte schwer seine Hand auf ihre Schulter gelegt.

„Mein Gott, Antje“, flüsterte Carsten unglücklich und wollte die Warft hoch.

„Bleib hier“, raunte ihm sein Schwager zu. „Ich mache das!“

Boy Andresen schob sich durch die Leute, ging gemessenen Schrittes zum Haus hoch und begrüßte dort Martin Ebsen mit Handschlag und offiziellem Gesicht.

„Na, Martin, es scheint, als ob ein tüchtiger Mann in der Harde gerade zur rechten Zeit gekommen wäre.“

„Da kannst du wohl recht haben“, erwiderte Martin geschmeichelt. „Hier lag ja einiges im argen.“

„Was gibt's denn?“ erkundigte sich Boy bei seinem Kollegen.

„Ach, du weißt ja“, meinte Martin in bekümmertem Ton, „überall kriechen jetzt die Hexen aus ihren Löchern. Sind wohl aufgeschreckt, weil erfolgreich Jagd auf sie gemacht wird. Unsere Amtmännin aber“, fuhr er bewundernd fort, „hat Augen wie ein Luchs für diese Teufelinnen.“

„Es wird Zeit, daß ihrem Treiben ein Ende bereitet wird, finde ich“, stimmte Boy doppeldeutig zu. „Man muß nur aufpassen, daß mit dem Hasen nicht auch der Fuchs auf der Strecke bleibt.“

„Ganz meine Meinung“, sagte Martin im Brustton der Überzeugung, um dann zu stutzen und sich zu erkundigen: „Wie meinst du das?“

„Hm“, grunzte Boy und wollte nicht mit der Sprache heraus.

Martin drang in ihn. „Sag doch mal!“

„Na ja“, meinte Boy schließlich, „du darfst auch nicht zu eifrig sein, sonst glaubt die Amtmännin, du wärst dabei, ihr die Amtsgeschäfte aus der Hand zu nehmen."

„Und?" fragte Martin mit gerunzelter Stirn und voll gespannter Aufmerksamkeit.

„Wenn du dich dem Amtmann so unentbehrlich machst, sieht sich die Amtmännin ausgebootet. Man weiß nie, was ihr dann einfällt", sagte Boy vorsichtig und rieb sein Kinn.

„Das stimmt." Martin schien ganz aufgeregt. Selten dachte er über das Nächstliegende hinaus. „Was also meinst du, soll ich tun?"

„Nur das, was sie sagt, aber kein bißchen mehr. Das könnte dann schon zuviel sein."

Martin nickte. Genauso wollte er es halten, aber das brauchte er dem Boy natürlich nicht auf die Nase binden.

„Was hat sie denn jetzt befohlen?" wollte Boy wissen und deutete zu Mutter Griebsch.

„Ich soll sie nach Tondern bringen", erklärte Martin gleichgültig, „mehr nicht."

„Kein Wort über die Umstände?"

„Wie meinst du?" fragte der Hardesvogt verständnislos.

„Soll sie wie jedermann zu einer Befragung geholt werden oder wie eine Verurteilte zur Hinrichtung? Und was ist mit dem Mädchen? Ist sie auch verhaftet?"

„Ach, das meinst du", sagte Martin erleichtert und erklärte dann bereitwillig: „Also, die Frau soll ich einfach nur bringen, verhaftet ist sie nicht. Und von dem Mädchen war gar nicht die Rede; die Amtmännin weiß vielleicht gar nicht von ihr. Deswegen wollte ich sie auch mitnehmen, als Helfershelferin, sozusagen."

Als Honig, den du ihr ums Maul schmieren wolltest, dachte Boy wütend.

Martin blickte Boy Andresen erschrocken an. „Ach, das hast du gemeint. Ich soll nicht übereifrig sein. Dann ist es wohl besser, die Junge erst einmal hierzulassen. Holen kann ich sie ja immer noch."

Boy nickte. „Siehst du, beinahe hättest du schon einen Fehler gemacht. Und was die Fesseln betrifft: Sie hat womöglich gute Gründe, Mutter Griebsch als freie Person in die Stadt zu holen, vielleicht, um andere Hexen damit in Sicherheit zu wiegen. Stelle dir vor, was passiert, wenn du ihr quer kommst. Nein, nein, ich würde mich lieber an das halten, was sie befohlen hat."

Martin blickte Boy für den Rat dankbar an und nickte.

„He, du da", schrie er zum Fußknecht hoch. „Nimm die Ketten ab, da war keine Rede von."

Der Knecht wickelte, ohne zu zögern, die Kette von Mutter Griebschs Handgelenken, und sie rieb sie erleichtert. Besser man tat, was die hohen Herren verlangten, und zwar sofort, selbst wenn sich widersprechende Befehle in ein und derselben Sekunde gegeben wurden. Dann führte er die Hebamme die Warft hinunter, und nun mit einiger Sorgfalt, die er sicher nicht an den Tag gelegt hätte, wenn der Hardesbonde aus der Karrharde sich nicht um die Hebamme bemüht hätte.

Antje folgte Mutter Griebsch; sie schien bekümmert, aber gefaßt und durchaus nicht verängstigt. Ihre Sorge galt wohl mehr der Hebamme als ihr selbst. Carsten war stolz auf sie, dann aber drängte auch er sich durch die Zuschauer durch und trat zu ihr hin. Ihre Augen leuchteten auf. Aber bevor sie ihn ansprechen konnte, griff der Hardesvogt nach ihrem Arm und zog sie von den Fußknechten weg.

„Du da, du gehst nicht mit. Von dir hat kein Mensch gesprochen."

„Aber eben hast du doch noch gesagt, ich sei verhaftet", wandte Antje verwirrt ein.

„Das hast du falsch verstanden", erklärte Martin. „Die Amtmännin, ich meine der Amtmann", verbesserte er sich dann, „hat nur Mutter Griebsch vorgeladen."

Antje blickte den Mann erstaunt an. Jetzt war Mutter Griebsch nur noch vorgeladen, vorhin hatte er sie ins Gefängnis werfen wollen.

„Aber..."

Carsten nahm ihre Hand und drückte sie fest, und das junge Mädchen verstand die Warnung. Sie war sofort still.

Der Hardesvogt und der Schloßvogt nahmen Mutter Griebsch zwischen sich, jedoch ungefesselt und frei, und so marschierten sie los. Die beiden Fußknechte stapften hinterher.

Antje blieb mit Carsten und Boy zurück, und die beiden Männer verständigten sich wortlos, das Mädchen von Dummheiten abzuhalten. Es hätte ja sein können, daß sie darauf bestanden hätte, mitzugehen, aber die Männer hätten es nicht geduldet. Wer erst einmal im

Schloßgefängnis einsaß, hatte es schwer, wieder hinauszukommen, auch wenn er widerrechtlich dort festgehalten wurde.

„Mehr konnte ich nicht erreichen", sagte Boy bekümmert zu Carsten, und dieser nickte dankbar, war doch immerhin Antje frei. Das junge Mädchen aber starrte der Tante nach und hatte weder Auge noch Ohr für anderes. Wahrscheinlich war es ihr noch gar nicht bewußt geworden, daß sie ohne das rechtzeitige Eingreifen der Männer auch auf dem Wege nach Tondern wäre, mit oder ohne Ketten, genauso ins Gefängnis wie Mutter Griebsch.

## 24

Mutter Griebsch wurde zu Fuß nach Tondern geführt; man hätte sie genauso gut oder noch besser im Boot holen können. Nun hatte Frau Metta sich zwar nicht über die Art der Fesselung ausgelassen – vermutlich hielt sie es für selbstverständlich, daß ein Gefangener in Ketten kam –, aber sie hatte strikte Anweisung gegeben, darauf zu achten, daß die aufgegriffene Hexe von so vielen Leuten wie möglich angegafft werden sollte. Nur einem Fußmarsch konnte man einen erzieherischen Wert beimessen, sowohl für die Bökingharder und Karrharder als auch für Mutter Griebsch selbst.

Der Schloßvogt, der Hardesvogt und die zwei Fußknechte zogen also mit ihrer Gefangenen durch Uberg und durch Seth, dann über den Steinwall nach Tondern hinein, auf dem viel Landvolk aus der Karrharde an diesem Morgen zum Markt unterwegs war. Auch den Wochentag der Verhaftung also hatte die Amtmännin nicht ohne Hintersinn ausgesucht.

Mutter Griebsch wanderte stumpf mit. Sie bemerkte nicht, wo sie war, und wußte auch nicht, daß die Männer mit ihr einen großen und unnötigen Umweg machten, aber auch den hatte die Amtmännin befohlen, und der Hardesvogt achtete nunmehr streng darauf, ihre Weisungen bis aufs Tüpfelchen zu befolgen. Die Wächter bogen also nicht vor der Stadt zum Schloß ab, sondern zogen statt dessen durchs Südertor, wo sie noch eine Weile mit dem Wächter schwatzten, denn es mußte ja erklärt werden, wen sie in die Stadt brachten und zu welchem Zweck, dann gingen sie durch die Südertorstraße zum Marktplatz, und je mehr sie sich den Stavengrundstücken der reichen Bürger näherten, desto aufmerksamer wurde der Gefangenentransport betrachtet. Der Schloßvogt nickte nach hier und erläuterte nach da, mußte überall stehenbleiben, je vornehmer der Gesprächspartner, desto länger, und der Hardesvogt begann sich bereits Sorgen zu machen, ob dieses denn nun im Sinne der Amtmännin war, oder ob er hier seine Befugnisse überschritt. Er zog den Kollegen am Wams, aber der schüttelte die mahnende Hand unwillig ab und räsonierte weiter. Die Fußknechte standen stramm, um ihrem kleinen Zug den notwendigen militärischen Anstrich zu geben, und rasselten leise mit den Ketten in ihren Händen.

Nur Mutter Griebsch schien von all dem nichts zu bemerken. Mit gesenktem Kopf nahm sie die Wanderung wie das Verharren hin, murrte nicht und fragte nicht. Sie war sicher nicht diejenige, die dem Akt der Gefangennahme einer Hexe den Glanz gab. Hätten die Leute nicht erzählt bekommen, daß hier vor ihnen eine fast schon überführte Hexe stand, hätten sie vielleicht sogar Mitleid gehabt. So allerdings fehlte es nicht an hämischen Worten, an Schmähungen und Beschimpfungen, und auch der Unrat einer Nacht wurde über ihrem Kopf ausgeleert. Schadenfrohes Gelächter ertönte von oben.

Endlich hatten sie sich durch den Marktbetrieb durchgeboxt und zogen den stilleren Teil der Westerstraße entlang, bogen dann in die Pfeffergasse in Richtung auf den Hafen ein, gingen an den aufmerksam zuschauenden Fischern und Bootsleuten vorbei und waren schließlich am Beginn der Brücke angelangt, die über den See zur Schloßinsel führte. Vom Brückenkopf aus betraten sie die feste, wehrhafte Brücke, die auf stämmigen Eichenständern ruhte und für die Ewigkeit gebaut schien.

Das widerhallende Dröhnen ihrer Schritte weckte Mutter Griebsch aus ihrer Dumpfheit. Sie hob den Kopf und starrte die lange Brücke entlang, die in einer Zugbrücke endete, und sah dahinter das mächtige Torhaus und einen furchteinflößenden Turm. Dies waren die letzten Meter, die Mutter Griebsch noch in Freiheit zurücklegte. Verzweifelt blieb sie stehen, legte den Kopf in den Nacken und blickte die geballten, kleinen Sommerwolken an, die frei waren und ziehen konnten, wohin sie wollten. Und über ihnen war nichts als blauer Himmel und die Endlosigkeit.

Als Mutter Griebsch an das Geländer wankte, um sich festzuhalten und ihr Schwindelgefühl zu überwinden, trat schnell der eine

Fußknecht hinter sie und griff roh ihren Arm. Sie drehte sich empört um, denn noch wurde sie von ihren gewöhnlichen Gefühlen beherrscht, und sah ihn eisig an.

„Ich tue doch nur meine Pflicht", murmelte der Mann und wich zurück. Angst lag in seinem Blick, denn es war gefährlich, die Aufmerksamkeit einer Hexe zu erwecken.

„Los", sagte der andere, der wohl nicht so ängstlich war, und stieß Mutter Griebsch vorwärts.

Der Klang ihrer Schritte änderte sich auf der Zugbrücke, und dann standen sie schon im Torhaus des Schlosses. Der Schloßvogt öffnete zur rechten Hand eine schwere Tür und ließ alle eintreten.

Widerstrebend betrat Mutter Griebsch den Raum, in dessen Mitte eine dicke Säule stand, die ein mächtiges Gewölbe trug.

„Hier ist noch jedesmal die Wahrheit an den Tag gekommen", sagte der Schloßvogt und lachte roh.

Mutter Griebsch betrachtete den Mann voll Abscheu. Dies war der Raum, in dem die Verhöre durchgeführt wurden, und der Schloßvogt hatte sichtlich seinen Spaß daran. Sie fing an zu frieren. Die Luft hier war nicht nur kalt, sondern auch dumpf, und Modergeruch schien aus einem Gang zu kommen, der ins Dunkle führte.

Hier, wo die Augen der Öffentlichkeit keinen Zugang hatten, wo nicht unaufhörlich jemand spähte und den Hardesvogt auskundschaften konnte, fielen die falsche Freundlichkeit und die aufgesetzte Vorsicht unversehens von ihm ab. „Deine Hexenkräfte werden wir dir schon austreiben", schmähte er, und alle vier Männer lachten.

Der eine Knecht schwenkte die Kette um sein Handgelenk und trat auf Mutter Griebsch zu. Sie versuchte, den klirrenden Kettengliedern auszuweichen und ging rückwärts, angstvoll nur auf den Mann und seine Waffe achtend. Er drängte sie immer weiter zur Wand, während die anderen gleichmütig zusahen und schallend lachten, als Mutter Griebsch über die Stufe fiel, die in den finsteren Gang führte. Sie preßte sich an die Wand und blickte zu dem Mann auf, aber er wollte nichts weiter von ihr. Noch nicht. Er wartete stumm und drohend, bis sie sich aufgerappelt hatte und dann den Gang entlang floh. Unversehens fand Mutter Griebsch sich in einem kleinen Raum wieder, aus dem es keinen Ausgang gab. Ohne Hoffnung drehte sie sich um und erwartete den Verfolger. Aber er kam nicht; statt dessen drehte sich vor ihr in schweren eisernen Bändern eine dicke eichene Tür und schloß sich mit einem Scharren. Sie war allein. Draußen wurde ein Riegel vorgeschoben, und mit dumpfem Rumpeln rasteten die Eisenstangen ein.

Mutter Griebsch sank verzweifelt zu Boden. Sehen konnte sie nichts, denn der Raum hatte keine Öffnung zum Tageslicht, und eine Fackel hatte man ihr weder mitgegeben noch in die Mauerringe gesteckt. Eiseskälte umfing sie, und ihr schwanden fast die Sinne vor Entsetzen.

## 25

Mutter Griebsch saß mehrere Tage und Nächte in der Zelle, ohne daß sich jemand um sie kümmerte. Ob es Tag oder Nacht war, wußte sie bald nicht mehr, denn sie hatte jegliches Zeitgefühl verloren; sie wußte nur noch, daß sich die Wächter abwechselten und in regelmäßigen Abständen kamen. Das war der einzige feste Punkt, den sie hatte, ein heller Fleck in ewiger Dunkelheit. Bald fing sie an, auf die Männer zu warten, nur um eine menschliche Gestalt zu sehen; weniger war sie am Essen interessiert, das diese brachten. Denn das Essen war nicht der Rede wert. Ein schmieriger, pappiger Haufen von etwas, das als Grütze ausgegeben wurde, hingeschleudert in einem halbzernagten Holzteller.

„Laß sie schmoren“, sagte die Amtmännin gehässig, als ihr Ehemann Anstalten traf, die Hexe zum Verhör zu rufen.

Und so blieb Mutter Griebsch noch weitere vier Tage in ihrem Verlies, obwohl die Amtmännin eigentlich darauf brannte, sie erstmals zu sehen.

„Du hast dann leichteres Spiel mit ihr“, und der Amtman war's zufrieden, oder, besser gesagt, es war ihm gleichgültig, denn in kleinen Dingen machte er gerne, was seine Frau empfahl, dann hatte er seine Ruhe.

Am neunten Tag endlich wurde Mutter Griebsch herausgeholt, und ihre Augen waren so empfindlich geworden, daß sie im düsteren Gang, der zum Gewölbe führte, bereits blinzeln mußte. So konnte sie in dem Raum, der zum Verhör bestimmt war, anfänglich auch nur schemenhaft erkennen, daß mehrere Personen dort versammelt waren, ja, auf sie gewartet hatten, wie ihr allmählich klar wurde.

Niemand aber gab sich die Mühe, ihr zu sagen, warum die Männer dort waren und was sie mit ihr zu schaffen hatten, und später wurde es ihr gleichgültig. Eine einzige Frau befand sich unter den Wartenden, und Mutter Griebsch sah mit einem Blick, daß es sich nicht um die Frau womöglich eines der Wärter handelte. Ihr glänzendes, raschelndes Kleid waren die einzigen Lichtblicke an diesem düsteren Ort, und instinktiv hatte sie das Gefühl, ein Verhör könne so schlimm nicht werden, wenn eine Frau anwesend war. Daß sie sich hierin aber getäuscht hatte, erwies sich auch nur zu bald.

Mutter Griebschs Blick fuhr flüchtig durch den Raum, als sie sich an das Licht gewöhnt hatte. Der düstere Raum hatte mehrere Abteilungen, jede mit einer eigenen gewölbten Decke, und jeweils dort, wo sich die steinernen Rippen trafen, war ein großer Haken befestigt. Nur einer von ihnen hielt den Leuchter, der das Gewölbe notdürftig erhellte, an den anderen hingen Ketten und Stricke. Mutter Griebsch schauderte zusammen, noch mehr aber, als sie neben einem großen, muskulösen Mann, der wie ein Ringer aussah, weitere Ketten erblickte und verschiedene Martergeräte, alle aus Eisen und mit Stacheln und Dornen bewehrt oder mit weitläufigen Gewinden versehen.

Niemand sagte etwas. Sie warteten. Endlich hörten sie Schritte im Durchgang des Torhauses, der Schall brach sich und mischte sich mit den Stimmen von zwei Männern, die zügig ins Gewölbe eintraten. Der Amtmann, in Schwarz und mit finsterem Gesicht, ging grußlos zur Hebamme, um sie einer genauen Betrachtung zu unterziehen. Er zog einen Kreis um sie, die sich nicht zu rühren wagte.

„So, so, du nennst dich also Mutter Griebsch", sagte er und bedeutete seinem Schreiber, der mit ihm gekommen war, den Namen festzuhalten.

„Die Leute nennen mich so", verbesserte Mutter Griebsch in aller Ruhe.

„Und wie noch?"

„Mein Taufname ist..."

„Ich kenne noch einen", rief die Amtmännin dazwischen. „Eine Hexe bist du, und Hexe nennen sie dich!"

Mutter Griebsch erschrak und versuchte von nun an, die Frau des Amtmanns im Auge zu behalten. Sie verstand, daß ihr auch von dieser Seite Gefahr drohte.

Dem Amtmann war es peinlich, daß seine Frau ungeniert eingriff. Er erklärte ernst, aber nicht unfreundlich: „Das ist richtig, du stehst unter der Anklage, eine Hexe zu sein."

„Ich bin angeklagt?" erschrak Mutter Griebsch und suchte nach einer Sitzbank, weil ihr in den Beinen schwach wurde. „Aber ich bin doch keine Hexe", verteidigte sie sich. „Noch nie habe ich jemandem einen Schaden zugefügt, und mit Zauber gebe ich mich nicht ab." Dies alles spulte sie in großer Geschwindigkeit herunter, in der vagen Hoffnung, eine bloße Beteuerung von ihr würde genügen, das Mißverständnis aufzuklären.

Herr von Ahlefeldt gab sich gar nicht die Mühe, hierauf einzugehen. Selbstverständlich würde jede angeklagte Person leugnen, erst recht eine Hexe. Er hatte sie auch gar nicht hierher beordert, um ihr eine Gelegenheit zur Verteidigung zu geben. Zweck der ersten Vorladung war lediglich, einen Eindruck von ihr zu gewinnen und abzuschätzen, wieviel Widerstand sie dem Gericht entgegensetzen würde. Nun, er glaubte nicht, daß es mit dieser Person große Schwierigkeiten geben würde.

„Bereite alles für die Schreckung vor", knurrte er, an den Scharfrichter gewandt, der in ehrerbietiger Haltung immer noch an der Wand stand. „Morgen wollen wir mit dem Verhör anfangen."

Dann nahm Herr von Ahlefeldt seine Frau fürsorglich am Ellenbogen und geleitete sie aus dem Gewölbe hinaus in das Torhaus; Mutter Griebsch erhaschte einen Blick auf die gleißende Helligkeit des weißgekalkten Durchgangs, der den strahlenden Sommertag widerspiegelte. Was hätte sie darum gegeben, wenn sie da draußen gewesen wäre...

Der eine Fußknecht mochte ihre Gedanken geahnt haben; er grinste und sagte: „Die Sonne siehst du nie wieder."

Danach führte er die stille Hebamme wieder in ihr Verlies, und sie tastete sich wie so häufig in den langen Tagen, die sie hier bereits verbracht hatte, an der Wand entlang bis zu der kniehohen Nische, die ihr als Lagerstatt diente.

# 26

Am nächsten Morgen wurde Mutter Griebsch durch das Rumpeln der Tür und die Stimmen mehrerer Männer geweckt, die kamen, um sie zu holen, obwohl sie ihre kärgliche Morgenmahlzeit noch nicht erhalten hatte.

Das hohe Gericht war bereits im Gewölbe versammelt: an dem kleinen Tischchen der Amtmann und neben ihm der Amtsschreiber mit einer Kerze vor sich, die seinen Schreibplatz notdürftig erhellte. Eine Armlänge hinter ihnen saß steif Frau Metta mit dem energischen Gesicht eines erfahrenen Beisitzers. Der Herr Pastor stand neben ihr, weitgehend uninteressiert am Verlauf des Verhörs, aber darauf bedacht, der Gattin des Amtmanns zu Gefallen zu sein. Als Mutter Griebsch den Raum betrat, rückte er Frau von Ahlefeldt zuvorkommend den Lehnsessel in eine bessere Position.

„Was hast du", fragte der Amtmann mit der Heftigkeit einer herabsausenden Peitsche, „mit dem Kind gemacht, das du im Mutterleib getötet hast?"

Mutter Griebsch runzelte die Stirn. „Welches Kind?"

„Es sind also mehrere!" konnte Metta sich im Hintergrund nicht enthalten zu rufen.

Der Amtmann winkte unwillig ab. „Das Kind von Sabbe aus Aventoft, das du im Mutterleib getötet hast, nachdem du gedroht hattest, es solle sterben. Ist das Kind vielleicht nicht gestorben?"

„Doch", bekannte Mutter Griebsch wahrheitsgemäß, denn sie würde sich in dieser Situation nie trauen, anderes als die Wahrheit zu sagen, „aber nicht ich habe es getötet, sondern die Mutter selbst."

„Keine Mutter tötet ihr eigenes Kind."

Der Pastor nickte schwerfällig, und auch der Amtmann stimmte ausnahmsweise seiner Frau zu.

„Na, na", sagte der Amtmann vorwurfsvoll, „eine bessere Ausrede konnte dir nicht einfallen?"

„Aber so war es", beteuerte Mutter Griebsch, bereits etwas aufgeregter. „Sie hatte sich versehen."

„Weibergeschwätz." Herr von Ahlefeldt blickte ungehalten in seine Papiere. „Mehrere Frauen des Dorfes sagen aus, daß du dem

Kind den Tod angedroht hast. Zwei Wochen danach starb es denn auch ganz folgerichtig."

„Aber...", stammelte Mutter Griebsch, nun ganz bleich geworden.

Der Amtmann hob gebieterisch die Hand. „Ich will jetzt nichts mehr davon hören, was vor dem Tod des Kindes war, sondern was danach geschah. Du sollst beobachtet worden sein, wie du die Leiche auf dem Friedhof ausgegraben hast. Der Küster fand die Erde aufgewühlt, und die Leiche fehlte."

„Ich gebe mich nicht mit Leichen ab!" rief Mutter Griebsch wütend.

„Natürlich tust du, warum würdest du die Kinder sonst im Mutterleib töten!" warf die Amtmännin in schrillem Ton ein.

„Wofür brauchst du die Leichen?" fuhr der Amtmann hartnäckig fort. „Es handelt sich ja nicht nur um diese, sondern um viele andere. Jede Frau hier im Umkreis kommt zu dir, wenn sie sich einer unerwünschten Leibesfrucht entledigen will. Leugnest du das etwa auch? Wofür also?" wiederholte er scharf.

Mutter Griebsch schwanden fast die Sinne vor Schreck. Sie hatte den armen Frauen immer nur helfen wollen, die manchmal weinend und flehend zu ihr kamen, bereits eine große Kinderschar im Hause, selbst kaum etwas zu essen, und dann noch vom Mann gezwungen, aufs neue schwanger zu werden. Manche junge Magd wußte nicht einmal, warum sie schwanger war, und erst die Fragen von Mutter Griebsch brachten sie darauf, daß der Großbauer, der bei ihr gelegen hatte, schuld daran war. Die junge Magd jedenfalls konnte sich meistens nicht wehren. Und nun wurde ihr, Mutter Griebsch, diese Hilfestellung für so übel ausgelegt! „Ich begrabe sie nur", verteidigte sie sich schwächlich. „Ich selber brauche sie nicht."

„Andere vielleicht? Kann sein! Aber ich will dir sagen, was damit gemacht wird, ob du es nun tust oder jemand, den du zu diesem teuflischen Werk gezwungen hast. Du trocknest und stößt die Leichen zu Pulver; dann aber rührst du sie in Salbe ein. Hexensalbe!"

Mutter Griebsch war sprachlos vor Schreck, während des Amtmanns Worte im Gewölbe hallten und sich ihr auf die Ohren legten, bis sie nur noch ein nahes Rauschen vernahm. Sie bedeckte gepeinigt die Ohren mit den Händen. „Nein, nein!" rief sie. „Meinen Schöpfer selbst will ich zu meinem Zeugen aufrufen..."

„Schweig!“ befahl der Geistliche laut und empört und trat vor. „Treibe keinen Mißbrauch mit dem Namen Gottes, Hexe! Du hast dich dem Teufel verschrieben, du hast keinen Anspruch mehr auf Gott!“

„Ganz recht, Herr Pastor“, stimmte Frau Metta fromm zu. Sie wußte Obrigkeit und Geistlichkeit auf ihrer Seite. Es konnte nicht lange dauern, bis auch die Töwersche begriff, welche Übermacht ihr hier entgegenstand.

Der Amtmann wurde der Einmischung der anderen leid. Mit finsterem Gesicht gebot er allen Anwesenden Schweigen und fuhr fort:

„Für die Wirkung deiner Salbe gibt es einen Beweis, den du weder leugnen noch zerreden kannst. Der beklagenswerte kleine Junge, der mit einer scharfen Salbe statt einer Salbe gegen Warzen behandelt wurde, sprach in Gegenwart seiner Mutter kurz vor seinem Tod merkwürdige Dinge; die Decke des Alkovens senkte sich so tief auf ihn herab, daß er fürchtete, sie würde ihn zermalmen, dann wieder saß er auf einer Holzgabel und flog durch die Luft. Und ist es nicht so“, fuhr er mit donnernder Stimme fort, „daß du ihm von der Flugsalbe zu kosten gegeben hast, die vom Teufel persönlich stammt? Wolltest du ihn in die Hölle entführen?“

„Haltet Euch hinter mir“, sagte der Pastor vorsorglich und trat schützend vor die Amtmännin, als wolle er sie vor dem Höllenfürsten bewahren, der gewiß zugegen sein mußte, um der Frau beizustehen, die er sich untertan gemacht hatte.

„Versperrt mir doch nicht die Sicht!“ herrschte Frau Metta den Geistlichen unwillig an und schob ihn beiseite, weil sie nichts sehen konnte.

Mutter Griebsch klapperte vor Angst mit den Zähnen. Nun mußte der Teufel gewiß bald erscheinen, weil der Amtmann ihn beschworen hatte. Dann fiel ihr siedendheiß die Hexensalbe ein. Wie war sie nur daran gekommen? „Nein!“ rief sie. „Ich war es nicht! Es kann nur der Teufel selbst gewesen sein! Vielleicht hat er sie vertauscht!“

„Dein Leugnen nützt dir nichts. Verstocktheit konnten wir bisher noch allemal brechen.“

„Ja“, sagte Frau Metta mit funkelnden Augen, stand auf und trat vor, als ob sie auf der Stelle dafür sorgen wollte, daß die vom Teufel eingegebene Verstocktheit gebrochen wurde.

Mutter Griebsch war durch die Amtmännin irritiert und wich Schritt für Schritt nach hinten. Stumm schüttelte sie den Kopf und blickte den Amtmann ängstlich wie ein gestelltes Reh an.

Der Amtmann wartete schweigend, während das Knistern der Kerze zu hören war, die vor dem Amtsschreiber auf dem Tisch stand, und das Summen einer Fliege, die einen dunklen Fleck einkreiste und sich schließlich auf ihm niederließ.

„Soll ich...?“ fragte der Scharfrichter in die Stille und löste sich von der Wand.

Mit zitternden Lippen wandte Mutter Griebsch sich zu dem Mann, dessen Anwesenheit sie längst vergessen hatte. Plötzlich empfand sie ihn als unmittelbare Bedrohung. Zu Recht, denn auch ohne eins der furchteinflößenden Instrumente ging von ihm die ganze Düsterkeit seines Gewerbes aus. Verachtet und dürftig bezahlt, war er allmählich zu dem geworden, was die Leute in ihm sahen: eine unehrliche, rohe Kreatur. Seine schwarz behaarten fleischigen Hände fingen Mutter Griebschs Blick ein, und sie vermochte sich nicht von ihnen abzuwenden. Die Hebamme fühlte die Angst in ihre Kehle steigen.

Herr von Ahlefeldt verneinte die Frage des Henkers mit einer ungeduldigen Geste, wandte sich dann dem Schreiber zu und diktierte ihm leise einige Sätze.

Währenddessen rückte Frau Metta mit den schleichenden Bewegungen einer beutegierigen Schlange näher, und auf ihrer Oberlippe perlte der Schweiß.

„Metta, ich bitte Euch!“ gebot der Amtmann ihr leise Einhalt. Zu Mutter Griebsch gewandt, nahm er das Verhör wieder auf. „Was wir noch nicht wissen – wenn auch sonst fast alles klar scheint –, ist, warum du den Fischer getötet hast. Nur weil er der Onkel des kleinen Jungen ist?“

„Auch den habe ich nicht...“

„Schon gut“, unterbrach der Amtmann. „Es reicht.“ Mit seinem Zeigefinger deutete er unwirsch auf das Schriftstück des Schreibers, der gehorsam die Feder leckte und sich zum Diktat bereithielt. „Die angeklagte Hexe leugnet in jedem Punkt und ist der peinlichen Befragung zu unterziehen. Unterschrift: Benedictus von Ahlefeldt, Amtmann usw.“

Der Schreiber nickte und brachte gewissenhaft alles zu Papier.

Als er fertig war, sah er den Amtmann fragend an, aber dieser erhob sich. Das Verhör war für heute zu Ende. Der Amtsschreiber packte seine Sachen geschäftig in die Ledertasche und verließ ohne einen Blick auf die Angeklagte im Gefolge des Amtmanns das Gewölbe.

Mutter Griebsch starrte ihnen schreckgeschlagen nach, und in ihren Ohren tönte die Drohung der peinlichen Befragung.

„Morgen", murmelte der Scharfrichter und führte sie am Arm hinaus in ihre Zelle. Ihnen folgte einer der Fußknechte, die die Hebamme mit Essen versorgten. Die Hebamme konnte seine gierigen Blicke nicht sehen, aber sie fühlte eine Hand an ihrer Hüfte tasten, die sie abwehrte, so gut es ging. Der Scharfrichter bemerkte wohl ihre Bemühungen, aber er sagte nichts. Erst an der Zellentür ließ der Mann von ihr ab, und beinahe erleichtert hörte Mutter Griebsch, wie sie verschlossen wurde.

## 27

Mutter Griebsch hatte kaum mühevoll und sich hin und her wälzend in den Schlaf gefunden, als sie durch ein Geräusch an der Tür wieder aufwachte. Sie setzte sich hin, aber sie war benommen. und im stockdunklen Verlies dauerte es eine Weile, bis sie vollständig zu sich kam. Sie spürte einen Luftzug, der aus dem Gang zum Gewölbe kommen mußte, und wußte, daß man sie nicht holen kam, sondern etwas anderes vor sich ging. Kein Laut war zu hören.

Dann aber fühlte sie eine schwere grobe Hand auf ihrem Mund, und jemand flüsterte erregt: „Kein Ton, oder ich erwürge dich!"

Mutter Griebsch zitterte und versuchte den Kopf zu schütteln. Der Mann hielt sie fest, dann riß er mit einem Ruck ihre Kleidung entzwei und warf sich über sie. Jetzt endlich begriff Mutter Griebsch in ihrer Betäubung, was der Mann von ihr wollte. Verzweifelt versuchte sie sich zu wehren, aber alles, was sie erreichte, war, daß sie von der erhöhten Fläche herunterrollte und sich den Kopf an den Steinen verletzte. Der Mann umklammerte sie wie ein Schraubstock.

Als er endlich von ihr abließ, war sie halbtot vor Entsetzen und am ganzen Körper geschunden. Sie bemerkte weder, wie die Zellentür leise wieder geschlossen wurde, noch wie die Stunden bis zum Morgen verrannen. Blutig und mit zerfetzten Kleidungsstücken lag sie, wo der Unbekannte sie gelassen hatte. Auf die Lagerstatt konnte sie sich nicht mehr schleppen.

Ungeduldig rief der Knecht am nächsten Morgen Mutter Griebsch zur Tür, aber sie konnte nicht einmal mehr antworten, so ausgelaugt und beschmutzt fühlte sie sich. Der Knecht, der mittlerweile eine Fackel in einen Ring gesteckt hatte, betrachtete sie voll Neugier.

„Na, konntest du's ohne ihn nicht mehr aushalten?" fragte er. „Hat dich aber ganz schön zugerichtet, das muß ich schon sagen. Treibt ihr es immer so?" Er lachte dröhnend und riß Mutter Griebsch auf die Beine.

Erstmals wurden ihr Ketten angelegt, und so führte er sie wortlos ins Gewölbe. Dieselben Personen wie gestern erwarteten sie, und als sie Mutter Griebsch sahen, erstarrten sie in Abscheu.

„Die Schlösser und Riegel waren unversehrt", verteidigte sich der Knecht, bereits bevor er gefragt worden war.

Man beachtete ihn nicht. Ihn hatte man ohnehin nicht in Verdacht.

Mutter Griebsch lief ein Schauer über den Rücken. Vielleicht bildete sie sich das auch nur ein, aber als sie vor den Tisch mit dem Amtmann schwankte, meinte sie die Feindseligkeit aller auf der Haut zu spüren.

„Ha!" schrie die Amtmännin triumphierend und zeigte mit dem Finger auf die Hebamme. „Sogar im Verlies gibt sie sich dem Teufel hin."

„Ich bin heute nacht von einem Mann angefallen worden", murmelte Mutter Griebsch und wußte schon, daß es hoffnungslos war.

„Ein Mann?" schrie Frau Metta noch lauter und mit schriller Stimme. „Ein Mann, sagt sie? Der Teufel persönlich hat mit ihr Buhlschaft getrieben! Wenn das nicht seine Spuren sind!"

„Vater unser...", murmelte der Geistliche.

„Ja", stimmte der Amtmann mit abgrundtiefer Verachtung zu. „Kein Mann kommt durch die verschlossene Zellentür durch, sie ist mehrfach abgesichert. Daß du IHN sogar diese Nacht zu dir geladen hast, ist so gut wie ein Eingeständnis. Uns hättest du keinen besseren Gefallen tun können, obwohl ich gestehen muß, daß es mir unangenehm ist zu wissen, daß der Teufel nachts an diesem Ort umgeht. Nun, wie dem auch sei, es erspart uns vielleicht Zeit und

Mühe", sagte er abschließend und nickte seinem Schreiber zu. „Notiere die Begebenheit und auch, daß die Frau sich nicht scheute, in sehr unschicklichem Bekleidungszustand zu erscheinen."

Mutter Griebsch wagte keine Widerworte. Allmählich beschlich sie das Gefühl, daß, was sie auch sagte, es zu ihren Ungunsten ausgelegt wurde. Während die Männer sich am Tisch des Amtmanns zusammenfanden, um zu beraten, wozu auch die Frau Amtmännin beflissen hinzugebeten wurde, blickte Mutter Griebsch um sich, heftig und wild, um ihre Verzweiflung niederzukämpfen. Erst allmählich nahm sie wahr, daß das Gewölbe heute anders aussah als an den Vortagen. In den bisher unbenutzten Teilen des Raums leuchteten Fackeln, und eine Art Winde war hingestellt worden. Von ihr führte ein Seil zur Decke, wurde oben über eine hölzerne Rolle umgelenkt und endete in einer dünngliedrigen Kette, die lose bis fast auf den Boden herunterhing. Mutter Griebschs Blick schweifte verständnislos über das Gerät und auch über die Gegenstände, die in einem Regal lagen, augenscheinlich zur Benutzung fertig.

„Der erste Punkt, über den wir uns Klarheit verschaffen wollen", begann ohne Umschweife und ohne sich um die Verletzungen der Hebamme zu kümmern, der Amtmann, „ist, wie dir der Teufel erscheint. Als Hund, als Knabe, als Mann? Antworte!"

„Ich kenne ihn doch nicht!" rief Mutter Griebsch. „Ich habe keinen Umgang mit ihm."

Der Amtmann machte dem Scharfrichter ein Zeichen, der vortrat und die Hebamme an ihren Fesseln ergriff. Er führte sie zur Wand, befestigte ein Kettenglied an einem Haken, der am Strick von der Decke hing, und zog ihre Hände hoch, bis sie auf den Zehenspitzen stand, die Arme hoch über sich. Mit einem Ruck riß der Henker ihr die Kleidung vom Leib, wählte dann eine biegsame Rute aus dem Regal und begann, Mutter Griebsch auszupeitschen. Während er ihr Schlag um Schlag versetzte, quoll die Haut beiderseits der Peitschenspur auf, platzte, und Blut sickerte heraus. Bald mischte sich das Blut mit dem herabrinnenden Schweiß und wurde tropfenweise durch den Raum geschleudert, an die Wände, auf den Lehmboden, auf die Lederschürze des Henkers.

Mutter Griebsch sagte kein Wort. Ein dumpfes Stöhnen war alles, was die ungeduldig wartenden Männer und die offenen Mundes lauschende Frau zu hören bekamen. Als sie nach etlichen Schlägen erschlaffte und den Körper streckte, gebot der Amtmann Einhalt.

„Du sollst sie nicht totschlagen, du Dummkopf. Ich will schließlich etwas hören."

Gehorsam band der Henker die Hebamme ab, ließ sie auf den Boden gleiten und gab ihr aus einem Kübel einen Schwapp Wasser über den Kopf. Als sie wieder bei sich war, schleifte er sie vor den Amtmann, der in seinen Papieren blätterte und noch keine Zeit zum Fortfahren des Verhörs hatte. Seine Frau aber sprang auf, glitt hinter die Hebamme und beugte sich zu deren Rücken hinunter.

„Sieht aus wie gewöhnliches Blut", flüsterte sie erstaunt.

Mutter Griebsch bedeckte vorne ihre Blöße und beugte sich vor, um den Blicken der Amtmännin zu entkommen, die wie Nadelstiche auf ihrer Haut waren. Vor dieser Frau hatte sie mehr Angst als vor dem Henker. Etwas Böses war um Frau Metta von Ahlefeldt.

Der Amtmann hob abrupt den Kopf. „Wie also sieht er aus?"

„Ich kenne ihn nicht", begann Mutter Griebsch zögernd, aber als des Amtmanns Blick langsam und betont zum Scharfrichter hinüberschwenkte, fuhr sie mühsam fort: „Aber er soll schwarz sein und einen roten Mantel tragen. Um ihn herum ist eine Wolke von Schwefelgestank."

„Na also", sagte der Amtmann, einigermaßen freundlich. „Und wie nennst du ihn?"

Mutter Griebsch blickte um sich, und ihre Hände gingen auf und zu. Schließlich fiel ihr der Name ein, den sie schon einmal gehört hatte. „Rustifas, glaube ich", sagte sie erleichtert.

„Glaubst du, oder weißt du?"

„Er heißt so", versicherte Mutter Griebsch hastig.

„Dann schreib", forderte der Amtmann seinen Schreiber auf und diktierte: „Die angeklagte Hexe leugnete zunächst, den Teufel zu kennen, gab dann auf eindringliche Befragung aber zu, daß er schwarz ist und Rustifas heißt. Es scheint sich um denselben zu handeln, dessen Existenz im Amt bereits bezeugt wurde."

Der Schreiber schrieb, und der Henker wartete. Mutter Griebsch war benommen und froh, eine Atempause zu haben.

„Nun zu den Kinderleichen. Was hast du mit ihnen getrieben?"

Diesmal sprach Mutter Griebsch sofort willig und wahrheitsgemäß, denn es war endlich eine Frage, die sich beantworten ließ. „Ich habe sie begraben. In der Ecke des Aventofter Friedhofs, die der Wiedau am nächsten ist."

„Die Beweise sollen ausgegraben und hierher verbracht werden", befahl der Amtmann dem Amtsschreiber, der die Anweisung notierte, zur sofortigen Ausführung.

Frau Metta ließ ihren Stuhl nach vorne bringen.

„Wie hast du die Hexensalbe zubereitet?"

„Keine Hexensalbe." Mutter Griebsch schüttelte verzweifelt den Kopf.

Der Amtmann brauchte nur das Kinn zu heben, um den Henker zu veranlassen, Mutter Griebsch zur weiteren Auspeitschung in den hinteren Teil des Gewölbes zu ziehen. Diesmal wurde sie schon nach fünf kräftigen Schlägen ohnmächtig.

Die Amtmännin sprang wütend auf. „Sie verstellt sich", schrie sie. „Schlag weiter!"

„Halt!" griff Herr von Ahlefeldt mit barscher Stimme ein. „Ihr überschreitet Eure Befugnisse", sagte er kalt zu seiner Frau und: „Binde sie ab", zum Henker.

Der Scharfrichter gehorchte schweigend und brachte die Hebamme wieder mit Wasser zu sich. Frau Metta schnaubte wütend und setzte sich wieder.

„Zur Salbe", wiederholte der Amtmann gelangweilt, als die Hebamme den Kopf wieder hob und vernünftig blicken konnte.

„Nichts als Wollfett und Heilkräuter", stammelte Mutter Griebsch, die immer noch bleich wie der Tod war.

„War der Teufel anwesend, als du die Salbe gemischt hast? Hat er vielleicht seinen Atem darüber gehaucht oder hineingepißt?"

Müde und durch den Blutverlust geschwächt, verneinte Mutter Griebsch. „Nein, nur meine Nichte."

„Ihre Nichte?" Frau Metta rieb sich aufgeregt die Hände. „Wußte ich es doch! Wo eine ist, sind noch mehr. Womöglich gibt es ein ganzes Hexennest in Aventoft."

Die Hebamme schüttelte den Kopf. „Nein, nein", keuchte sie gequält.

Der Amtmann kümmerte sich weder um den Triumph seiner Frau noch um den Widerspruch der Hebamme. „Die Nichte der Hebamme zum Verhör ins Schloß holen", ließ er seinen Schreiber festhalten, der gleichmütig, mit borstigem weißen Haar steif auf dem Hokker saß, nach dreißig Jahren Schreiberei selbst zur Gänsefeder geworden. Die Feder kratzte auf dem Papier, und außer ihr war nichts zu hören.

„Ich habe Hunger", stellte der Amtmann nach einer Weile fest. „Es geht, glaube ich, auf Mittag. Zeit zum Unterbrechen." Er stand auf.

„Jetzt wollt Ihr Schluß machen?" fragte seine Frau atemlos. Ihr seht doch, der Teufel hat sie vorübergehend verlassen, und wir können alle Antworten von ihr haben, die wir brauchen."

Der Amtmann grunzte nur ungnädig. Hunger verursachte bei ihm Zorn, und er ertrug ihn nicht gerne und gar nicht, wenn er sich vermeiden ließ. Das wußte Metta auch, deshalb gab er ihr keine Antwort, sondern verließ das Gewölbe, ohne sich nach ihr umzusehen.

Während der Scharfrichter Mutter Griebsch in ihre dunkle Zelle zurückschleifte und ankettete – denn manchmal befreit der Teufel seine Leute –, speisten Herr von Ahlefeldt und seine Gattin oben im Schloß.

Die Vorräte, ständig ausgetauscht, deshalb stets frisch, waren ausgesuchte Nahrungsmittel, ausgesucht für den manchmal sehr plötzlich erscheinenden Herzog mit der feinen Zunge und dem anspruchsvollen Geschmack. Deshalb waren der Amtmann und seine Frau diejenigen Personen in Tondern, die das beste Essen und die erlesensten Weine zur Verfügung hatten. Der Koch war zwar nicht ganz so gut wie derjenige des Herzogs, aber immerhin, auch dessen Ergebnisse konnten sich sehen lassen.

Der Amtmann saß griesgrämig am Ende des langen Tisches; seine Frau speiste mit gutem Appetit und griff ausgiebiger zu als an anderen Tagen.

„Ihr werdet sehen", sagte Frau Metta und führte zierlich mit den Fingern ein Stückchen Kapaun an den Mund, „sie gesteht in vollem Umfang."

„Ich hatte gedacht, wir würden leichteres Spiel mit ihr haben", antwortete ihr Gatte düster.

„Ihr habt doch nicht gar Mitleid mit der Hexe?" fragte Metta überrascht und tat sich an der Trüffelsauce gütlich.

„Nein, aber ich bin nicht so blutrünstig wie anscheinend Ihr", antwortete der Amtmann und ließ sich seine Verachtung nicht anmerken.

Die Amtmännin brach in ein hysterisches Gelächter aus. „Aber bester Benedictus!" rief sie. „Dieser Saft, den die Hexe da in ihren Adern hat, ist doch nicht mit menschlichem Blut gleichzusetzen! Was auch immer aus ihr herausfließt, es bedeutet nur, daß der Teufel langsam seine Macht über die Frau verliert. Und wollt Ihr ihr das etwa nicht gönnen? Man muß ihr doch wenigstens die Möglichkeit geben, zur menschlichen Natur zurückzukehren, bevor man sie verbrennt!"

Herr von Ahlefeldt verzog angewidert sein Gesicht und stand auf. Das Mundtuch warf er auf den Boden und verließ ohne ein Wort den Raum. Frau Metta winkte einem Diener und ließ sich Wein nachschenken. Genüßlich speiste sie zu Ende. Sie hatte den Tag bisher angenehm verbracht.

# 28

Während die Amtsknechte Aventoft durchkämmten, um Antje zu finden, saß Mutter Griebsch in ihrer Zelle, ohne daß sich jemand um sie kümmerte. Niemand pflegte ihre Wunden, und sie, die so kundig war und leicht die richtigen Salben hätte zubereiten können, war aller Möglichkeiten beraubt, dies zu tun. Sie konnte sich nur Erleichterung von den Schmerzen verschaffen, indem sie auf Knien vor ihrer erhöhten Schlafstatt lag, das Gesicht auf dem bißchen Stroh, das sich dort befand. Der beißende Geruch nach Urin peinigte sie mehr als an den vorherigen Tagen, er biß sich sogar in der aufgeplatzen Haut fest. Aber es gab keine Möglichkeit, frische Luft in die Zelle einzulassen, außer durch die Tür; diese aber beeilten sich die Wärter so schnell wie möglich zuzumachen, wenn sie das Essen gebracht hatten. Ob dies nun Befehl des Amtmanns war oder weil die Männer sich so wenig wie möglich in der mit Kot und Blut beschmutzten Zelle aufhalten wollten, konnte Mutter Griebsch nicht wissen; es hätte sie auch nicht gekümmert, wenn sie fähig gewesen wäre zu denken. Das aber war sie gar nicht: Ihr gegenwärtiges Leben bestand nur aus leisem Atmen und Wimmern. Selbst Wasser bekam sie nicht genug.

In Aventoft suchten die Männer des Amtmanns gründlich und sorgfältig. Niemand konnte ihnen Auskunft geben, wo Antje war, vielleicht wollte es auch niemand. Als sie aber zu Pay Casparus' Haus kamen, wurden sie endlich fündig.

„Ich habe die Antje zuletzt mit einem jungen Mann aus Humptrup gesehen", gab er bereitwillig Auskunft. „Sucht sie in Humptrup!" schlug er vor. „Man kann sich seines Lebens ja nicht sicher sein, solange sie frei herumläuft. Ich jedenfalls nicht!"

Der Schloßvogt wurde hellhörig. „Warum du?"

„Mit der habe ich noch ein Hühnchen zu rupfen", knurrte Pay, „das weiß sie und wird versuchen, mir zuvorzukommen."

Der Mann nickte schwerfällig. Aber dumm war er nicht. „Was hast du denn mit so einer zu tun?" fragte er. „Dich plagen ja wohl keine weiblichen Nöte?" Er lachte, und Pay stimmte mit ein.

„Nein, nein", gab er zu. „Ganz was anderes. Die Hexe, die Mutter Griebsch, zwang mich zu einem Hexenzauber, und die Nichte war dabei."

„Hexenzauber? So, so", sagte der Schloßvogt. „Es ist eine Belohnung ausgesetzt für Leute, die bereit sind, im Hexenprozeß gegen die Hebamme auszusagen. Wäre das nichts für dich, hä?"

Pay brummte nur. „Wieviel?" fragte er schließlich und kratzte sich am Hintern.

„Du würdest zufrieden sein. Frau Metta ist in dieser Angelegenheit großzügig."

Die schmächtige Frau, die so unscheinbar hinter Pay Casparus getanden hatte, zupfte ihren Hausherrn am Gewand. „Tu es nicht", flüsterte sie. „Der Teufel ist noch nicht ausgetrieben; aus dem Turm heraus wird sie dich behexen!"

Pay schüttelte unwillig ihre Hand ab. „Gemacht", sagte er zum Schloßvogt. „Wann soll ich kommen?"

„Wenn du dich jetzt aufmachst, bist du gerade rechtzeitig da", empfahl dieser. „Frage im Schloß nach Frau Metta."

Pay nickte und humpelte ins Haus. Die Frau, die ängstlich die Hände rang, stieß er beiseite. Die Alte jammerte leise. Sie hatte es doch gewußt: Die Habgier würde ihm noch den Hals brechen. Der Schloßvogt war zufrieden. Hatte er die kleine Hexe zwar noch nicht gefunden, so doch einen willigen Belastungszeugen. Ihn erwartete guter Lohn.

Die Leute des Amtmanns durchsuchten sämtliche Häuser von Humptrup peinlich genau, jedoch ohne Ergebnis. Weder Antje noch der junge Mann ließen sich finden.

„Wer hat hier in letzter Zeit Kinder bekommen?" fragte der Schloßvogt schließlich einen Humptruper. Wie gesagt, auf den Kopf war er nicht gefallen.

Es waren nur drei Familien. Zwei von ihnen wohnten in Katen und waren arme Leute, die dritte aber im größten Hof des Ortes. Es dauerte nicht lange, bis der Schloßvogt herausbekommen hatte, daß die armen Leute die Hebamme nicht zugezogen hatten, während in Humptruphof sogar beide zugleich, und das über Nacht, gewesen waren.

„Dann haben wir sie!" dachte der Schloßvogt und trat mit Getöse und wütendem Gesicht in den Hof von Boy Andresen. „Gib die Nichte von Mutter Griebsch heraus!" fuhr er den Hofbesitzer an, um ihn einzuschüchtern.

„Weißt du, mit wem du es zu tun hast, Kerl?" gab Boy im gleichen Ton zurück. „Scher dich raus oder benimm dich so, wie der Amtmann es von dir erwartet!"

Der Schloßvogt war stumm vor Staunen. Ein solcher Bauer war ihm noch nicht begegnet. „Wer seid Ihr denn?" fragte er zögernd.

„Sprecher der Bonden der Karrharde", antwortete Boy ungnädig.

„Ja", sagte der Schloßvogt nur und erholte sich langsam von seiner Überraschung. „Wir sollen die Nichte von Mutter Griebsch aufs Schloß bringen."

„Und?"

„Ist sie vielleicht hier?" fragte der Schloßvogt, nun ganz höflich. „Sie soll in Begleitung eines jungen Mannes aus Humptrup sein. Und da es Eure Pflicht als Hardesbonde ist, den Gesetzen Geltung zu verschaffen, bitte ich Euch, mir bei der Suche nach ihr zu helfen."

„So", sagte Boy und rang mit sich. Was der Mann sagte, war nicht von der Hand zu weisen, aber die Gefahr für die Nichte und mit ihr für seinen Schwager war noch höher zu achten. „Ich habe sie nicht gesehen."

„Aber Carsten war doch mit ihr zusammen", warf die junge Magd ein, die unbemerkt im Raum gestanden hatte und die ihrem Herrn gerne behilflich sein wollte.

„Was?" Der Schloßvogt fuhr herum. „Wiederhole das noch mal."

Die Magd tat es, nachdem sie sich mit einem tiefen Knicks dafür bedankt hatte, daß der Herr vom Schloß sie zur Kenntnis genommen hatte. Da würde sie nachher aber etwas zu erzählen haben. Oha, oha!

Boy stand hilflos daneben und knirschte mit den Zähnen. „So, das wußte ich ja gar nicht", heuchelte er.

Und die Magd, glücklich, beachtet zu werden, erzählte dem aufmerksam lauschenden Herrn vom Schloß auch gleich, daß sie bei der Geburt der Zwillinge anwesend gewesen war und was für ein Glück es gewesen sei, daß man Mutter Griebsch gerufen habe, denn sie habe doch so eine gute Hand bei Geburten.

„So, so", meinte der Schloßvogt und überschlug blitzschnell alle Eventualitäten. „Dann ist es wohl das beste, du kommst als Zeugin mit, wenn du Mutter Griebsch so genau kennst."

Das wollte die Magd nicht so gerne und zierte sich.

„Geh mit, Nunne", befahl der Hausherr leise, „vielleicht kannst du Mutter Griebsch mit deiner Aussage ja helfen."

Da konnte die Magd nicht anders, und beklommen machte sie sich in Begleitung eines Amtsknechtes auf nach Tondern.

„So", sagte der Schloßvogt, als das geklärt war. „Nun zu der Nichte, der Antje. Auf welcher Insel im See soll sie sein?"

„Das weiß ich nicht", behauptete Boy.

„Wenn du die Suche zu behindern beabsichtigst", erklärte der Schloßvogt, der nunmehr Oberwasser hatte, „nehme ich dich mit aufs Schloß. Die Daumenschrauben angesetzt, und schon wirst du reden."

Boy Andresen hatte, bei einiger Überlegung, keine Wahl. Falls er sich weigerte, wäre der Nichte auch nicht geholfen, denn man wußte nun obrigkeitlich, daß sie auf der Flucht war und mit wem, und konnte sich auch ausrechnen, wohin sie sich wenden würde.

„Es gibt drei kleine Inseln, die in Frage kommen", sagte er schließlich notgedrungen. „Du mußt sie alle abfahren, es hängt vom Wasserstand und vom Wind ab, wohin sie sich gewandt haben."

„Na endlich!"

Der Schloßvogt und die Fußknechte zwangen unter Drohungen – viel war allerdings nicht nötig – einen Fischer, sie zu den Inseln zu segeln. Auf der letzten fanden sie Antje und ihren jungen Mann, den Carsten. Beide wurden vorsorglich gefesselt und aufs Schloß von Tondern gebracht.

„Seht mal, Benedictus, wen sie da bringen", sagte am Abend die Frau Amtmännin, als sie zufällig aus dem Fenster sah. „Ei, ei, was für ein blutjunges Mädchen der Teufel sich doch schon als Hexe ausgebildet hat."

Herr von Ahlefeldt sagte nichts, blickte aber gehorsam aus dem Fenster und erschrak. Das war wirklich ein bildhübsches, junges Mädchen, das seine Frau jetzt aufs Korn genommen hatte. Gott mochte ihr helfen, sonst konnte es niemand, dachte er bei sich resignierend.

## 29

Nach bewährtem Muster wurden Antje und Carsten in ihre Zellen gesteckt, ohne daß sich jemand um sie kümmerte. Hauptsache, man hatte sie, und nun konnten sie durch das lange Einsitzen ruhig und fügsam werden.

Mutter Griebsch aber, die über die größten Schmerzen hinweggekommen war, wurde wieder vorgeführt. „Nein, nein!" rief sie entsetzt aus, als vor ihr unvermittelt der alte Pay Casparus Hinkebein stand und unverschämt grinste. „Der Teufelsgehilfe!" Sie hob die Hände fassungslos an den Mund und wich zurück. Er war tot gewesen, das wollte sie auf ihren Eid nehmen – und doch stand er hier quicklebendig vor ihr! „Er ist es, er ist es!"

„Wer denn?" fragte der Amtmann unwirsch.

„Er ist ein Helfershelfer des Teufels", flüsterte Mutter Griebsch angstvoll. „Helft uns doch", bat sie den Pastor.

Dieser lächelte überheblich. In Punkto Tricks von seiten des Teufels machte ihm keiner etwas vor. „Solche Ausflüchte ersinnt der Teufel immer, wenn es ihm an den Kragen gehen soll", erklärte er sachkundig dem Amtmann. „Dann beschuldigt er frech andere."

Unglücklich wandte sich Mutter Griebsch vom Pastor ab. Hatte sie vorher noch auf ein Wunder hoffen dürfen, so war ihr Schicksal jetzt besiegelt. Sie senkte den Kopf, und der Pastor wußte gleich, was es zu bedeuten hatte: Der Teufel in der Frau war erwischt, er würde bald ausfahren müssen aus diesem Leib, den er vorübergehend in Besitz genommen hatte. Aber die Mutter Kirche würde triumphieren. Selbst wenn die Frau in die Hölle fahren würde – was ihr vorbestimmt war, daran war nun nichts zu ändern –, die Kirche hatte gesiegt. Und nur darauf kam es an. Den einen oder anderen Menschen konnte sie dabei durchaus verlieren... Des Pastors Augen leuchteten frohgestimmt.

„Deinen Namen!" befahl der Amtmann in Richtung des alten Pay und ließ den Schreiber notieren. „Was hast du gegen die Frau da auszusagen?"

„Sie hat mir angetragen", erklärte der Alte zischelnd, „mein Haus gegen die Pest zu schützen."

„Mit Hilfe von Zauberei?"

„Mit Zauberei", bestätigte Pay.

„Und was hast du ihr dafür bezahlt?" wollte der Amtmann wissen.

„Ich habe ihr nichts gegeben", empörte sich der Alte. „Das wäre ja wie ein Vertrag mit dem Teufel gewesen! Da sei Gott vor."

Der Pastor hielt abwehrend seine Bibel in die Höhe, während Frau Metta furchtsam den Umhang fester um sich zog.

„Warum hat sie es denn gemacht?" fragte der Amtmann mißtrauisch. „Der Teufel gibt seine Dienste nie umsonst."

„Herr Amtmann, mit Verlaub", mischte sich der Pastor in das Verhör ein. „Der Teufel versucht auf diese Weise unschuldige Seelen in seine Hand zu bekommen." Er faltete fromm seine Hände und blickte zur Decke des Gewölbes, hinter der er vermutlich den unendlichen Himmel mit seinen frohlockenden Engeln sah.

Der Amtmann indessen musterte Pay Casparus mit dem faltigen Gesicht, den grauen und weißen Bartstoppeln und den hängenden Augenlidern, unter denen der Haß auf die Hebamme hervorzublitzen schien. „Unschuldige Seele?" fragte er sich verblüfft und runzelte verwundert die Stirn.

Der Pastor hatte sein Stoßgebet beendet und fuhr fort: „Und hat er die Seele erst in die Hand bekommen, macht Satan mit ihr, was er will. Alte Männer", seine Stimme sank zu einem Flüstern herab, „und junge Mädchen verführt er zum Laster der Wollust, und hat er sie erst einmal dort, werden sie willfährig zu jedem anderen Laster. Pater noster...", murmelte der Pastor und versenkte sich in ein tröstliches Gebet, aus dem ihn weder der stoßende Zeigefinger des Amtsschreibers noch das entrückte Stöhnen der Frau Amtmann aufrütteln konnte.

Pay Casparus aber staunte den Pastor an, und ein kleiner Speichelfaden rann ihm aus dem offenen Mund am Kinn hinunter.

Herr von Ahlefeldt räusperte sich und rückte unbeeindruckt auf seinem harten Stuhl hin und her. „Gut, gut, du hast ihr also nichts bezahlt", faßte er zusammen. „Wie hat sie es denn gemacht?"

„Sie hat es eigentlich nicht selbst getan", gab der Alte zu, „denn das hätte keine Wirkung gehabt. Damit der Zauber wirkt, muß eine Jungfrau mit dem Kesselhaken pflügen."

Frau Metta erhob sich alarmiert, aber der Amtmann gebot ihr zu schweigen.

„Sie hat also jemanden beauftragt?"

„Ja, gemacht hat es die Nichte von ihr, die Antje."

„So sicher, wie ich hier sitze, ist die Nichte eine Hexe. Genau wie die Tante!" schrie Metta mit überschnappender Stimme.

„Beruhigt Euch, ich bitte Euch", mahnte der Amtmann unwillig. Und Pay befahl er, weiter zu erzählen.

Der Alte wollte seine Schilderung wieder aufnehmen, wurde aber durch merkwürdige Laute, die vom hinteren Teil des Gewölbes kamen, gestört. Mutter Griebsch hing dort, wie nun schon an mehreren Tagen, schüttelte schwächlich ihren Kopf, der an einer Seite dabei gegen die Steinmauer stieß, und murmelte vor sich hin. Auf einen Wink des Amtmanns trat der Scharfrichter zu ihr hin und lauschte.

„Sie sagt nein", berichtete er den übrigen, „immer nur nein!"

„Was: nein?" wollte der Amtmann wissen. Mutter Griebsch flüsterte wieder, und der Henker war ihr Sprachrohr.

„Die Nichte wäre keine Hexe, sagt sie."

Der Amtmann grunzte unwillig. Er hatte wohl etwas anderes zu hören gehofft, und alle wandten sich wieder dem alten Mann zu.

„Sie hat zum Flug angesetzt", berichtete dieser, „aber das klappte nicht; vielleicht war es nicht die richtige Salbe, mit der sie den Feuerhaken bestrich."

„Du hast die Salbe selbst gesehen?"

„Oh ja!" beteuerte der Alte. „In einem goldenen Töpfchen war sie, und sie sprühte solche Funken, daß ich die Augen abwenden mußte, sonst hätte sie mich geblendet."

„Warum flog sie dann nicht los, wenn es die Flugsalbe war?"

„Ja", stotterte der Alte, „das weiß ich nicht, wer kann schon sagen, warum Hexen eines tun und das andere lassen?"

„Verwechselt hat sie sie mit der anderen", murmelte Frau Metta mit fiebrigen Augen und geröteten Wangen.

Der Amtmann begnügte sich mit der Begründung des Alten, aber er warf ihm einen kurzen, unzufriedenen Blick zu. Die Vermutung seiner Frau überging er mit Absicht, obwohl sie durchaus wahrscheinlich klang und stimmen mochte.

„Hat sie dich auch zu unzüchtigen Handlungen gezwungen?" fragte Frau Metta, was sie schon die ganze Zeit brennend interessierte; aber allmählich mußte sie erkennen, daß ihr Ehemann diesen wichtigen Aspekt der Angelegenheit außer acht zu lassen schien.

Herr von Ahlefeldt schreckte auf und bezwang sich dann.

Der Alte aber wußte nicht, auf was die Amtmännin hinauswollte. „Nein, eigentlich nicht", sagte er zögernd.

„Man sagt aber", begann Frau Metta und versteckte ihre wollüstigen Gefühle hinter einer besonders strengen Miene, „daß Hexen sich auch auf Männer werfen, wenn Buhlteufel nicht in der Nähe sind. Ihre Fleischeslust aber müssen sie befriedigen, täglich, ja, stündlich sogar. Hast du vielleicht...? Verschweig uns nichts, Mann!" kreischte sie plötzlich. „Erzähle, wie du es ihr besorgt hast!"

Der Amtmann saß wie versteinert und gab keinen Ton von sich. Der Herr Pastor entschloß sich, Frau Mettas Frage als Ausdruck ihrer tiefgläubigen, christlichen Besorgnis zu interpretieren und schwenkte hilfreich die Bibel über Pay Casparus, um ihn zur Wahrhaftigkeit aufzufordern.

Pay war kreidebleich geworden. Was wußte die Amtmännin über ihn? Er sagte nichts, aber während er stocksteif vor Angst auf den Fortgang der Dinge wartete, wurde ihm manches klar. Die Hexe mußte ihn unter seinen Willen gezwungen haben: Und deswegen hatte er sich in der Nacht nicht beherrschen können und war über die Nichte hergefallen, oder jedenfalls über die Frau, die die Nichte hätte sein sollen.

„Es ist besser, Ihr geht jetzt", sagte der Amtmann mit erzwungener Ruhe zu seiner Frau.

Diese war so beschämt, daß sie die Kontrolle über sich selbst verloren hatte, daß sie ohne ein Widerwort aufstand und zur Tür schritt. Aber bereits dort war es mit ihrer reuigen Haltung wieder vorbei. „Ich sehe ein, daß eine Frau von Anstand und Erziehung an einem solchen Verhör nicht teilnehmen sollte“, sagte sie steif, „aber ich hoffe doch, daß Ihr die Fragen so gut stellt, als kämen sie aus meinem Mund.“

Der Amtmann sah aus, als ob er in Gedanken einen stillen und langen Fluch ausstieß. „Im Gegensatz zu Euch befasse ich mich nur mit den notwendigen Dingen“, erklärte er kalt. „Und ich werde die Fragen durchaus so stellen, wie sie aus meinem Mund kommen!“

Frau Metta verließ daraufhin pikiert das Gewölbe und hörte nicht mehr, daß der Pastor ihr ganz und gar recht gab. „Die Fleischeslust ist der Anfang aller Laster“, dozierte er. „Eure fromme Gattin tut recht daran, die Unzucht auszuforschen, wenn sie auch in ihrem christlichen Bemühen etwas über das Ziel hinauszuschießen scheint.“ Er räusperte sich verlegen.

Der Amtmann blickte den Geistlichen wenig interessiert an und nickte leichthin, so leicht, daß der Pastor eine kleine Ermahnung anschließen mußte. „Ihr dürft es nicht auf die leichte Schulter nehmen!“ beschwor er ihn.

„Kannst du dich an noch etwas erinnern, das darauf hindeutet, daß Mutter Griebsch eine Hexe ist?“ fuhr der Amtmann in seinem Verhör fort, ohne sich um den Pastor zu kümmern.

„Ja, natürlich“, antwortete dieser erstaunt. „Sie hat es selbst gesagt. Sie wäre eine Töwersche, hat sie mir ins Gesicht hinein erklärt.“

Eine lange Pause trat ein, in der nur die unruhigen Bewegungen der am Seil hängenden Hebamme zu hören waren und das leise Klirren ihrer Ketten.

„Dann ist die Angelegenheit ja nun bis ins letzte geklärt“, sagte der Amtmann schließlich, verblüfft, daß der Schuldbeweis letzten Endes so einfach war. „Wir haben Beweise, und sie hat sich selbst damit gebrüstet, wofür Zeugen vorhanden sind.“

Der Schreiber blickte in das Protokoll. „Da wäre noch die Zeugin aus Humptrup“, erinnerte er den Amtmann leise.

„Ach ja.“ Herr von Ahlefeldt seufzte. „Dann laß das Mädchen hereinbringen.“ Er stand auf und verließ das Gewölbe, um sich etwas Bewegung zu machen. Man hörte ihn draußen mit den Posten sprechen, die in je einer kleinen Nische im Torhaus Wache hielten.

Nach einer Weile kam er wieder herein, und das verängstigte junge Mädchen aus Humptruphof sank im tiefen Knicks auf den Boden, unbeachtet vom Amtmann, dafür um so mehr vom alten Pay, der sich wieder erholt hatte und sie behaglich schmatzend musterte.

„Wer bist du, und wie alt bist du?" fragte der Amtmann kurz. Er hatte genug vom Verhör und der muffigen Luft, aber andererseits war es seine Pflicht, in diesem Prozeß Klarheit zu schaffen. Nicht nur das: Wenn er ein Exempel statuierte, würde er dem Amt und sich selber vielleicht weitere Prozesse dieser Art ersparen. Es hieß also, sorgfältig vorzugehen, und dazu gehörte nun mal das Verhör dieser dummen kleinen Magd. Mit einem Blick hatte der Amtmann erkannt, daß das Mädchen kaum etwas Wichtiges würde beitragen können.

„... 13 Jahre", murmelte der greise Schreiber und malte sorgfältig die Zahlen hin. „In Stellung auf dem Humptruphof zu Humptrup ..."

„Wie hast du festgestellt, daß die Lena aus Aventoft, genannt die Töwersche, hexen kann?" fragte der Amtmann kurz und bündig.

Die Magd war verwirrt. „Wer ist denn die Töwersche?" fragte sie schüchtern.

Der Henker führte das Mädchen weisungsgemäß zu Mutter Griebsch hin, damit die Magd ihr ins Gesicht blicken konnte. Diese schrie entsetzt auf, als sie die Frau erkannte, und das hatte wohl auch so sein sollen, als unausgesprochene Warnung, die Wahrheit zu sagen. Der Amtmann jedenfalls nickte befriedigt, und der Henker brachte die Magd wieder zu ihm.

„Manchmal dauert es etwas, bis eine Angeklagte die Wahrheit bekennt, aber letzten Endes bekommen wir sie immer heraus", sagte der Amtmann freundlich, und das Mädchen nickte verstört. „Verstehst du?"

Die Magd nickte noch heftiger, und Herr von Ahlefeldt wußte, daß mehr Worte in dieser Sache nicht notwendig sein würden. Sie war zu dumm, um Widerstand zu leisten, und zu phantasielos, um Lügengeschichten zu erfinden.

„Woher also weißt du, daß sie hexen kann?"

„Ich weiß es nicht", murmelte die Magd.

„Was hat sie denn bei euch gemacht?" fragte der Amtmann wohlwollend.

„Oh", strahlte das Mädchen plötzlich. „Sie hat die Zwillinge der Herrin geholt. Gedreht und geholt."

„Gedreht?" Wie ein Peitschenknall kam die Frage des Pastors. „Wie?"

„Wie?" wiederholte das Mädchen, ohne zu begreifen. „Na, so." Mit der offenen Hand machte sie in der Luft eine Drehbewegung und sah dann den Geistlichen erwartungsvoll an.

„Aha!" antwortete dieser. „Also links herum?"

„Ja, ich glaube wohl", antwortete sie und zuckte die Achseln. Sonderbare Frage, was machte es schon aus, ob ein Kind linksherum oder rechtsherum bei der Geburt verlagert wurde.

„Im Mutterleib nach links gedreht. Man stelle sich das vor! Also noch ein Zauber", stellte der Pastor entsetzt fest. Dem Amtmann erläuterte er: „Der Teufel macht alles mit links. Vor der rechten Seite fürchtet er sich. Mit dieser Bewegung hat die Frau dem Luzifer die Herrschaft bereits über das Ungetaufte verschafft."

„Nein, so war das nicht", protestierte die Magd. „Ein Herr Luzifer war nicht da, und mit dem Drehen hat sie das Kind herausgekriegt. Sonst hätte es drin bleiben müssen, bis es verdorrt wäre."

„Was, du wagst, mir zu widersprechen?" fragte der erzürnte Geistliche.

„Beruhigt Euch, Herr Pastor", beschwichtigte ihn der Amtmann, dem es heute offensichtlich zufiel, allzu aufgeregte Gemüter zu dämpfen. „Und was weiter?" wollte er von der Magd wissen.

„Nichts weiter. Aber ich habe Mutter Griebsch helfen dürfen", erzählte das Mädchen stolz. „Nachdem ich mich gewaschen hatte allerdings", fügte sie hinzu, und Ummut überflog ihr junges Geischt, als sie daran zurückdachte, wie gedemütigt sie sich gefühlt hatte. Zu dreckig war sie für Mutter Griebsch gewesen!

„Gewaschen?" fragte der Pastor und legte den Kopf wie horchend schief.

„Ja, gewaschen in einer Brühe."

„War da eine Essenz drin?"

„Was drin war, kann ich nicht sagen, aber es roch ganz fürchterlich", schilderte die Magd und rümpfte im nachhinein noch die Nase. „Aber es hat weder mir noch den Säuglingen geschadet. Wir sind alle gesund geblieben."

„Zauberessenz", sagte der Geistliche leise und blickte die Magd starr an, die sich kaum zu rühren wagte, geschweige denn zu protestieren. „Du, du bist auch besessen!" Deutlich sah der Geistliche, wie das Mädchen vor ihm sich in eine Teufelsfratze verwandelte. „Satan!“ Er drehte sich zitternd zum Amtmann um. „Er ist in ihre Gestalt geschlüpft. Seht Ihr es denn nicht?“ beschwor er ihn, wie um ihn vor einer Gefahr zu warnen.

Der Henker drückte sich an die Wand, und der Amtsschreiber schrumpfte auf seinem Stuhl zusammen. Beide erkannten sie jetzt vor sich, was der Pastor mit seinem reinen und gotterfüllten Herzen sofort durchschaut hatte.

Nur der Amtmann war skeptisch. „Meint Ihr? Ich sehe nur ein zitterndes Gör, blöde und stumpf, wie viele, die niemals etwas anderes als Kühe und Ochsen kennenlernen.“

„Doch, doch, doch“, beharrte der Pastor und wurde immer ängstlicher. „Vor zwei Tagen erst trieb er Unzucht mit einem alten Weib, und jetzt ist er in die Maske eines jungen Mädchens geschlüpft, um mich zu verführen!“

„Wieso Euch?“

„Äh, sagte ich mich?“ fragte der Vikar verlegen. „Da seht Ihr, wie sie mich bereits behext hat! Ich meinte uns, ja uns alle.“ Und er nickte bekräftigend.

Der Amtmann äußerte sich immer noch nicht zustimmend.

„Es liegt doch auf der Hand“, fing der Pastor beharrlich wieder an, „daß die Hexe diese Magd in ihre Hand gebracht hat, als Helfershelferin sozusagen, um Satanas die Zwillinge zuzuführen.“

„Es ist das beste“, schloß der Amtmann diplomatisch das Verhör, das er allmählich satt hatte, „dieses Mädchen wird solange in Gewahrsam genommen, bis sich herausstellt, ob sie ebenfalls behext ist oder nicht.“

Der Pastor wagte keinen Widerspruch, obwohl er nicht ganz glücklich war, hatte er es doch nicht vermocht, den Amtmann zu überzeugen.

Die Magd wurde stumm vor Schreck hinausgeführt; sie gab nicht einmal das leiseste Wimmern von sich, was der Amtmann bei einiger Aufmerksamkeit bereits als Schuldeingeständnis hätte werten können. Aber dieser dachte nur noch an seinen rheinländischen Wein, der ihn oben erwartete.

# 30

Nachmittags ging das Verhör weiter. Herr von Ahlefeldt war zwar nach dem üppigen Mahl und dem schweren Wein müde, aber das schadete dem Fortgang der Verhandlungen durchaus nicht, denn er hatte seine Frau wieder zugelassen – in Wahrheit hatte sie ihm natürlich keine Ruhe gelassen –, und so rauschte sie in das Gewölbe, tatendurstiger und schärfer denn je.

„Wir brauchen von dir jetzt nur noch", sprach der Amtmann, ohne die vor ihm wie ein Reethalm hin und herschwankende Mutter Griebsch zu beachten, „das Geständis, daß du eine Hexe bist. Die Beweise, die gegen dich vorliegen, sind umfassend und lückenlos. Ich möchte dir, um uns Zeit und Mühe zu sparen, die wichtigsten Tatsachen verlesen. Du brauchst dann nur noch zuzustimmen."

Der Amtmann ergriff die von seinem Schreiber vorbereiteten Schriftstücke, überflog sie, nickte befriedigt und fing an:

„1. Die Delinquentin hat mehrere Ungeborene im Mutterleib getötet und in der Nordwestecke des Aventofter Friedhofes bei Nacht vergraben.

2. Die Kinderleichen dienten ihr zur Herstellung von Hexensalbe. Nachbarinnen bezeugen, daß sie häufig Salben mischte, ohne jemals deren Zusammensetzung zu verraten.

3. Sie wurde bei der Benutzung von Flugsalbe beobachtet, des weiteren beim Hexenflug.

4. Sie hat einen Jungen und einen Mann getötet; die Gründe sind noch unbekannt.

5. Sie hat einen weiteren Mann aus Rache getötet.

6. Sie hat sich selber vor einem Zeugen mit gutem Leumund als Hexe bezeichnet und sich zu teuflischen Handlungen angeboten.

So, Frau", schloß der Amtmann, „sei geständig, dann hast du es leichter."

„Das hat sie nicht verdient!" warf Frau Metta erzürnt ein. „Sie soll auf die Folter!"

„Es wird alles seinen Gang gehen", entgegnete der Amtmann seiner Frau müde. „Was also hast du uns zu sagen?" fragte er nochmals die Delinquentin.

Mutter Griebsch, die vom Scharfrichter aufrecht gehalten werden mußte, schüttelte nur den Kopf. Ihre Widerstandskraft war ungebrochen, aber sie fühlte sich schwach auf den Beinen.

„Du gestehst nicht?“ fragte entsetzt der Pastor. „Der Teufel hat dich immer noch fest im Griff, ich verstehe“, endete er traurig.

„Recken“, befahl der Amtmann dem Henker halblaut und diktierte dem Schreiber: „Aufgrund neu aufgetauchter Indizien bei anhaltender Verstocktheit ist die Angeklagte nunmehr der scharfen Befragung zu unterziehen.“

Der Scharfrichter nickte – es war das Recht des Amtmanns, die Daumenschrauben zu übergehen und gleich zum schmerzhafteren Recken zu schreiten – und zog die Hebamme zu dem windenartigen Gerät im hinteren Teil des Gewölbes. Die Frau Amtmännin folgte interessiert, hatte sie dieses doch noch nie in Tätigkeit gesehen. Der Hebamme wurden die Hände auf den Rücken gebunden, der von der Decke herabhängende Haken daran befestigt, und dann trat der Henker ohne weiteres Kommando an die Winde und kurbelte. Mutter Griebschs Arme folgten dem Haken langsam, sie krümmte den Rücken, bis die Füße keinen Halt mehr fanden, und dann schwebte sie in der Waage unter gräßlichem Stöhnen.

„Gibst du zu, eine Hexe zu sein?“ fragte der Amtmann, und der Henker hielt sein Ohr dicht an Mutter Griebschs Mund.

„Sie sagt nichts“, verkündete er nach einer Weile berufsmäßiger Aufmerksamkeit, und Frau Metta, die der Hebamme neugierig ins Gesicht gestarrt hatte, bestätigte es.

„Laß sie hängen“, befahl der Amtmann kühl und befaßte sich mit seinen Papieren. „Zwanzig Pfund“, sagte er nach einer Weile.

Der Henker ließ die Delinquentin herunter, und sie keuchte, als ihre Arme sich wieder in die richtige Position fügten.

Aus der Ecke des Kellers trug der Henker einen großen Stein herbei, an dem eine eiserne Öse befestigt war. Durch sie führte er das Tau, mit dem Mutter Griebsch die Füße zusammengeschnürt waren und schlang es dann wieder um ihre Fesseln.

„Fertig?“ wollte der Amtmann wissen, und danach schwebte Mutter Griebsch mit anhängendem Gewicht in die Höhe.

Nach dem vierten Recken und der zweiten Gewichtserhöhung bekam Mutter Griebsch die Arme nicht mehr nach vorne und sank, als sie wieder auf dem Boden lag, in wohltuende Ohnmacht.

„Bring sie wieder zu sich“, knurrte der Amtmann. „Es muß heute ein Ende haben.“

Die wenigen Fetzen, die Mutter Griebsch noch an ihrem Körper verblieben waren, waren durchnäßt, als es dem Henker endlich gelang, sie wieder ins Leben zu rufen. Sie lag in einer Wasserlache, die langsam in den Boden sickerte, so langsam und allmählich, daß man es kaum sah, so langsam, wie sich hier schon manche Seele aus ihrem Körper entfernt hatte. Mutter Griebschs Seele aber war noch da, gefangen in der mächtigen Faust des Teufels, der sie nicht freigeben wollte, weil er um jede Seele kämpft, die er im Griff hat. Der Pastor, der sich berufen fühlte, den Kampf mit Satan aufzunehmen, kniete auf dem Boden nieder – nicht ohne ihn flüchtig abzustauben – und fing laut an zu beten. Satanas aber blieb, und Mutter Griebsch schwieg.

„Weiter!“ sagte Herr von Ahlefeldt mit amtlichem Gesicht.

„Es geht nicht“, widersprach der Scharfrichter, „erst muß ich die Kugeln wieder einrenken.“

Der Amtmann winkte gleichgültig ab. Eigentlich wollte er von den unappetitlichen Einzelheiten gar nichts wissen, und das war auch der Grund, weshalb er nun so schnell wie möglich zum Ende kommen wollte, selbst um den Preis, daß die Folter qualvoller für die Delinquentin wurde. Frau Metta aber schien jede Phase des Verhörs zu genießen. Mit halb geöffneten Lippen und erregt atmend, stand sie neben dem Haufen Fleisch, der auf dem Boden lag, sich gelegentlich hinunterbeugend, um das eine oder andere genauer zu inspizieren.

Der Scharfrichter aber brauchte etwas Platz. „Mit Verlaub“, sagte er, aber Metta begriff nicht, und beiseiteschieben konnte er sie mit seinen groben, unehrlichen Händen ja nicht. Hilfesuchend sah der Henker zum Amtmann hin, der endlich seinen Blick auffing und verstand.

„Wollt Ihr Euch bitte wieder hinsetzen, Metta“, empfahl der Amtmann seiner Frau, aber seine Miene war streng und der Satz als Befehl gemeint.

Da sie ihn gut kannte, gehorchte sie einstweilen.

Der Henker verdrehte nun der Frau die Arme, bis diese mit einem leichten Knacken wieder einrasteten. Sie stöhnte qualvoll. Aber er mußte schon sehr genau hinhören, um es zu merken, denn die Gelenke waren aufgequollen, und die Knochen ließen sich fast nicht mehr bewegen. Aber zurück mußten sie! Das Fleisch rund um die Achselhöhle schimmerte grünlich und bläulich, und Schweiß lief in Strömen in ihnen herunter. An Mutter Griebschs Beinen hatte sich der Schweiß mit dem Kot und dem Urin gemischt, die sie nicht mehr hatte bei sich halten können, als die Schmerzen übermächtig wurden. Im ganzen Gewölbe stank es infernalisch.

„Das ist der Gestank der Hölle“, erklärte der Pastor und schirmte seine Nase mit der Hand ab, als er bemerkte, daß auch der Amtmann sich mit einem großen Tuch schützte. Frau Metta aber schien unberührt.

„So?“ fragte der Amtmann trocken. „Na, Ihr müßt es ja wissen!“

Der Pastor wandte ruckartig seinen Kopf. Dann aber beschloß er, es wortwörtlich zu nehmen und nickte ernsthaft.

„Eine weitere Reckung hält sie nicht durch“, stellte der Scharfrichter fachmännisch fest.

Während der Amtmann noch überlegte, kam seine Frau mit einem Vorschlag. „Machen wir doch die Nadelprobe. Das ist so gut wie ein Geständnis.“

Der Scharfrichter stand erwartungsvoll da, mit hängenden Armen über der blutigen Lederschürze, und hatte schon den Pfriem in der Hand, kaum daß Herr von Ahlefeldt zugestimmt hatte. An Mutter Griebsch war nicht viel vorzubereiten: Die letzten Fetzen ihrer Kleidung wurden entfernt, damit man die Teufelsmale auf der Haut auch erkennen konnte, wenn man hineinstach.

Frau Metta beugte sich tief hinunter, musterte den geschundenen Körper mit fliegenden Blicken und deutete schließlich mit spitzem Fingernagel auf eine Stelle an der Brust der Hebamme. „Zuerst hier“, sagte sie.

Dem Scharfrichter war es egal, er stach tief in die Haut der bezeichneten Stelle ein, die bräunlich verfärbt war. Als er den Pfriem wieder herausgezogen hatte, trat ein roter Tropfen auf die Haut, der sich füllte, größer wurde und schließlich an der eingefallenen und faltigen Brust hinunterrollte. Mutter Griebsch zuckte leise.

„Blut“, sagte der Scharfrichter, „das ist die Stelle nicht.“

Die Amtmännin blickte skeptisch, widersprach aber nicht, sondern zeigte auf die nächste Verfärbung. Nach langem Probieren und Diskutieren hatte man die gesuchte Stelle immer noch nicht gefunden. Der Pastor war ebenfalls hinzugetreten und machte Vorschläge, aber auch er brachte sie dem Ziel nicht näher.

„Jetzt hier noch", wies Frau Metta den Henker schließlich an, in die heimlichste Stelle des weiblichen Körpers einzustechen.

Mutter Griebsch rührte sich nicht, und Blut trat zwischen den Schamlippen nicht durch. „Noch einmal", befahl Metta aufgeregt.

Nach der dritten Probe triumphierte sie. „Wir haben sie!" rief sie ihrem Mann zu und wollte ihn herbeiwinken.

Der Amtmann aber blieb mit angewidertem Gesicht auf seinem Stuhl sitzen und diktierte seinem Schreiber: „Das Hexenmal wurde nach langem Suchen unzweideutig gefunden. Die Hexe ist überführt, jedoch noch nicht geständig."

Frau Metta stand endlich aus ihrer unwürdigen Haltung auf, reckte ihre steifen Glieder und blickte mit schmalen Lippen auf die Hexe hinunter. Diese lag, blutig, zerschunden und nun auch noch entwürdigt, auf dem Boden, keines Lautes mehr fähig, vor Schmerzen nicht und nicht vor Scham.

„Gesteh endlich!" fauchte die Amtmännin und bohrte ihren spitzen Schuh in die Rippen der Hebamme.

Der Amtmann rieb nervös seine Finger am Daumenballen. Dann entschloß er sich zur einzigen vernünftigen Lösung, die ihm noch verblieb, und die ihm übrigens auch einen plausiblen Rückzug aus dem stinkenden Gewölbe ermöglichen würde.

„Wir machen die Schwimmprobe", entschied er. Der Scharfrichter nickte gehorsam, trat zur Delinquentin, um sie aufzuheben, und rief ihr, die anscheinend nicht gehört hatte, den amtmännischen Befehl ins Ohr. „Schwimmprobe!"

Die Hexe erstarrte und richtete sich dann so plötzlich auf, daß der Henker erschrocken zurückfuhr. „Nein", keuchte sie gequält, „nur das nicht! Keine Schwimmprobe."

„Warum denn nicht?" preßte Metta zwischen fast geschlossenen Lippen gehässig heraus und schob den Hals wie eine gerupfte Gans vor.

„...Angst vor Wasser...", hauchte Mutter Griebsch und fiel dann entkräftet auf den Boden zurück.

Der Pastor faltete voller Erleichterung die Hände. „Gott sei es gedankt", murmelte er, „der Teufel fängt an zu bekennen, nicht mehr lange, und er fährt aus!"

Der Amtmann trat zur Hebamme und schob seine Frau weg. „Dann gestehe!“ forderte er sie barsch auf. „Gestehst du in vollem Umfang, erlasse ich dir die Schwimmprobe, wenn nicht, kommst du aufs Wasser!“

Mutter Griebsch nickte, am Ende ihres qualvollen Weges angekommen. „Ich bin eine Hexe“, murmelte sie.

„Lauter“, forderte der Amtmann.

„Ich bin eine Hexe!“ Danach schloß Mutter Griebsch die Augen und war nicht mehr bereit, auch nur ein Wort zu sagen, vielleicht war sie auch ohnmächtig von der erneuten Anstrengung geworden.

Welche Gründe sie verstummen ließen, war letzten Endes gleichgültig, sie hatte bekannt, das war die Hauptsache.

Der Pastor sank wieder auf die Knie und sprach laut ein Gebet des Dankes, in das Frau Metta und der Amtsschreiber einfielen. Der Henker wagte nur zu murmeln. Der Amtmann wartete mit unbewegtem Gesicht das Ende der christlichen Verrichtung ab. Dann diktierte er wiederum seinem Schreiber einige Sätze.

Die Hexe wurde vom Scharfrichter und einem Fußknecht aufgehoben und in die Zelle getragen, wo sie wieder angekettet wurde. Diesmal wurde die Tür nicht verschlossen, sondern ein Posten nahm in der Öffnung Aufstellung. Es sollte nicht noch der Teufel in letzter Sekunde seine Anhängerin durch die Luft entführen.

## 31

Sabbe stand äußerst zufrieden mit sich und der Welt auf ihrer Warft und ließ die Röcke wehen. Das Leben war herrlich! Sie streckte die Arme in die Luft und spürte die Lust davonzufliegen, im Wind mit den Wolken. Wie gezupfte Wolle schwebten sie in großer Höhe dahin: zogen von menschlichen Sorgen unberührt über die Marsch, über Tondern, über das ganze Königreich und bis zu dem entfernten Kopenhagen, wo der König wohnte.

Gefällig schwenkte Sabbe ihren Rock und tanzte dann die Warft hinunter auf die Wiese, wo das Thing stattgefunden hatte. Sie folgte dem kleinen Entwässerungsgraben bis zum See, an dessen Rand sich die Enten tummelten und Nis in der Ferne im Flachen watete. Ein Storch stelzte in der Nähe, und in seinem roten Schnabel zappelte ein dicker Frosch. Der Vogel kümmerte sich nicht um Sabbe, und sie sah fasziniert zu, wie er die Beute verschlang; der Frosch wehrte sich verzweifelt und rutschte gewiß noch lebend den langen Hals hinunter.

Sabbe lachte so laut, daß der Storch verärgert um sich blickte, mit einem kleinen Sprung zum Flug ansetzte und abhob. In ihre Stimme fiel ein dunkles Lachen ein, und sie fuhr erschrocken herum.

„Meine Schöne aus Fischerhäuser", schmeichelte der Zigeuner, ihr Zigeuner, von dem sie immer noch nicht wußte, ob sie seine Rückkehr fürchtete oder erhoffte. Das Spiel mitzuspielen, war sie jedoch blindlings bereit.

„Ich bin nicht deine Schöne", wehrte Sabbe schnippisch ab.

Wortlos streifte der Fremde Sabbes Haube ab und nestelte ihre Flechten los. „Du hast recht, nicht die Schöne, sondern die Schönste."

„Ich will dich nicht mehr sehen", sagte Sabbe verdrossen.

„Doch, das willst du gewiß", widersprach der Zigeuner lächelnd, „mich wollen alle Frauen wiedersehen."

„Hast du noch andere außer mir, Romano?" fragte Sabbe eifersüchtig und legte ihre Hände an die schwarze Jacke des Zigeuners.

„Sicher", murmelte er zärtlich und knabberte an ihrem Ohr, „eine in Tondern, eine in Hamburg, in Köln ..."

Sabbe gebot ihm ungeduldig Einhalt. Sie war mit den Gedanken bei etwas anderem, trotz allem, trotz seiner Zärtlichkeit. „So weit zieht ihr?" fragte sie atemlos.

„Ja." Der Mann sah lächelnd auf die eifrige junge Frau hinunter. „Möchtest du mit?"

„Am liebsten ja", gab Sabbe zu. „Oder vielleicht auch nicht." Sie verstummte nachdenklich. „Ich weiß nicht, was ich will."

„Aber ich weiß, was ich will", sagte der Zigeuner in seinem fremden Tonfall und umfaßte Sabbe hart und fordernd. Er legte die Arme um die junge Frau und drängte sie in das nahe Schilf.

„Ich will nicht ...", wehrte sich Sabbe halbherzig. „Broder ..."

„Vergiß ihn", murmelte der Mann dicht an Sabbes Ohr, und sie vergaß ihn.

Broder war an diesem warmen Tag, der vermutlich einer der letzten schönen Tage des Spätsommers war, mit Pferd und Wagen auf dem

Weg zur Mühle in Neukirchen. Auch er war fröhlich und ließ sein Pferd laufen. Der Wagen war ja nicht schwer beladen; er hatte nur die drei Sack Roggen, die für das Brot der nächsten Wochen bestimmt waren. Die Ernte war gut gewesen, und obwohl das Frühjahr unter so düsterem Vorzeichen spät und kalt begonnen hatte, war doch der Sommer für den Bauern gut gewesen. Die Ernte war reichlich ausgefallen; kein Grund also, sich zu grämen. Jetzt, nach der Ernte, hatte Broder nachträgliche Zweifel, ob wirklich die Hexe das schlechte Wetter geschickt hatte, denn was hatte es für einen Sinn, das Frühjahr kalt zu machen und sich dann um den Sommer nicht mehr zu kümmern...

Nach einer Stunde Fahrzeit kam er bei der Mühle an. Die Flügel klapperten leise und standen dann still.

„Wie gut", dachte Broder erfreut, „ist der Müller fertig, kann er gleich mein Korn mahlen."

„Moin auch", grüßte er den Müller.

„Moin, moin", erwiderte dieser träge und ließ sich ins Gras sinken. „Puh, ist das heiß heute." Mit einem karierten Tuch wischte der Müller den Schweiß von seinem dicken, wohlgenährten Gesicht. „Mit Mahlen ist das heute nichts", fuhr er gemächlich fort.

„Wieso?"

„Ich höre auf für heute", antwortete der Müller. „Kein Wind."

Tatsächlich. Der Wind war abgeflaut, obwohl er am Morgen noch frisch gewesen war. Jetzt aber regte sich kein Lufthauch mehr, und die Sonne stach. Die niedrigen Wolken verharrten auf der Stelle, und nur weit, weit oben zogen noch einige. Broder scheuchte verärgert die Fliegen weg, die ihn und sein Pferd umsummten.

„Lohnt es sich zu warten?" fragte er dann hoffnungsvoll, obwohl er sich die Antwort schon denken konnte.

Der Müller zog denn auch die Mundwinkel abwärts und schüttelte den Kopf. „Kannst mir die Säcke ja dalassen und einen Knecht schicken, wenn es wieder auffrischt", meinte er.

Broder nickte. Das war die beste Lösung. So war das Mehl wenigstens fertig, wenn er oder ein anderer kam, um es zu holen. Stöhnend lud er sich einen Sack auf die Schulter, während der Müller grinste, sich den zweiten überwarf und in den Keller trabte. Es war so heiß, daß Broder keine Lust auf Unterhaltung hatte, deshalb verabschiedete er sich und wendete Pferd und Wagen unterhalb der Mühle.

Leer war er um einiges schneller, und so dauerte es nicht lange, bis er auf seine Warft fuhr und abschirren konnte.

Alles blieb ruhig. Weder Sabbe noch Nis kamen ihn begrüßen, noch nicht einmal die Mägde zeigten sich. Erst im Stall traf er Sissel, die beim Käsemachen war.

„Wo ist Sabbe?“ fragte er.

„Weiß nicht“, war ihre brummige Antwort.

„Wann hast du sie denn zuletzt gesehen?“

„Weiß ich auch nicht.“

„Was hast du denn?“ wollte er wissen, denn so wortkarg war sie sonst nicht.

Sissel rieb sich in Gedanken ihre Wange. „Die Frau hat mich geschlagen“, erklärte sie mürrisch.

„Dann wirst du's verdient haben.“

„Nein“, sagte die Magd wütend. „Geschlagen hat sie mich, aber gemeint hat sie dich.“

„Wie das?“ wollte Broder wissen, setzte sich in einen Haufen Stroh und schickte sich erwartungsvoll an, die umständlichen Erklärungen der Magd anzuhören.

„Sie verdächtigt dich, du hättest bei mir im Heu gelegen und wollte, daß ich gestehe.“

Statt einer Antwort lachte Broder herzlich. „Sie ist eifersüchtig?“ fragte er schließlich.

„Ja“, bekräftigte Sissel, „ausgerechnet sie. Läuft hinter jedem Mannsbild her und verdächtigt dann andere.“ Kaum gesagt, hätte sie sich am liebsten die Zunge abgebissen. Aber es war zu spät.

Broder richtete sich alarmiert auf. „Sie ist hinter Männern her?“ fragte er in drohendem Ton.

Sissel nickte eingeschüchtert.

„Hinter welchem?“

„Hinter jedem“, stotterte Sissel, „wenn er nur einigermaßen ansehnlich ist. Schlag du mich nicht auch noch!“ rief sie und wich zurück.

Broder aber kümmerte sich nicht um sie; er machte sich mit großen Schritten auf, seine Frau zu suchen, um sie zur Rede zu stellen.

Das Kichern, das aus dem Schilf kam und das er so genau kannte, führte ihn zu ihr. Als er die Schilfhalme zur Seite bog, lag Sabbe in den Armen eines schwarzhaarigen Mannes. Broder stand wie versteinert. Sabbe sah ihn nicht, aber der Mann. Mit einer schnellen Bewegung entzog er sich Sabbe, die Augen fest auf Broder gerichtet, und sprang auf.

„Broder“, keuchte Sabbe entsetzt.

Broder sah verächtlich auf sie hinab, und diesen Augenblick benutzte der Fremde, um zu fliehen. Ein leises Rascheln im Schilf war alles, was man von ihm hörte, dann war er weg. Broder kümmerte sich um ihn nicht. Nicht der Zigeuner, den er inzwischen erkannt hatte, war sein Problem, sondern seine untreue Ehefrau.

„Du Hure!“ zischte er.

Sabbe hob den Arm vor das Gesicht, als wolle sie sich vor Schlägen schützen, und duckte sich. Broder aber dachte nicht daran, sie auf diese Weise zu strafen. Er war weder jähzornig noch gewalttätig, aber streng und selbstgerecht, und – bei Licht besehen – war das vielleicht viel schlimmer. Sabbe jedenfalls folgte ihm zitternd ins Haus, sich vor Nervosität auf die Fingerknöchel beißend.

## 32

Mutter Griebschs Prozeß war beendet – die Urteilsfindung war ein rein formeller Akt und unwichtig –, aber das Verhör der Hexengehilfin und ihres Komplizen noch nicht.

Zuerst wurde Carsten vorgeführt, unter den neugierigen Blicken des Amtmanns und der Amtmännin.

„Mit Verlaub“, sagte Carsten sofort unerschrocken und ohne daß man ihn aufgefordert hatte zu reden. „Es muß sich wohl bei unserer Verhaftung um einen Irrtum handeln. Ich hoffe, Ihr werdet uns unverzüglich freilassen.“ Weiterhin hoffte Carsten, daß die Sprache, deren er sich bediente, Eindruck machen würde. Nicht ohne Erfolg hatte er seinen Schwager bei vielen Amtsgeschäften begleitet und gelauscht, so oft es ihm möglich war.

Der Amtmann starrte ihn denn auch verblüfft an. „Aber man hat euch auf der Flucht erwischt“, sagte er dann zögernd. „Warum wärt ihr denn sonst geflohen?“

„Aber von Flucht kann gar keine Rede sein“, wehrte Carsten im Brustton der Überzeugung ab. „Hätte der Schloßvogt bis abends gewartet, hätte er in aller Ruhe auf dem Hof mit mir sprechen können. Ich habe versucht, ihm das zu erklären, aber der Rüpel wollte noch nicht einmal unseren Eßkorb als Tagesproviant akzeptieren."

Der Schloßvogt, der wie alle Tage still in der Ecke stand, trat wütend vor, wurde aber vom Amtmann zurückgewinkt.

Der Amtmann nickte bedächtig. „Er ist manchmal etwas voreilig", gab er zu, und Carsten musterte den Gescholtenen demonstrativ von oben bis unten.

„Wenn der überall so vorgeht, macht er Euch und dem Herzog keine Ehre", meinte der junge Mann in der flotten Kleidung, die auch die Gefangennahme nicht in Unordnung hatte bringen können.

„Meint Ihr?" fragte der Amtmann erschrocken, und Carsten nickte.

Frau Metta musterte den jungen Mann immer noch wohlgefällig und schien überhaupt nicht zuzuhören. Ausnahmsweise wirkte sie zufrieden wie eine satte Katze und wenig blutdürstig. Da kam ihr die Abwechslung durch einen ansehnlichen jungen Mann wohl gerade recht.

„Um auf die Verhaftung zurückzukommen", meinte der Amtmann, „wie könnt Ihr beweisen, daß Ihr mit der Hexe nichts zu tun habt?"

„Ich kenne sie ja kaum, ich habe sie zweimal über den See gerudert. Aber dennoch glaube ich nicht, daß sie eine Hexe ist", sagte Carsten ehrlich.

„Das ist erwiesen", behauptete kurz der Amtmann.

„So, ist es das." Carsten bezweifelte das zwar entschieden, war aber klug genug, es sich nicht merken zu lassen.

„Laßt ihn frei, Benedictus", befahl unerwartet Frau Metta, „ich glaube nicht, daß das Hexengift bereits auf ihn übergegriffen hat."

„Nein, ich auch nicht", stimmte der Amtmann eilig zu, der es ebenfalls nicht glaubte und dem der Blutgeruch noch in der Nase lag. Er hatte derzeit keine Lust auf eine Wiederholung der widerlichen Prozedur.

Der Ordnung halber wurden die Personalien des jungen Mannes aufgenommen, der damit entlassen war. Endlich konnte er die Frage anbringen, die ihm die ganze Zeit auf dem Herzen lag. „Kann ich auch Antje, die Nichte von Mutter Griebsch gleich mitnehmen? Was für mich gilt, gilt auch für sie."

„Keineswegs, Carsten Hinrichsen aus Humptrup", sagte die Amtmännin scharf, mit einem Male wieder hellwach, als müsse sie ihr Recht auf ein weiteres Opfer verteidigen. „Du bist noch nicht infiziert, aber von der Nichte hat der Teufel womöglich bereits Besitz ergriffen. Das ist von uns zu prüfen, und mit dem Bescheid mußt du dich zufrieden geben."

Carsten sah es wohl oder übel ein. Außerdem wußte er genau, daß die einzige Möglichkeit, Antje zu helfen, darin bestand, daß er seine wiedergewonnene Freiheit behielt und den Schwager um Hilfe bat. So nickte er zögernd. „Aber...", wollte er einwenden, aber der Amtmann wies ihm unmißverständlich in grober Weise den Weg zur Tür. Er ging, im Inneren zornige Flüche auf den Amtmann ausstoßend. Was er nicht wußte, war, daß der Amtmann die nahenden Anzeichen von Unmut bei seiner Gattin erkannt hatte. Viel fehlte nicht, und sie würde ihre eigene Großzügigkeit bereuen.

„Dann die Antje", seufzte Herr von Ahlefeldt und ließ die nächste Angeklagte vorführen.

Antje war durch das Einsitzen zermürbt und blickte ängstlich um sich. Auch wußte sie nicht, wessen sie eigentlich angeklagt war.

Frau Metta wurde hellwach, als sie die Schönheit des jungen Mädchens bemerkte, die das Gefängnis noch nicht zerstört hatte, und ihre Wut schwoll bereits an, als sie einen Blick auf ihren Mann warf. Auch er konnte sein Interesse nicht verhehlen, er schien angenehm berührt vom Anblick des jungen Landmädchens.

„Dir wird vorgeworfen, eine Helferin der Hexe aus Aventoft gewesen zu sein", sagte er behutsam, um sie nicht zu erschrecken.

„Meine Tante ist keine Hexe", verteidigte Antje sie empört, „aber ihre Helferin bin ich, das ist richtig."

Der Amtmann grunzte unwillig, und seine Frau setzte ein mokantes Lächeln auf. Hier würde sie vielleicht gar nicht viel nachhelfen müssen, um ein Schuldbekenntnis zu erreichen.

„So jung, und schon vom Teufel infiziert", sagte der Pastor bedauernd.

„Ich habe Mutter Lena nach Zaubersprüchen befragt", begann Antje unbesonnen und in bester Absicht, „aber sie kennt keine und will sie auch nicht kennenlernen, weil sie mit dem Teufel nichts zu schaffen haben möchte. Da weiß ich ganz andere, die vorgeben, zaubern zu können, aber meine Tante nicht!"

„So, so." Frau Metta brauchte das Mädchen nur reden lassen, sie würde sich selbst um Kopf und Kragen reden. Ein solches Verhör beslustigte die Frau Amtmännin. Ihr Lächeln wurde gefährlich freundlich.

„Mädchen", begann in warnendem Ton der Amtmann, „du bist nicht hier, um eine überführte Hexe zu verteidigen, sondern um zu beweisen, daß du selbst keine bist. Das wird für dich schwierig genug sein!"

„Aber wie kann ich es denn beweisen", rief Antje unglücklich aus, „wenn ich über Mutter Griebsch nicht sprechen darf; ich bin doch genau dasselbe wie sie, nur bei weitem nicht so erfahren!"

Bei diesem Bekenntnis murmelte der Pastor ein abwehrendes Gebet. Antje dachte, daß er ihr mit dem heiligen Buch ein Zeichen geben wollte und trat auf ihn zu.

„Bei meinem Gott will ich es beschwören", sagte sie inbrünstig, „daß ich keinen Umgang mit dem Teufel habe!"

„Hebe dich weg von mir, Satanas", schrie der Pastor in großer Angst und floh in die Tiefe des Gewölbes.

Antje blickte verständnislos um sich, und als sie von niemandem Aufklärung oder gar Hilfe bekam, wurde auch sie von großer Angst gepackt. Sie zitterte und hob beide Hände an den Mund.

„Sie ist dasselbe wie die Hexe, die sie als Mutter Griebsch bezeichnet", wiederholte die Amtmännin befriedigt. „Das war ja leicht heute. Da können wir wohl gleich zur scharfen Befragung übergehen, um die Einzelheiten ihrer Verbrechen zu hören. Denn der Teufel wird sie wohl nicht ohne Pein verlassen."

Der Amtmann stimmte widerwillig zu. Antje hatte sich selbst jeden Ausweg verbaut. Es war richtig: Man mußte sie foltern, damit der Teufel von ihr abließ. „Daumenschrauben", sagte er nach einem abschätzenden Blick auf Antje und nickte, wie um sich selbst zu überzeugen.

Antje sah ihn ungläubig an. Erst als der Scharfrichter ihre Finger in den Kasten gespannt hatte, glaubte sie, was sie sah.

„Gestehe!" befahl Frau Metta und gleich darauf: „Fester!" weil Antje vor Schmerz und Angst nicht mehr aus noch ein wußte und schon gar nicht, was die Amtmännin von ihr erwartete.

„Ich will's ja freiwillig sagen", keuchte sie mit verzerrtem Gesicht. „Aber was denn?"

„Du sollst uns sagen", begann der Amtmann mit versteinertem Gesicht, „ob du deiner Tante geholfen hast, beispielsweise Kinder getötet oder Salben gemischt oder..."

„Ja", rief Antje gequält, „alles."

Frau Metta sprang mit wutverzerrtem Gesicht auf. „Die ist schuld!" kreischte sie, „daß meine Kinder in der Wiege gestorben sind! Dem Teufel hat sie sie in die Arme geworfen! Mit glühenden Nadeln durchbohrt, die kleinen jungen, unschuldigen Herzen! Laß sie recken, Benedikt! Ich will die Gelenke knacken hören!"

Selbst der Herr Pastor war unangenehm berührt und betrachtete die Frau Amtmann mit Unbehagen. Der Schreiber schrumpfte zusammen; er und der Scharfrichter wagten nur, Frau Metta aus den Augenwinkeln anzusehen; Herr von Ahlefeldt aber sprang auf, weiß vor Zorn. Erstmals verlor er die Nerven. So durfte sie sich nicht gehen lassen, sie gefährdete seine Karriere.

Mit Bitten und Ermahnungen aber war es nicht getan. Frau von Ahlefeldt hatte blutunterlaufene Augen, ihr Atem ging kurz und heftig, und die Hände bebten. Der Amtmann versuchte, sie festzuhalten, und rief den Pastor herbei, der sich mit einer tiefen Verneigung entschuldigte und dann einen Arm der rasenden Frau festhielt.

„Metta", sagte Herr von Ahlefeldt, „unsere Kinder sind doch gestorben, als das junge Mädchen hier noch nicht geboren war."

„Du lügst", schrie sie, und die Speicheltröpfchen flogen dem Pastor auf sein Habit und dem Amtmann auf seine amtmännische Kleidung, „du hältst es ja mit ihr, mit der Hexe! Ich habe es wohl gesehen, sobald sie eintrat, warst du so hingerissen, daß du nur noch sie angestarrt hast. Sie hat dich verhext!"

Dem Amtmann gefror das beruhigende Lächeln auf den Lippen; er ließ seine Frau los, winkte einem der Fußknechte und trat zurück. „Euch haben die Geschehnisse verwirrt, Metta!" sagte er kalt. „Ich bin selber schuld. Ich hätte Euch nicht in diesen blutgeschwängerten Raum hineinlassen sollen. Bitte zieht Euch zurück."

Frau Metta war augenscheinlich nicht bei Sinnen. Sie verstand nicht, was ihr Mann sagte und machte auch keine Anstalten, den Raum zu verlassen.

„Bringt sie nach oben", befahl Herr von Ahlefeldt den zwei

Knechten. Er war besorgter, als er sich anmerken ließ. Hatte Metta doch schon seit langem Anzeichen von Besessenheit erkennen lassen, doch hatte er immer gehofft, es würde sich allmählich bessern. Aber das Gegenteil war eingetreten. Unruhe erfüllte ihn, und am liebsten wäre er seiner Frau gefolgt. Nicht, daß er sie noch so liebte wie als Jüngling, aber einerseits hatte er sich an sie gewöhnt, und andererseits konnte ein solcher Skandal sehr wohl seinem Fortkommen schaden. Seufzend nahm er wieder Platz.

„Antje, komm her!" befahl der Amtmann, und mit erstauntem Gesicht ließ der Henker sie aus seinem festen Griff. „Sage uns genau, was du bei deiner Tante gemacht hast!"

Antje riß sich zusammen, um ihm wahrheitsgemäß zu antworten. Selbst ihr war der versöhnliche Ton des Amtmanns aufgefallen.

„Ich habe die Griffe der Geburtshilfe erlernt", sagte sie leise.

„Sonst nichts?" wollte der Amtmann wissen. „Keine Salben gemischt?"

„Nein, das durfte ich nicht, erst wenn..."

„Das genügt", unterbrach der Amtmann sie hastig. „Und Zaubersprüche, wie stand es damit?"

„Mutter Griebsch..."

„Nein! Ob du selbst sie angewendet hast, will ich wissen."

Antje wagte nun kaum noch etwas zu sagen. „Nein", kam es unsicher.

Der Pastor hatte mit finsterer Miene zugehört. „Sage mir eins", begann er dann mit falscher Freundlichkeit, „waren die Kinder tot oder lebend, die du geholt hast?"

„Alle lebend", sagte Antje zitternd, und ihr Schutzengel half ihr, die richtigen Worte zu finden, „und lebend habe ich sie ihren Müttern in die Arme gelegt. Von einem von ihnen bin ich Taufpatin, und es heißt Antje, wie ich."

Der Amtmann konnte ein erleichtertes Aufatmen nicht unterdrücken, aber der Pastor war unzufrieden. „So", murmelte er mit schmalen Lippen.

„Wir halten dann protokollarisch fest", sagte Herr von Ahlefeldt eilig zu seinem Schreiber, „daß die vorgeführte Antje aus Aventoft, wohnhaft bei der überführten Hexe Lena Botilla Sörensen, aufs eindringlichste befragt, angegeben hat, daß sie außer der Geburtshilfe keinerlei Tätigkeit, insbesondere keinen Zauber, ausgeübt hat."

Dann blickte er hoch und fragte Antje: „Bist du bereit, dies auf die Bibel zu beschwören?"

„Ja, ja", nickte Antje, immer noch unter großer Anspannung und zitternd.

Der Pastor ließ deutlich merken, daß er dem Verfahren nicht zustimmte und hielt die Bibel dem jungen Mädchen nur widerwillig hin. Er zuckte zurück, als Antje ihre blutigen, gequetschten Finger auf das heilige Buch legte, und während sie schwor, sickerte die rote Flüssigkeit in den braunen Ledereinband hinein: ein ewiges Zeugnis ablegend für die geschundenen Frauen vieler Jahrhunderte. Nie wieder würde der Pastor die Bibel zur Hand nehmen können, ohne sich an diesen Hexenprozeß zu erinnern. Ihn schauderte.

## 33

„Sag es ohne Umschweife", forderte Broder von Sabbe, „wie lange kennst du ihn!"

„Seit Tondern." Sabbe kalkulierte zwar kühl, hatte aber nicht mit der trefflichen Beobachtungsgabe ihres Mannes gerechnet.

„Stimmt nicht", wies er ihr unbeeindruckt nach, „da kanntest du ihn schon."

Sabbe wagte nicht mehr zu leugnen. „Seit dem Sommer also."

„Vor oder nach der Fehlgeburt?"

Die junge Frau wand sich, aber es half alles nichts. Er konnte ja nachrechnen, und das würde er tun, das wußte sie. „Vorher", sagte sie kleinlaut.

Nach und nach, Wort für Wort, zog Broder aus Sabbe heraus, was passiert war. Als er erfuhr, daß der Zigeuner oder vielmehr Sabbes Gier am Verlust seines Sohnes schuld war, wandelte ihn Mordlust an. Sabbe verkroch sich, laut weinend, in ihrem Alkoven. Er schlug sie nicht. Als Broder sich wieder gefaßt hatte, ging das unbarmherzige Verhör weiter.

„Dann hat Nis auch gelogen", stellte er fest. „Und Hemsen? Warum starb der?"

„Vielleicht ist sie doch eine Hexe", schlug Sabbe hoffnungsvoll vor.

„Blödsinn! Das haben wir doch nur gedacht, weil wir überzeugt waren, daß jemand hext. Nein, der ist vielleicht wirklich einfach ertrunken, so wie der Holländer sagte. Der glaubte von vornherein nicht an die Hexe!" Broder sah nun manches in anderem Licht.

„Aber sein Genick war doch gebrochen!"

„Wenn ich dir eben aus Zorn das Genick gebrochen hätte, wäre es dann der Teufel gewesen oder ich?"

Sabbe schwieg.

„Na also", sagte Broder.

„Aber der Tuul!" Sabbe bekam langsam wieder Oberwasser.

„Wenn man es recht bedenkt", überlegte Broder, „hat es den Tuu gegeben, lange bevor es Hexen gab, denn schon mein Großvater hat von ihm erzählt..."

„Dann wußte man eben noch nicht, daß es Hexen gibt", wandte Sabbe ein.

„Vielleicht sind sie nur erfunden. Du hast ja auch eine erfunden, und jedermann hat dir geglaubt. Nicht nur das, jeder wollte auch noch selber Beweise dafür gefunden haben", sagte Broder erbittert. „Wenn ich nur daran denke, daß Christian Peter beinahe kein christliches Begräbnis erhalten hätte. Und alles durch deine Schuld!" Eine Pause trat ein, Sabbe nagte nachdenklich an ihrer Unterlippe.

„Mutter Griebsch!" schrie Broder plötzlich entsetzt auf. „Mutter Griebsch wird ja der Prozeß gemacht, obwohl sie genausowenig eine Hexe ist wie du! Ich muß hin zum Amt, um den Irrtum aufzuklären!"

„Nein, bleib hier", bat Sabbe ängstlich. „Wenn sie nun doch eine Hexe ist! Dann sperren sie dich noch ein, weil du versuchst, ihr zu helfen."

Broder sah seine Frau betroffen an. „Daß du so ein berechnendes Luder bist, hätte ich nicht gedacht", sagte er langsam. „Du hast sie da hineingeritten, und ich werde sie wieder herausholen!"

„Bitte nicht, Broder", bat Sabbe. „Wenn sie unschuldig ist, wird es ja die Hexenprobe an den Tag bringen, mische dich da nicht ein."

Broder zögerte. „Eigentlich ja", sagte er. „Aber ich bin nicht so sicher, ob die Frau Amtmännin nicht die Hexenprobe so ausfallen lassen kann, wie sie sie haben möchte. Ich werde gehen."

„Du willst nur um Frau Metta herumscharwenzeln", fauchte Sabbe gehässig.

Zum ersten Mal in seinem Leben schlug Broder seine Frau. Die Ohrfeige war so heftig, daß ihr Hören und Sehen verging, und als sie wieder zu sich kam, war er fort.

„Der Prozeß ist beendet", sagte der Türsteher im Tonderner Schloß und weigerte sich, Broder einzulassen. „Zeugen werden nicht mehr gebraucht."

„Aber ich habe etwas Wichtiges auszusagen", beharrte der Bauer aus der Horsbüllharde.

„Sie ist doch schon verurteilt", wollte der Wächter ihn beruhigen, „auch ohne deine Aussage wird sie morgen verbrannt. Wir hatten ja mehr Zeugen, als wir brauchten ..." Er winkte lässig ab und lachte etwas.

Broder aber blieben die Worte im Halse stecken. Sollte er wirklich zu spät gekommen sein? „Sie lebt aber doch noch?" vergewisserte er sich.

„Ein bißchen", sagte der Mann grinsend. „Seitdem der Teufel ausgetrieben wurde, ist sie nicht mehr ganz so lebendig wie vorher."

Broder schluckte. Man hatte sie gefoltert. Und das war Sabbes Schuld. Unsägliche Wut überkam ihn, und er wußte, jetzt mußte er erst recht zum Amtmann vordringen. Er würde sie retten, wenn auch in letzter Sekunde. „Du mußt mich einlassen!" beschwor er den Knecht. „Die Frau ist unschuldig. Sie ist ja gar keine Hexe! Der Amtmann muß das erfahren!"

Der Mann staunte Broder an, als sei er ein wildes Tier. „Du spinnst wohl", sagte er verächtlich. „Es ist doch bewiesen. Mit Hexenprobe und allem Drum und Dran. Und sie selbst hat es zugegeben."

„Sie hat es zugegeben?" Fassungslos wiederholte Broder, was der Wächter gesagt hatte, ohne es eigentlich zu begreifen. „Aber sie ist keine Hexe, wie kann sie es dann zugeben?"

Diese letzten Worte hörte der Amtmann, der eben aus der Tür treten wollte. „Von wem sprichst du?" fragte er den Bauern ungehalten.

„Von Mutter Griebsch!"

„Sie ist geständig", knurrte der Amtmann und wollte weiter.

Aber Broder ließ sich so leicht nicht abspeisen. Er trat dem Amtmann kurzerhand in den Weg. „Herr Amtmann! Meine eigene Frau hat das Gerücht aufgebracht, und das ist gewachsen und gewachsen, und seit heute weiß ich, daß sie alles nur erfunden hat."

„Du hast die Frau selbst angezeigt, die Zeugen haben ausgesagt, und unter der Übermacht der Zeugenaussagen hat sie ihre Untaten gestanden und sich selbst als Hexe bezichtigt. Sie ist rechtens zum Tode durch das Feuer verurteilt", erklärte der Amtmann befremdet.

„Ja, aber meine Frau hat gelogen", rief Broder eindringlich.

„Wenn sie jemals gelogen hat, dann jetzt. Wahrscheinlich will sie sich nur wichtig machen. Geh nach Hause und verhau sie, dann hört das auf", empfahl der Amtmann und wollte endgültig weitergehen.

„Aber ...", wandte Broder nochmals mutig ein, als der Amtmann ihn bleich vor Zorn unterbrach.

„Zweifelst du an der Rechtsprechung des Herzogs, Bauer? Hüte dich, noch einmal über diese Angelegenheit zu sprechen", drohte der Amtmann leise, „oder ich lasse dich wegen Mittäterschaft neben die Hexe setzen! Verstehen wir uns?"

Broder erbleichte und trat zurück. Er nickte. Mutter Griebsch war verloren.

## 34

Die Stadt Tondern wirbelte vor Geschäftigkeit. Es waren nicht eigentlich konkrete Erfordernisse, die die Leute zwangen, an diesem Morgen unterwegs zu sein, so, als seien es die letzten Stunden vor einem großen Fest und habe man noch eben alles mögliche zu erledigen. Es war vielmehr die Aufregung, denn nicht alle Tage bekam man das Schauspiel einer Hexenverbrennung zu sehen.

Der Henker und sein Knecht, der Schinder, hatten einen Tag Zeit gehabt, den Scheiterhaufen vorzubereiten, was nicht viel war, aber es reichte aus. Er war draußen vor der Stadt, auf dem Galgenfeld errichtet worden, wo auch die Dreibeine standen und die Räder auf Stangen, und die Reste von verbrecherischen Körpern noch auf Pfählen aufgespießt waren, zur erbaulichen Betrachtung jedes Tonderaners, der womöglich Lust verspürte, seinen Lebensunterhalt auf unehrliche Weise zu verdienen. Das Galgenfeld lag weit vor der Stadt, und die Tonderaner hatten lange zu marschieren, wollten sie alles hautnah miterleben. Manche aber begnügten sich, an der Osterstraße zu stehen, in der Hoffnung, dort einen besseren Blick auf die Verurteilte werfen zu können.

Alles war auf den Beinen: Schon vom frühen Morgen an säumten die Neugierigen die bezeichnete und altbekannte Strecke; die Bürger standen flüsternd und vornehm vor ihren Giebelhäusern, die Einwohner aber schwatzend und neugierig; Kinder spielten zwischen ihren Beinen, Bettler und Krüppel humpelten, robbten oder rollten an der Menschenreihe entlang, Hunde und Schweine folgten den Spuren der Hinausziehenden, erwartungsvoll an allem schnüffelnd, was diese wegwarfen.

Mitten in der Menge befanden sich Carsten und Antje. Carsten hatte ohne Hoffnung auf der Schloßbrücke gewartet, mehrere Stunden lang, und seinen Augen nicht trauen wollen, als Antje mehr geschubst als freiwillig aus dem Gewölbe in den Gang des Torhauses trat. Geblendet von der Weiße des Gangs und dem Leuchten der Freiheit hatte sie benommen mit geschlossenen Augen dort gestanden, und Carsten hatte sie sanft umarmt und weggeführt. Stunden nachher erst konnte sie ihm stockend schildern, was geschehen war.

Während der Hinrichtung wollte Antje unbedingt dicht am Scheiterhaufen stehen, aber sie sagte nicht, warum. Auf alle weiteren Fragen hin schüttelte sie den Kopf und blieb stumm.

Der Schloßvogt eilte geschäftig hin und her. Er hatte die Verantwortung dafür, daß die Hexe sicher bis zum Holzstoß gelangte, und erst, wenn der Henker sie offiziell übernommen hatte, war er diese Verantwortung los. Auch seine Arbeit war fast zu umfangreich für einen einzelnen Mann und einen Tag gewesen. Dennoch war er sicher, alles bestens geordnet zu haben: Die Fußknechte hatten saubere und ordentlich geflickte Kleidung, die Helme waren blank poliert, die Sättel der Reiter geputzt und auch deren Pferde, und der Karren war nachgesehen und die Räder geschmiert.

Zu früher Stunde holte er Mutter Griebsch aus der Zelle. Sie war noch sehr schwach und mußte aus dem Loch herausgetragen werden. Aber die Leute fanden es richtig, daß eine Hexe kein nennenswerter Zeitraum zur Erholung zwischen Folter und Hinrichtung gegönnt wurde.

„Der Teufel holt sie sonst doch noch, wenn sie sich erst einmal auf der Stange festhalten kann", hieß es.

Mutter Griebsch war entkräftet, aber ihr Geist hatte sich wieder erholt, sobald sie wußte, daß ihr keine Folterungen mehr bevorstanden. Der Tod würde leichter zu ertragen sein als die unerträglichen Schmerzen. Sie sehnte ihn herbei. Deswegen war sie gefaßt, ja, fast ausgesöhnt mit ihrem Ende. Kummer machte ihr nur noch Antje, ihre Antje. Es sprach sich im Turm schnell herum, wer einsaß, deswegen wußte sie, daß Antje und Carsten eine Nacht dort verbracht hatten. Was aber war dann aus ihnen geworden? Sollten sie mit ihr in das Feuer?

Jedesmal, wenn ihr dieser beklemmende Gedanke kam, krampfte sie sich in erneuter Angst zusammen. Dann wurde sie auf den Karren geschleift, und ihr schwanden die Sinne.

Erst das hohle Rumpeln über Holzbohlen weckte sie wieder auf. Sie waren auf der Brücke des Schlosses, wo Neugierige keinen Zutritt hatten. Der holpernde Karren zog langsam, im Schrittempo, so daß die Fußknechte, der Amtsschreiber mit dem am Vortag im Schloßhof verlesenen und beglaubigten Urteil in seiner Mappe und vier Diener des Amtmanns in gemäßigtem Tempo folgen, beziehungsweise vorausgehen konnten.

Der Zug nahm den umgekehrten Weg, den die Hexe, damals noch die ehrenwerte Mutter Griebsch, vor einigen Tagen gekommen war. Von der Schloßbrücke an den Hafen, durch die Pfeffergasse zur Westerstraße, dann die Große Straße über den Marktplatz und weiter die Osterstraße, hinaus zum Ostertor. Solange der Karren sich näherte, schwatzten die Leute und schrien durcheinander, aber wenn er passierte, schwiegen sie und falteten die Hände, erschrokken wohl, die Allmacht des Herzogs vor Augen zu haben, der sogar den Teufel besiegen konnte.

Mutter Griebsch saß mit geketteten, aber dennoch gefalteten Händen und gesenktem Kopf und betete. Den Vikar, der mit ihr fahren mußte, rot vor Scham und wütend, daß es ausgerechnet ihn getroffen hatte, bemerkte sie gar nicht.

„Siehst du, sie hat dem Teufel abgeschworen, sie betet“, murmelten die Leute, wenn der Karren vorüber war. „Was ein Segen für ihre Seele, daß man sie gefoltert hat, um den Bösen zu bezwingen.“

„Ja“, seufzten die Angesprochenen, „welch ein Segen.“

Das Pferd, das genauso armselig wirkte wie die Sünderin, trottete weiter und war endlich mitsamt dem Karren angekommen. Der Schloßvogt atmete auf. Weder war das Geschirr gerissen, noch das Pferd durchgegangen – eigentlich konnte das die Mähre wegen ihres Alters auch nicht, aber wußte man, was dem Teufel in letzter Sekunde einfallen mochte? – und die Hexe während der Fahrt auch nicht gestorben. Das wäre das Ende seiner Tätigkeit als Schloßvogt gewesen, und er trocknete den Angstschweiß auf seiner Stirn.

Der Scharfrichter, der die Hexe wohlgefällig in Empfang nahm, bekam er für eine Hinrichtung, egal welcher Art, doch ein Pfund, nahm der Hexe die Ketten ab und ließ sie in die Arme seines Knechts gleiten. Es konnte nicht angehen, daß die Frau jetzt noch zu Schaden kam, da bewegten ihn die gleichen Gefühle wie den Schloßvogt und mehrere andere auch, die im Zug amtlich zugegen waren.

In dem Moment, wo die Hebamme auf die vorbereitete Leiter gesetzt wurde, auf der sie ins Feuer gestoßen werden sollte, vernahm sie eine Stimme, die zu hören sie kaum mehr erhofft hatte.

„Mutter Griebsch", rief Antje leise und stand plötzlich neben der gealterten, geschundenen Frau.

Mutter Griebsch verlor nicht die Fassung, obwohl ihr Herz vor Freude für einen Moment lang so stark schlug wie früher. Sie blickte Antje an, machte langsam die Augen zu und antwortete schwach: „Geh, ich kenne dich nicht. Junger Mann, halte sie fest!"

Bevor Antje weitersprechen konnte, wurde sie von Carsten umarmt und zurückgehalten. „Sei still", flüsterte er, „sie hat dich erkannt, sie weiß, daß es dir gut geht."

Antje wollte widersprechen, aber Carsten beschwor sie: „Mutter Griebsch weiß, daß du dich in Gefahr bringst, und deshalb leugnet sie, dich zu kennen."

Als ob Mutter Griebsch dies bestätigen wollte, machte sie noch einmal die Augen auf und lächelte die beiden jungen Leute unmerklich an, sichtbar nur für jemanden wie Antje, der sie gut kannte.

Antje nickte erleichtert, während ihr die Tränen die Wangen hinunterliefen.

Carsten führte sie durch die Menge fort. Das junge Mädchen leistete keinen Widerstand mehr, und Carsten verhinderte, daß sie sich umdrehte, um dem Aufflammen des Holzstoßes zuzusehen. So sahen sie beide nicht, wie in das lodernde Feuer eine hochaufgerichtete Leiter gestoßen wurde, die einen Moment zurückschwankte, als ob das Feuer die Gestalt, die darauf angebunden war, nicht annehmen wollte. Sie hörten aber das Prasseln der Flammen und das Knistern der Funken, die hoch in die Luft über dem Galgenfeld stoben, und sie hörten den Wind, der sich mit der Hitze erhob.

106 n. Chr.: Ein Sklavenschiff läuft in den Hafen von Alexandria ein. Der griechische Arzt Leptinos erwirbt die junge Thalia als Gehilfin. Thalia vertieft sich begeistert in die Schriften des berühmten Arztes Soranos von Ephesos – und erwirbt sich ein kostbares Wissen als Hebamme und Ärztin. Als der geheimnisvolle Ring eines phönizischen Gladiators einen Mord auslöst, versetzt das nicht nur die ägyptische Metropole in Angst und Schrecken: Auch Thalia muß um ihr Leben fürchten. Ausgerechnet Soranos, der Arzt, nach dessen Büchern sie gelernt hat, kommt ihr zu Hilfe und gibt ihrem Schicksal eine entscheidende Wendung ...

*»Für Fans historischer Romane besteht akute Suchtgefahr.«*
Bild am Sonntag

Kari Köster-Lösche

**Die Heilerin von Alexandria**
Roman

Econ | Ullstein | List

B30

Helga Glaesener

**Die Rechenkünstlerin**

Roman

Heidelberg im Jahr 1389: In den Mauern des provinzlerischen Heidelberg haben sich die fähigsten Köpfe des Prager *studium generale* zusammengefunden, um die erste deutsche Universität zu gründen. Carlotta Buttweiler, geschlagen mit roten Haaren und eher kläglichen Kochkünsten, ist die Tochter des Pedells der neuen Universität. Carlotta versorgt – wie es ihre Pflicht ist – die Scholaren, jedoch gilt die Leidenschaft der jungen klugen Frau der Mathematik. Doch dann gerät plötzlich alles in Bewegung: Carlottas Freundin Zölestine, dumm, hübsch und verheiratet, nimmt sich das Leben. Carlotta wird mißtrauisch: Sollte sich ihre Freundin wirklich umgebracht haben? Was treiben die Scholaren Bertram und Benedikt, wenn sie sich aus der Stadt stehlen? Warum hat Benedikt Alpträume, und was ist das für ein Buch, das Bertram unter seiner Strohmatratze verbirgt? Carlotta macht sich auf die Suche nach Zölestines Mörder und findet dabei unverhofft einen scharfsinnigen Helfer: Jovan Palac, Magister der Jurisprudenz, der bei Nacht und Nebel anreist und zunächst gar nicht so respektabel wirkt, wie man erwarten sollte. Und was anfangs wie ein simples Verbrechen aussieht, entpuppt sich als handfester Skandal um Hexerei und schwarze Kunst. Die Spur führt in die Universität, und diese beginnt zu reagieren ...

Econ | Ullstein | List

B53